데들리 러블리

로맨스 스릴러 단편선

데들리 러블리

배명은
이필원
한켠
장아미
코코아드림

박하익
정이담
서은채
김보람

로맨스릴러 단편선

황금가지

차례

폭풍의 집

배명은

컴컴한 어둠에 갇혀 있다.

언제부턴가 몽롱한 의식 속에 쉼 없이 어둠을 두드리는 소리가 들렸다. 그게 빗소리였단 걸, 탁한 빛과 내 몸에 떨어지는 빗물로 깨달았다. 눈을 떴다. 눈에 맺히는 빗물 너머로 네가 있었다. 들고 있는 삽을 던지고 두 손을 뻗어 내 얼굴을 어루만지던 너의 그 따뜻한 온기. 그렇게 세찬 빗속에서 너는 날 끌어안았고, 그렇게, 너만이 내 옆에 존재했다.

비가 내렸다. 새벽부터 부슬부슬 내리던 비가 점심시간이 지난 지금은 그 크기를 더해 내린다. 사람들은 비를 피해 뛰었고, 도로를 달리는 차들은 뿌연 물보라를 일으켰다.

소영은 점심을 먹으러 나가려다 지갑을 든 채 문 앞에 서서 내리는 비를 마냥 본다. 콘크리트 바닥을 때리는 빗발은 꽤 굵었다. 복도는 습한 기운으로 가득했고, 발등에 튀는 빗방울에 여름인데도 오소소 소름이 돋았다.

까르르, 한 무리의 여직원들이 회사로 돌아오다가 문 앞에 선 소영을 보고 멈칫했다. 소영은 한 발 옆으로 물러섰다. 그들은 황급히 우산을 접고 복도로 들어가며 소영의 모습을 흘깃거렸다.

"관리과 유소영이지? 귀신인 줄 알았네. 왜 저렇게 음침하게 서 있대?"

"그러게 말이야. 재수 없게."

"사내 왕따는 알아서 그만뒀으면 좋겠어. 존재 자체 때문에 여러 사람 능률도 안 올라가잖아."

"사장님은 뭣 때문에 쟬 두는 거야?"

"소문엔 낙하산이란 말도 있고……."

"엑, 거짓말."

그들이 복도 너머로 사라지고 나서야 소영은 천천히 뒤를 돌아봤다. 달팽이처럼 복도에 물길을 만들어 낸 그들의 젖은 발자국이 거뭇했다. 빗발을 튕기며 돌풍이 일었다. 소영을 훑고 지나간 바람에 복도의 조명이 깜빡거렸다. 밝음과 어둠이 이어지자 그들의 흔적이 꿈틀댄다. 기묘한 기분이

들었다. 마치 몰랐던 사실을 상기한 듯 되뇌어 본다.

'오늘부터구나.'

가만히 회색빛 하늘을 올려다본다. 높다란 건물들 사이로 흩어졌던 검은 구름이 한데 뒤섞여 천천히 다가왔다. 태풍이 오고 있다.

길게 늘어진 버드나무 가지가 창문을 연방 때렸다. 강한 바람에 좌우로 움직이는 버드나무의 허리가 꺾일 지경이다. 태풍 나크리가 북상 중이라는 인터넷 뉴스를 보고 있는데 누군가가 소영의 책상을 두들겼다.

"소영 씨 내일부터 휴가지?"

이 팀장이 퇴근하려는지 양복 상의를 입으며 물었다.

"네."

이 팀장은 창문 너머를 봤다. 여전히 내리는 비 때문에 소영의 휴가가 걱정되는 눈치다.

"괜찮겠어? 매년 소영 씨 휴가는 태풍이 오는 날이네. 재미없겠다."

"괜찮아요."

"무슨 계획 있어?"

그의 물음에 소영은 그곳을 떠올렸다. 2층 목조 가옥과 허름한 창고를.

"집에 가요."

웃음을 지었는데 잘되지 않아 핏기가 가신 입술이 일그러졌다. 누군가가 이 팀장을 불렀다. 그는 잘 다녀오라며 소영의 어깨를 툭툭 치고 사무실을 나갔다. 일그러진 소영의 입술은 그가 떠난 다음에도 제자리로 돌아가지 않았다. 컴퓨터의 지도 위에서는 나크리의 예상 경로가 움직이고 있었다.

밤새 집 전화벨이 울렸다. 소영은 불 꺼진 방 안에서 반짝이는 전화를 바라보았다. 가로등 불빛이 비치는 창문에선 하염없이 빗물이 흘렀다. 별다른 가구가 없는 방은 벨이 울릴 때마다 형형색색 빛으로 물들었다. 그 모습이 더욱 음산해 보여 이불을 꼭 끌어안아 보았지만, 어느새 온몸은 식은 땀으로 축축했다. 전화가 끊겼다가 다시 울렸다. 반짝반짝하는 빛들이 팽그르르 그녀의 주위를 돌았다.

비바람과 천둥이 치는 그 순간이 눈앞에 펼쳐졌다. 소영은 땅을 파던 그 순간에 서 있다. 그녀는 불안에 떨었으며 작은 희망에 들떴다. 빗물이 무게를 더해 흙은 무거웠다. 깊숙이는 묻지 못했기에 소영은 삽을 버리고 손으로 땅을 쓸어 버리기 시작했다. 조급했다. 계획을 망칠 것 같은 불안감 때문에 소영은 곧 숨이 넘어갈 것처럼 울었다. 그리고 그 안에서 그를 만났을 때 숨을 참았다. 창백한 그 얼굴을 보았을 때, 그 몸을 끌어안았을 때, 소영은 그제야 긴 숨을 내쉬었다.

그때 그녀의 가슴에 안긴 그가 꿈틀댔다.

'누가 날 죽였지? 거짓말쟁이!'

그 소리에 소영은 소스라치게 놀라 잠에서 깨어났다.

언제 비가 왔었냐는 듯 방 안엔 밝은 햇살로 가득했다. 소영은 자리에서 일어나 씻고, 짐을 챙겼다. 집 안을 둘러본다. 그녀의 집은 늘 그렇듯 어디든 멀리 떠날 사람의 집처럼 휑하다.

휴가철이었지만 태풍의 여파로 고속도로는 한산했다. 강한 햇살을 담은 하늘은 이따금씩 뭉게구름을 품고 있었다. 그러나 그것도 잠시, 목적지에 다가갈수록 햇살은 사라지고 구름은 회색빛으로 바뀌었다.

구례 IC를 지나 창문을 열었다. 습한 바람이 불어온다. 금방이라도 하늘에서 빗방울이 쏟아질 것 같다. 짙은 녹음을 지나니 계곡이 보였다. 이런 날씨에도 사람들은 계곡 길을 따라 텐트를 치고 물놀이를 즐기고 있다.

소영은 다리 근처 슈퍼 앞에 차를 세웠다. 피서객들의 웃음소리가 지척에서 넘쳐나는 곳이다. 슈퍼에 들어가서 정종 몇 병과 맥주, 소주 그리고 말린 황태포 네댓 개를 챙기고 제수용품이며 과일, 요리 재료들을 한데 담아 계산대에 올려놓았다. 허리가 꼿꼿한 초로의 노인이 아는 척을 했다.

"벌써 1년이 되었는가? 젊은 사람이 매년 고생이 많구먼. 남들은 휴가라고 저리 즐겁게 노는데. 자네는 매년 이곳에 제사 치르러 오고 말이야."

"괜찮습니다."

웃어 보였지만, 또 입술은 어중간하게 일그러졌다.

뒷좌석에 장 본 것을 싣고 운전석에 오르기 전 뒤를 돌아 물놀이를 하는 사람들을 보았다. 모두 재미있어 죽겠다는 표정이다. 운전석에 앉아 백미러를 보며 그 표정을 따라 해 보았다.

"아, 맞다. 담배."

어중간한 미소와 일그러짐. 그 모습에 미처 못 산 담배가 뜬금없이 떠오른다. 소영은 한숨과 함께 차에서 내렸다.

다리를 지나 산속으로 차를 몰았다. 차 한 대가 겨우 지나 갈 정도의 길이 꼬불꼬불 이어졌다. 빗방울이 흩날렸다. 차 창에 긴 얼룩이 생긴다. 속도를 냈다. 빼곡하게 들어선 나무 들이 쏜살같이 지나간다. 순간 촘촘했던 나무들이 사라지고 탁 트인 공간이 나왔다.

구릉을 따라 선 울타리가 숲과 너른 터를 나눴다. 울타리의 끝은 숲 저편 너머로 사라졌고 바람이 불 때마다 뱀처럼 몸체를 꿈틀거렸다.

그 입구에서 소영은 차를 세웠다. 그녀는 차에서 내려 굳게 닫힌 철조망 입구로 가 자물쇠를 잡았다. 주머니에서 열쇠 꾸러미를 꺼내 그중 하나를 자물쇠에 꽂는다. 녹이 슬어 빽빽해진 자물쇠를 이리저리 흔들자 겨우 열쇠가 돌아갔다. 쇠사슬을 풀고 닫힌 문을 활짝 열었다.

바람이 불었다. 거센 바람이 그녀를 지나쳐 숲 저편으로 달아났다. 사방으로 서로 치대는 잎사귀 소리에 귀가 먹먹하다. 소영은 다시 차에 올라 흙길에서 콘크리트 길로 갈아탔다. 차체는 한결 평온해지고 곧 눈앞에 2층 목조 주택이 나타났다.

빗물을 머금은 검은색 건물이 여전히 그 자리에서 그녀를 기다렸다. 지어진 지 오래된 만큼 다가갈수록 곳곳에 보수의 흔적이 엿보였다. 한때 정원이었던 집 앞은 이름 모를 잡초들로 가득했다.

현관 옆에 차를 대고 다시 주머니에서 열쇠 꾸러미를 꺼냈다. 크르르릉. 바로 지척에서 목 안을 울리는 소리가 나고 강풍이 불었다. 이번엔 후끈한 바람이라 저도 모르게 몸을 움츠렸다. 소름이 돋았다. 하늘에서 나는 소리라고 생각했지만, 눈길은 절로 집 옆에 세워진 낡은 창고로 향했다. 덩굴식물로 뒤덮인 목조 창고는 낡았고 몸체는 비틀어졌다. 금방이라도 쓰러질 것 같았다. 군데군데 큰 구멍들이 뚫렸으나 문만은 빗장처럼 생긴 철제 자물쇠로 견고하게 잠겨 있었다. 그 자물쇠를 보니 한결 마음이 놓인다.

머리가 클로버처럼 생긴 열쇠를 들었다. 집 안으로 들어가기 전, 수년 동안 심호흡하며 버릇처럼 만졌던 클로버 열쇠였다. 닳아서 반들반들해진 부분이 꽤 친숙하다. 크게 심호흡을 하고 현관문을 열었다.

컴컴한 내부에 들어서자 퀴퀴한 곰팡내가 먼저 달려들었다. 신발을 벗고 나무로 된 마룻바닥에 올라섰다. 삐걱거리는 소리가 발에서 느껴졌다. 벽을 짚어 스위치를 찾아냈다. 곧 낡은 주황색 불빛이 복도를 비췄다.

소영은 천천히 복도 안으로 들어갔다. 맞은편엔 2층으로 올라가는 계단이 있고 그 옆으로 거실과 이어지는 공간이 나왔다. 천장에 매달린 샹들리에에 불이 켜졌다. 거실 중앙엔 고목의 반을 갈라 만든 테이블이 있고 건너편엔 벽난로와 오래된 전축이, 벽엔 고풍스러운 풍경화가 걸려 있었다. 그리고 그 밑에 화려한 청자가 있었다.

12각의 굴곡진 몸뚱이와 그와 맞물리듯 입구를 덮은 길

쭉한 뚜껑. 소영은 서랍장에서 향초를 꺼내 초에 불을 붙이고 청자 앞에 놓았다. 푸른 불꽃을 감싼 노란 불이 크게 한 번 일렁이더니 이내 꼿꼿이 섰다.

집 안의 모든 공간이 밀도 높은 먼지로 가득했다. 거실 베란다 문과 집 안의 창문이란 창문을 모두 열었다. 빗발이 안으로 들이쳐도 상관 않고 청소를 시작했다.

창문 너머 저편에서 어둠이 찾아올 때 즈음 청소가 끝나자 그녀는 차에서 장 본 것들을 꺼내 집으로 날랐다. 쌀을 솥에 안쳐 놓고 식기들을 정리했다. 이어지는 일련의 행동들로 슬금슬금 고개를 드는 두려움을 차단했다. 빗발은 점점 강해졌다. 열어 놓은 베란다 너머 저편의 어둑한 하늘이 가끔 번쩍거렸다.

소영은 지금 태풍의 밑에서 음식을 만들고 있다. 빗소리를 배경음으로 가스레인지 불 위에서 끓고 있는 국 소리와 칼질 소리에 섞여 하나둘 다른 소리가 들렸다. 소영은 천장 위를 올려다봤다.

나무 마루를 밟아 삐꺽거리는 소리에 곧 라디오 켜는 소리, 여인의 잔기침 소리, 라디오의 노랫소리에 맞춰 흥얼대는 소리, 뭔가가 바닥을 때리는 소리……. 이내 베란다 너머의 어두컴컴한 마당은 2층의 불빛으로 채워졌다.

그리고 베란다 문이 닫혔다. 소영은 칼질을 멈췄다.

"비 들이치는데 왜 문을 열어 놨어?"

그녀는 고개를 들었다. 바닥에 들이친 빗물을 닦아 낸 남자가 테이블 옆에 앉았다. 마치 아까부터 그 자리에 있었다는 듯이 테이블 위에 엎어 놓은 책을 들어 읽기 시작했다. 고개를 숙이자 앞 머리카락이 흐르듯 눈을 살짝 가린다. 오뚝한 콧날과 내리깐 두 눈, 살짝 다문 입술. 태풍과 함께 이 집을 찾는, 유일하게 보고 싶은 존재다.

그 모습을 보자 목구멍에서 뜨거운 무언가가 치밀어 올랐다.

'누가 나를 죽였지? 거짓말쟁이!'

그는 책에서 시선을 떼지 않고 한 곳을 가리켰다.

"저런 거 하지 말라니까. 떡하니 내가 여기에 있는데 저런 거 왜 해? 기분 이상해져서 싫어."

그가 가리킨 곳은 청자 앞 향초였다. 소영은 멈췄던 칼질을 계속했다. 칼질 앞에 무가 맥없이 깍둑거렸다. 코가 시큰거렸다. 두 눈은 뜨거워졌고 눈물을 참으려 심호흡을 했다.

"근데 어제 왜 전화 안 받았어? 엄청 많이 했는데? 몇 번이고 받을 때까지. 그런데 안 받더라."

어느새 옆으로 다가온 그가 물었다. 소영은 다시 칼질을 멈췄다. 고개를 들 수 없었다. 그가 금방이라도 부서질 듯한 몸으로 슈퍼까지 가 공중전화로 전화를 거는 모습을 떠올리자 참았던 눈물이 허무하게 떨어졌다. 그가 손을 뻗어 그녀의 얼굴을 잡아 눈을 마주했다. 화끈거리는 두 볼이 순식간에 차가워졌다.

"왜 울어? 바보같이. 뭐 계속했는데 안 받아서 조금 화가 나긴 했는데, 그렇다고 너한테 화낸 거 아니야."

"알아. 감기 기운이 있어서 약 먹었더니 깊게 잠들었나 봐."

"난 반가워서. 너 볼 생각에 무척 들떴나 봐. 자중하려고 했는데 잘 안 되네."

그는 만면에 미소를 띠었다. 늘 닮고 싶었던 미소였다. 따라 지어 보이면 늘 일그러지던 그녀의 입술.

"여전히, 못생겼네."

여전히 비가 왔다. 한동안 그치지 않을 비가.

그렇게 한여름 태풍이 오는 날, 이 집에는 죽은 이들이 찾아온다.

밥상을 차리고 정종을 주전자에 가득 따랐다. 음식을 차린 밥상엔 소주와 맥주를 챙겼다. 2층을 올라가는 계단은 꽤 가팔랐다. 한 상씩 조심히 들고 올라간다고 했지만, 소영의 부르르 떨리는 손 때문에 상이 여러 번 휘청거렸다. 그때마다 뒤를 따라온 도진이 떨어지는 그릇들을 잡아 주었다.

그들은 말없이 계단을 올랐다.

2층엔 방이 두 개다. 소영은 첫 번째 미닫이문 앞에 섰다. 그 방 안에서 라디오 소리가 들렸다. 음악을 따라 흥얼거리는 소리가 이어진다. 소영은 방 앞에 서서 한참을 '들어가야지.'라는 생각만 되풀이했다. 하지만 쉽사리 문을 열 수가 없었다. 빠르게 두근거리는 소영의 심장 소리가 방 너머 여자에게 들릴 것 같았다. 여자의 붉은 입꼬리가 올라가 소영을 괴롭히면 비명을 내지르지 않고 참아 낼 자신이 없다.

여자의 앞에서 두려움을 내비치면 절대 안 된다. 소영은 다시 마음을 다잡은 뒤 도진에게 고개를 끄덕였다. 그 신호에 도진은 문을 열었고 소영이 방으로 들어가자 문을 닫았다.

소영은 잠시 숨을 참았던 것 같다. 잠시의 시간이 마치 영겁의 세월 같다. 라디오에선 최백호의 「그갈」가 흘러나왔다. 여자가 좋아하는 노래다. 베개에 기대어 있던 중년의 여자는 문 앞에 선 소영을 흘깃거렸다. 창백하다 못해 퍼런 기운이 도는 얼굴에 장난기가 묻어났다. 여자의 입술만큼은 붉었고 긴 호를 그리고 있었다. 긴 파마머리가 회창거렸다. 그럴 때마다 가녀린 목의 상처에서 꿀렁거리며 피가 한 움큼 쏟아졌다. 소영은 그 모습을 애써 모르는 척하며 상을 여자의 앞에다 놨다.

"좋아하시는 술과 여기 담배……."

담배를 내밀자 여자가 담배와 소영의 손을 잡았다. 손을 뺄 수 없을 정도로 악력이 꽤 세다. 앙상한 손가락이 이리저리 움직이며 소영의 손을 탐한다. 여자의 가는 팔목에 난 상처들이 저마다 입을 벌렸다. 여러 번 그어 내렸던 그 상처에서 피가 흘렀고 소영의 손은 금세 피로 물들었다. 입술 색처럼 새빨갛게 칠한 손톱이 리드미컬하게 움직였다. 끈적거리며 쓸리는 피의 감촉에 소름이 돋는다.

때를 놓치지 않고 여자가 얼굴을 들이밀었다. 툭 튀어나온 큰 눈이 소영의 얼굴 앞에서 기웃거렸다. 좀 더 두려움을 드러내라는 듯 샅샅이 훑는다. 소영은 이를 악물었다. 흐흐흥. 여자가 콧소리를 내자 여지없이 목에서 피가 왈칵 쏟아졌다.

이내 흥미를 잃은 여자가 천천히 몸을 뒤로 하고 손을 거두었다. 담배를 빼 무는 행동과 불을 붙이는 행동, 연기를 깊게 들이마시고 내쉬는 행동, 모두가 느린 화면 같다. 담배를 깊숙이 빨자 목에서 피와 함께 하얀 연기가 올칵거렸다. 여자의 시선은 이내 라디오로 향한다. 소영은 성급하지 않게 방에서 나왔다. 방문 옆에 서 있던 도진과 눈이 마주치자 그는 웃었고 소영은 참았던 숨을 내쉬었다.

소영은 반쯤 열린 문 앞에 섰다. 입술이 바짝 말랐고 여러 번 침을 묻혀도 소용없다. 열린 문틈으로 허공에 뜬 발을 마주한 지 오래다. 보고 또 봐도 적응이 안 됐다. 소영은 어쩔 수 없이 상을 든 채로 문을 열었다. 맞붙은 병들이 딸그락거렸다.

군복을 입은 남자가 줄에 목을 맨 채로 늘어져 있다. 바람이 불지도 않는데 그의 몸은 천천히 움직였다. 푸르게 부은 얼굴과 빼어 문 혀 그리고 핏줄이 터져 새빨간 두 눈. 그 두 눈동자가 소영의 움직임을 따라 천천히 이동한다. 상을 내려놓을 때까지.

쾅쾅쾅. 누군가가 현관문을 두드렸다. 소영은 소리를 지를 뻔했다. 갑작스러운 소리에 축 늘어졌던 남자의 몸이 들썩였기 때문이다. 움직임은 곧 멈췄지만, 소영의 심장은 미친 듯이 뛰기 시작했다. 아차 싶었다. 울타리의 자물쇠를 채우지 않은 게 생각났다. 소영은 진정하려고 최대한 애썼다. 아무 일도 아닌 듯 천천히 병뚜껑을 따고 잔에 따른 다음 방 밖으로 나왔다. 여전히 빨간 두 눈동자는 그녀를 쫓았다.

소영은 난간 아래로 몸을 내밀었다. 복도 너머 문가에서 그림자가 어른거렸다. 또다시 그림자가 문을 두드렸다. 이 산속 집에 찾아올 사람은 없다. 저들이 문을 열고 나올까 두려웠다. 당황한 소영은 급하게 계단을 내려가다가 뒤따라오지 않는 도진을 돌아봤다. 도진은 그녀가 방금 나온 방 앞에서 그 안을 보고 있다.

"살려 주세요!"

현관문을 여니 한 여자가 구겨지듯 소영의 품으로 들어왔다. 온몸이 젖은 채 그녀는 추위에 바들바들 떨었다. 소영은 밖을 보았다. 비는 여전히 세차게 내렸고 바람은 거칠었다. 소영은 그녀를 거실 안으로 이끌었다.

"갑자기 비가 내려서 계곡물이 불었어요. 저와 부모님은 급히 그곳에서 나오려고 했는데, 물이 너무 순식간에 불었던지라……. 그 물에 쓸려서 내려왔는데, 간신히 빠져나왔다고 생각했는데, 어디가 어딘지 모르겠고, 부모님도 잃어버리고…… 그러다 이곳을 발견했어요. 부탁드려요. 전화 좀 빌려주세요. 부모님께 전화를…… 구조대를 불러야 하는데."

소영은 그녀에게 담요를 덮어 주고 수건을 건넸다. 소영은 부엌에서 물을 끓이고 있는 도진을 보았다. 도진은 팔짱을 끼고 그녀를 보다가 소영에게 고개를 흔들었다.

"전화는 따로 없고 핸드폰이 있긴 한데 이곳에선 안 터져요. 산이 깊어서. 슈퍼 앞에 공중전화가 있는데 지금 물이 불었다면 다리가 잠겼을 거예요. 일단 비가 그칠 때까지나

해가 뜰 때까지 기다려 봐야겠어요."

그녀가 황급히 소영의 손을 잡았다. 목에 울음이 가득하다.

"부탁드립니다. 부모님을…… 기다렸어야 하는데."

"이건 제 옷이에요. 화장실은 저기고. 일단 씻고 몸을 좀 녹인 다음 같이 기다려요."

그녀를 화장실로 보내고 소영은 서랍장을 뒤적였다. 뒤에 선 도진이 말했다.

"예기치 못한 상황이라 당황스러워 말을 못 했는데, 이거 안 좋은 거 같아."

"뭐가?"

"저 여자."

"안 그래도 이맘때쯤 늘 있는 일이야. 오늘도 올 때 보니 계곡에 사람들이 많이 있었어."

"수도 없이 일어나는 일인데 사람이 이곳에 온 건 처음이지. 너 말고 다른 사람이 말이야."

아무리 뒤적거려도 소영이 찾는 건 나오지 않았다.

"그거 어디에 있어?"

"내 얘기 듣고 있는 거야?"

"아니."

"이게 진짜!"

"맞다."

소영은 계단 밑 작은 창고로 향했다. 비품과 물건들을 모아 놓은 곳이었는데, 예상대로 그것은 그곳에 있었다.

"재수 없게 그게 왜 거기에 있어? 갖다 버리지 않고. 근데 그걸 왜……."

접힌 철사들을 펴자 하얀 등이 완성되었다. 하얀 한지 위엔 먹으로 '謹弔'가 쓰여 있다. 도진이 죽었을 때 썼던 등이었다. 그걸 본 순간 도진의 표정이 일순 굳었다. 소영은 현관 밖에다 등을 걸었다. 불빛이 바람에 일렁거렸다.

"내가 반대해도 너는 계속 이걸 건다 이거지? 너 원래 이렇게 오지랖이 넓었어?"

"좀 봐줘. 죽었든 살았든 이걸 보면 올 테니까."

"너나 저 여자가 원하는 사람들이 과연 올까? 과연 이 등을 보는 것들이 그들만일까? 관둬, 괜히 이상한 것들만 꼬여서 너만 더 괴롭다고. 그냥 아까 말한 것처럼 해 뜨고 보내주면 되잖아. 게다가 저 위의 것들이 알면 난리 날 텐데."

소영은 화가 나서 소리치는 도진의 팔을 잡았다.

"도와주고 싶어. 이 집에서만큼은 서로를 볼 수 있으니까. 오늘만 이렇게 하자. 응? 혹시 모르잖아. 2층엔 못 가게 하면 돼. 네가 온 후로는 저들이 1층에 내려온 적 없었어. 네가 있으니까, 기운 센 최도진이 있으니까, 그들은 1층에 얼씬도 하지 않을 거야. 그렇지?"

소영이 웃어 보이자 잔뜩 인상을 찌푸린 그가 한마디 했다.
"웃지 마. 못생겨서는."

비는 앞이 보이지 않을 정도로 세차게 내렸다. 번쩍이며 하늘에서 번개가 치고 천둥이 지축을 뒤흔들었다. 비닐을 뒤집어씌운 밥상을 들고 소영은 낡은 창고 앞에서 버티고 섰다. 우비를 입었어도 옷은 금세 젖었다.

크르르릉. 날 선 울림이 창고 안에서 울렸다. 소영은 조심히 창고 옆으로 갔다. 크게 구멍이 난 곳에 밥과 나물을 집어넣었다. 손이 떨렸다. 빗소리에 섞인 그녀의 숨소리가 거칠다. 대충 집어넣고 숟가락마저 넣다가 손에서 놓쳤다. 바닥에 떨어트린 순간 하늘이 밝아졌다. 그때 구멍 안에 있는 '그것'을 소영은 보았다.

털에 뒤덮인 비정상적으로 큰 손이 숟가락을 낚아채는 모습을.

소영이 놀라 뒷걸음을 치다가 엉덩방아를 찧었다. 네발로 기다시피 그곳을 벗어났다. 창고 안에서 짐승의 울음과 비슷한 것이 도망치는 뒤를 쫓아 왔다. 금방이라도 뒷덜미를 붙잡을 것 같아 달음질치다가 집 앞에서 멈췄다.

현관 옆, 걸어 놓은 등불 앞에 누군가가 서 있었다.

"이런 곳에도 사람이 사는군요."

수건으로 젖은 머리를 털며 한 남자가 말했다. 카키색 반바지에 검은 민소매 차림의 그는 운동을 꽤 했는지 전체적으로 근육질 몸이었다. 그에 반해 옆의 남자는 깡말랐으며 흰 반소매 티셔츠에 청반바지 차림이었다. 마지막으로 통통한 남자는 긴 추리닝 바지 위에 흰 티를 입었는데 숫기가 없는지 차를 건네주자 얼굴을 붉혔다.

그들도 계곡에 놀러 왔다가 갑자기 물이 불어나는 바람에 겨우 몸만 빠져나왔다고 했다. 연희와 같은 처지였지만, 의외로 그들은 덤덤해 보였다.

"전화도 안 되니까, 해가 뜰 때까지 여기서 신세 좀 지겠습니다."

"그럼, 저기 안방을 사용하세요. 연희 씨는 부모님을 기다리시니까 거실에서 저희와 함께 계시고요."

근육질의 남자가 불쑥 손을 들었다.

"저기요. 헤매느라 배가 고픈데 밥 좀 주시면 안 될까요?"

형일은 2층으로 향하는 계단을 조심스럽게 밟았다. 2층으로 올라갈수록 서늘한 기운이 몸에 휘감기는 기분이다. 손으로 팔뚝을 쓰다듬어 그 기운을 몰아냈다. 젖은 청바지가 쉬이 마르지 않아 움직일 때마다 엉덩이에 들러붙었다. 빈약한 엉덩이를 흔들어 대도 찰싹 붙어 떨어지지 않았다.

라디오 소리가 방에서 흘러나왔다. 미닫이문을 조심스럽게 열었다. 방 안은 담배 연기로 가득했다. 그 가운데 손도 대지 않은 밥상이 있었다. 밥에 국에 나물 반찬, 전, 과일에 심지어 황태포까지 놓인 제사상 차림이다. 금방이라도 사람이 있었던 듯 꽁초가 수북이 쌓인 재떨이에 채 끄지 못한 담배가 재를 떨어뜨리며 타들어 갔다. 누군가가 더 있나 싶었지만, 집주인은 다른 존재에 대해서 아무런 말도 없었다. 방에서 나오다 말고 뒤를 돌아봤다. 음악이 흐르는 라디오 옆에 값비싼 여성용 패물들이 널브러져 있다.

그는 옆방으로 향했다. 반쯤 열린 문을 조심스레 열었다. 이 방에도 제사상 같은 밥상이 놓여 있었다. 아직도 술병에선 물방울이 맺혀 흘렀다. 방 안은 깔끔했다. 주인 남자의 방인 듯 옷과 물품들이 곳곳에 있었다. 방을 가로질러 한쪽 유리 수납장 앞에 섰다. 그곳엔 명품 시계들이 즐비했다. 그 위용에 휘파람이 절로 나왔다.

그때 전등이 깜빡이다 꺼졌다. 갑작스러운 일이라 그 자리에서 멈췄다. 복도에서 불빛이 새어 들어오는 걸로 보아 전체적인 정전은 아니었다.

"뭐 하는 거야?"

찔끔 놀라 고개를 돌리니 어느새 문 앞에 도진이 서 있다.

"아, 집구경요."

"허락 없이 막 돌아다니지 마. 이쪽은 더더욱."

표정 없는 도진의 말에 형일은 두 손을 들어 보였다.

"별 뜻 없었어요."

기분이 더러웠지만, 형일은 도진을 지나쳐 계단을 내려갔다. 괜히 여기서 문제를 일으키긴 싫었다. 그가 1층으로 내려가는 걸 본 도진은 방 안을 노려봤다. 어둠 속에서 새빨간 두 눈이 번뜩였다.

영석은 방으로 들어오자마자 젖은 민소매를 벗어 던졌다. 알맞게 태닝이 된 팔뚝에 오소소 소름이 돋아 있었다.

"으, 추워. 집이 크면 뭘 해. 드럽게 춥네. 야, 김준연. 빨리 빨리 이불 깔아라. 피곤하다."

준연은 이불을 깔면서도 여전히 뭔가를 생각해 내려는 눈치다. 그 모습에 영석은 이불을 두르면서 물었다.

"왜?"

"응? 아, 아냐. 아무것도. 근데, 그 여자애들은 괜찮을까?"

준연은 자신들의 텐트 옆에 자리를 잡았던 여대생들이 걱정되어 되물었다. 친구끼리 놀러온 곳에서 옆자리 여대생들과 헌팅해서 분위기 좋았는데 비가 오자 상황이 달라졌다. 저녁 같이 먹자 굳게 다짐해 놓고 음식 챙기러 온 사이에 폭우와 더불어 계곡물이 급작스레 불어났다. 따로 도망가겠다는 말도 없었다. 들고 있는 음식들을 내팽개치고 약속이나 한 듯 뛰었다. 그 뒤로 살려 달라는 여자애들의 비명을 무시했던 것이 계속 걸렸다.

"뭐 지들이 알아서 잘 나왔겠지. 그 상황에 우리 목숨이 중요하지, 걔들 목숨이 우선이겠냐? 그리고 죽었다 한들 그게 우리 탓이냐? 다 이렇게 미친 듯이 쏟아지는 비 때문이지, 뭐. 그중 몸매 죽이는 개 있잖냐. 머리카락 허리까지 오고 얼굴 존나 예쁜 애. 걘 쫌 아깝긴 하다."

"그래도."

"새꺄, 괜찮다니까. 여잔 널리고 널렸어. 봐라, 이 집에도 두 명 있잖아. 하나는 좀 애가 음침해 보여도 그 정도면 나쁘지는 않지. 또 하나는 존나 예쁘잖아. 그게 정석이지. 암튼, 네가 정 찝찝하면 살아서 어디 학교나 마을회관에 피해 있을 거라고 생각해. 너 상상하는 거 잘하잖아."

문이 열리고 형일이 들어왔다. 영석은 그를 보자마자 베개를 던졌다.

"이 새끼는 어딜 그리 돌아다녀? 꼬셨냐?"

베개를 받은 형일은 다시 영석에게 던졌다.

"뭘 꼬셔? 하여간 이년은 여자밖에 모르지. 무슨 얘기하고 있었어?"

형일은 이불 위에 대자로 누웠다. 영석도 그 옆에 누웠다.

"아 저 새끼가 아까 여자애들 걱정하고 있어서 이 몸이 위로 좀 해 줬다. 걱정하지 말아라. 여자는 여기도 있다. 그치이!"

영석이 키득거리며 형일의 배를 어루만지자 그는 신경질적으로 팔을 치웠다.

"어디 갔다 왔어?"

"2층."

"위에? 왜?"

"구경. 야, 여기 쟤들뿐이라고 하지 않았어?"

"그럴걸? 그렇게 들은 거 같은데. 아닌가? 근데, 왜?"

형일은 두 팔을 머리 뒤로 하고 천장을 보았다. 그 너머 윗방에 즐비한 패물과 명품 시계들이 눈에 밟혔다.

"여기 꽤 한적하더라."

"그렇긴 하지."

영석은 형일의 말에 대꾸하며 그처럼 자세를 바로 했다.

"보니까 여기 꽤 비싼 거로 치장했더라고. 값싼 장식이 없어."

"딱 보기에도 부잣집이잖아. 사내놈이 곱게 자란 것 같던데. 허옇다 못해 창백한 얼굴이 무슨 뱀파이어도 아니고 흐

물흐물한 것이 병 있나?"

"그래서 말인데."

그때까지 앉아서 가만히 말을 듣고 있던 준연이 몸을 내밀며 운을 뗐다. 둘의 시선이 그에게 향했다.

"그 남자 어디서 많이 본 거 같지 않아?"

"어디서?"

"연예인 같아."

"뭐어?"

"엄청 유명했는데. 영화에도 나오고 드라마도 찍고. 이름이 기억은 안 나는데, 맞아. 얼굴은 기억나. 누나가 무척 좋아했거든. 방에 사진을 도배했을 정도니까."

영석이 코웃음을 쳤다.

"야, 그렇게 유명했으면 못 알아볼 리가 없지. 전혀 모르겠다."

"영석이 말대로 아파서 은퇴했나 보지."

준연은 머리를 긁적였다.

"근데 이상한 게 그 남자 죽었다고 누나가 많이 울었거든. 막 자기도 따라 죽는다고 그래서 우리 엄마가 달래느라 애많이 썼었는데."

"죽었다고? 그럼 닮았나 보지. 그 뭐다냐, 도플갱어 같은 거."

영석이 비아냥거리자 준연은 한숨을 내쉬었다. 자신이 말해 놓고도 앞뒤가 안 맞았다. 그래도.

"진짜 같은데."

천장을 보는 형일이 말했다.

"진짜라면 죽었다는 게 뻥인가 보지. 죽었다고 하고 이런 데서 처박혀 먹고살면 누가 알겠어? 근데 그 연예인 왜 죽었는데?"

"너도 이 새끼 닮아 가냐?"

"스토커가 납치해서 살인했다던가? 그렇게 기억해."

그렇게 얘기한 준연은 자신을 보는 두 명의 시선이 부담스러워 목을 움츠렸다.

"……준연아. 상상 그만하고 영석이 따라서 여자를 만나."

그들 사이에 침묵이 흘렀다.

얼마나 흘렀을까. 마냥 천장만을 바라보던 형일이 입을 뗐다.

"영석아."

"뭐?"

"우리 이 집 털자."

"형일아."

그의 이름을 부르는 준연의 목소리가 떨렸다. 영석은 형일의 얼굴을 마냥 봤다. 형일은 일어나 앉았다. 그리고 목소리를 한껏 낮춰 찬찬히 설명했다.

"아까 2층에 갔는데 한 방엔 보석들이 널렸고 한 방엔 명품 시계며 가방에 옷들까지. 집 전체가 비싼 것들 천지야. 그것들 가져가서 팔면 찌질한 우리 인생 펴지는 거야. 너도 헬스장 개업할 때 빌린 대출금 독촉 들어오고 있다며? 준연인 학자금 대출 때문에 허덕이고 있고. 모 아니면 도야. 씨발, 여자 둘에 병든 닭 새끼 같은 놈 하나를 우리 셋이 감당 못 하겠어? 전화도 안 터지잖아. 쟤들 묶어 놓고 죽든지 말든지 우리는 차 타고 도망쳐서 훔친 거로 빚들 정리하고 해외로 튀면 되는 거야."

말하고 있는 와중에도 형일의 눈앞엔 널브러진 패물과 명품으로 가득한 방이 눈에 아른거렸다. 영석의 표정에 찬성의 기운이 서렸다. 준연은 늘 그렇듯 안절부절못했지만, 개의치 않았다.

연희는 안방으로 이어지는 복도 앞에 섰다. 딱히 뭐라 할 수 없지만, 남자들이 의심스러웠다. 안방의 미닫이문으로 세 명의 그림자가 비어져 나왔다. 그림자는 기괴하게 변형되어 벽 위를 오갔다. 서로 머리를 맞대고 대화를 주고받는다. 은밀한 속삭임은 방문을 넘지 않았다.

"왜. 그들이 신경 쓰여?"

연희의 등 뒤에서 도진은 목을 길게 빼 물었다. 깜짝 놀란 연희가 그를 돌아봤다.

"나도 조금 성가시기 시작했어."

도진은 팔짱을 끼며 생각에 잠긴 듯 손을 턱에 가져갔다.

일단 마음을 먹으니 계획을 실행에 옮기는 건 쉬웠다. 영석과 형일이 담배를 피우겠다는 이유를 들먹이며 현관 밖으로 나가고 준연이 거실에 이어진 부엌에서 물을 마시면서 정황을 살폈다.

소영은 자고 있고, 그 옆에서 도진은 책을 읽고 있으며, 베란다 앞에서 연희는 부모를 기다리고 있다.

영석과 형일은 조용히 계단을 올랐다. 나무 계단에서 소리가 크게 나면 잠시 멈춰 섰다가 다시 오르기 시작했다. 형일은 영석에게 방 하나를 가리켰다. 영석이 손을 들어 보이고 그 방문을 조심히 열었다.

담배 연기로 자욱한 방엔 주인은 없고 라디오 소리만이 들렸다. 영석은 방으로 들어섰다. 형일이 말한 대로 서랍장 위에 보석들이 한가득 펼쳐졌다. 그는 방 한구석에 놓여 있는 가방을 들고 그것들을 쓸어 담기 시작했다. 모양들이 단

조롭다 못해 촌스러웠지만, 묵직한 느낌에 손길은 빨라졌다. 그것 외에도 서랍이란 서랍을 다 열었다.

서랍을 열 때마다 휘황찬란하다. 금괴에 금 거북이에 이름을 알지 못하는 보석들, 보석들, 보석들. 눈앞이 현란함으로 정신없을 때 문이 닫히는 소리가 들렸다. 반사적으로 뒤를 돌아봤다.

한 여자가 서 있다. 이 집에 누군가가 또 있을 줄은 몰랐기에 어쩌지도 못하고 머뭇거렸다. 예상외로 여인이 웃었다. 실크로 된 가운을 걸친 그녀의 육감적인 몸에 시선이 고정됐다. 그녀의 풀어 헤친 긴 머리카락은 진주처럼 반짝거렸다. 영석은 손을 뻗었다. 그마저 취하려는 듯.

형일은 컴컴한 방에 불을 켰다. 스위치를 올려도 불은 들어오지 않았다. 아까 불이 나간 게 떠올랐다. 어쩔 수 없이 문을 연 채로 들어갔다. 다행히 복도 불빛이 흐릿하게나마 방을 비추었다. 눈앞에 선했던 방이었다. 들어가자마자 시계가 진열된 유리문을 열고 명품 가방에 시계들을 담았다. 희열에 몸이 부르르 떨렸다. 가방을 양팔에 꿰어도 쓸어 담을 것들이 넘쳐났다.

그때 옷 앞섶에 검은 그림자가 아른거렸다. 이제까지 자신이 움직일 때 나타나는 그림자라고 생각했는데 그게 아니었다. 그제야 고개를 들어 앞을 봤다. 천장에 웬 올가미가 늘어져 있다. 바람이 불지도 않는데 천천히 좌우로 흔들렸다. 줄은 움직일 때마다 섬뜩한 소리를 낸다. *끼끽, 끼끽…….* 휑한 그 끝에 마치 뭔가가 달린 듯이 비명을 내지른다. *끼끽, 끼끽…….* 형일의 두 다리가 후들거렸다. 아까 들어왔을 때도 보지 못했던 올가미였다.

이 방을 빠져나가야 한다는 생각이 들었다. 하지만 집 안 가득한 습기로 장판에 발이 눌어붙었다. 형일은 천천히 발가락을 움직였다. 말도 안 되는 상황이다.

'올가미가 살아 있을 리가 없잖아.'

그렇게 되뇌면서도 형일은 올가미에서 눈을 떼지 못했다. 올가미는 땀을 쏟아 내는 그를 조롱이라도 하듯 여유롭게 좌우로 움직였다. 한 발짝 겨우 떼 놓고 다른 발을 떼는 순간이었다. 발이 장판으로부터 떼어지는 '쩍' 소리가 밧줄이 내지르는 비명보다 더 컸다.

밧줄이 멈췄다. 점점 숨이 가빴다. 형일은 가방을 팽개쳐 버리고 뛰었다. 코앞이 복도였다. 복도 너머 영석이 있다. 그의 이름을 부른다.

"영……!"

숨이 턱 막혔다. 껄끄러운 밧줄의 단면이 목 깊숙이 파고

들었다. 손끝으로 밧줄을 잡았다. 밧줄이 바짝 조이면서 몸이 허공으로 붕 떴다. 목이 늘어났다. 밧줄을 쥔 손에 힘을 주지만, 맥없이 허공을 헤맨다. 두 다리를 버르적거렸다. 부릅뜬 두 눈에 검은 인영이 비쳤다. 가물거리는 시선이 군복을 인식했다. 저만치서 남자는 힘을 주어 밧줄을 당겼다. 몸이 휘청거리며 허공에서 빙글 돈다. 다시 그를 보자 그는 웃고 있다.

영석은 여자를 탐했다. 중년의 여자여도 몸은 젊은 여자처럼 탱탱했다. 1타 2피였다. 돈도 훔치고, 여자도 훔치고. 아니지, 후자는 훔치는 게 아니지. 이건 그녀가 원하는 거야. 그르렁거리는 그녀의 신음이 증거였다. 그 소리가 더 커질수록 영석은 흥분이 됐다. 허리띠를 풀고 바지를 내렸다.

"영석아."

문밖에서 형일이 자신을 불렀다. 제길, 하필이면 이때.

"조, 조금만 기다려 봐."

"영석아."

형일은 끈질겼다. 기다리라는 자신의 말을 무시하고 계속 문밖에서 자신을 불렀다.

"아, 씨발. 내가 기다리랬지?"

영석이 문 너머 형일을 향해 고개를 들었다. 그리고 보았다. 온 사방이 피로 가득했다. 뒤엉킨 여자와 자신도 피를 뒤집어썼다. 어리둥절해져 여자를 내려다보니, 그녀가 신음을 내뱉을 때마다 반쯤 벌어진 그녀의 목에서 피가 쏟아졌다. 그녀가 행위를 멈춘 영석을 바라봤다. 피보다 새빨간 그녀의 입술이 웃는다.

"으아아아악!"

영석이 바지를 추켜올리며 방을 뛰쳐나왔다. 문 앞에 형일이 없다.

"씨발!"

외마디 비명을 지르면서 반대편 방으로 간 영석은 눈앞의 광경에 입을 다물었다. 어둑한 방 한가운데에 형일이 있었다. 목에 줄이 걸린 채, 허공에 뜬 몸이 좌우로 움직였다. 까뒤집은 그의 눈과 마주쳤다. 어서 자신을 구해 달라는 책망의 시선이다. 죽었다는 걸 알면서도 그에게 다가갔다. 늘어진 몸을 향해 두 팔을 벌렸다.

그때 형일의 시체 뒤, 어둠 속에서 붉은 눈동자가 번뜩였다. 검은 그림자가 영석에게 달려들었다.

소영은 인상을 찌푸렸다. 머리가 지끈거렸다. 연이은 긴장으로 몸이 무거워져 잠시 바닥에 누웠다. 눈을 감았음에도 달뜬 마음이 슬금슬금 2층으로 향했다. 손목의 상처에 긴 손톱을 쑤셔 넣는 여자의 힐난 어린 시선과 마주친다. 여자는 손목의 상처와 목에 난 상처를 긁어 댔다. 말을 잃은 여자는 행동으로 그녀를 괴롭히려 들었다. 피를 쏟아 내거나, 너덜대는 살점을 잡아 뜯어 그녀의 얼굴에 던졌다. 벌린 입이 피로 가득하다. 악을 쓰는 것 같다. 철판을 긁는 그 소리에 배 속이 꿈틀거렸다. 묘하게 웃음이 났다. 등 뒤로 남자가 다가왔다.

'내가 그랬어. 널 위해.'

그는 소영을 그의 방으로 데려갔다. 그가 소영에게 밧줄을 넘겨주었다.

'그러니까 날 죽여 줘.'

이마에 차가운 느낌이 들어 눈을 떴다. 도진이 옆에 앉아 이마를 짚었다.

"꿈꿨어?"

"응."

"웃긴 꿈?"

"응. 엄마가 더 이상 말을 못 해. 그래서 웃겨."

"으아아아악!"

집 안에 비명이 메아리쳤다. 깜짝 놀라 자리에서 일어났다. 그때까지 부엌에서 서성이던 준연이 부엌칼을 들고 소리 쳤다.

"꼬, 꼼짝 마."

"뭐야? 지금 2층에서 소리 난 거 맞아?"

눈앞에서 칼을 들이민 사람보다 2층에서 난 비명 소리가 더 믿어지지 않았다. 왈칵 두려움이 일어 도진을 봤다. 도진은 여전히 책에 시선을 두며 어깨를 으쓱였다.

"군바리 새끼가 즐거운 제사상을 받았지. 올해는 특별할 거야."

영석이 계단을 구르다시피 내려왔다. 안절부절못하던 준연이 사색이 된 그를 불렀다.

"영석아! 너 괜찮아?"

"씨발. 씨바알!"

초점 잃은 눈동자와 흐트러진 옷매무새, 욕에 뒤섞인 침이 속절없이 흘렀다. 그를 흘깃 본 도진이 키득거렸다.

"쟤도 뭐 좋은 시간 보낸 거 같은데?"

"씨발!"

영석은 몸을 부르르 떨며 손으로 몸을 닦아 냈다. 그 맘을 빤히 아는 것처럼 도진이 고개를 끄덕였다.

"잠깐은 말이야."

준연은 칼을 내민 상태로 엉거주춤 영석에게 다가갔다.

연방 몸을 쓸어 대는 영석에게 물었다.

"영석아, 너 왜 그래? 형일이는 어디 있고?"

"피, 피가 잔뜩이야. 닦아도 지워지지 않아."

"피? 어디에?"

영석은 보이지 않는 피를 몸에서 지워 냈다. 그러다 준연에게서 칼을 빼앗고는 금방이라도 찌를 기세로 다가와 소리쳤다.

"저것들 뭐야? 어?"

"이봐, 칼 조심해."

부들거리는 칼끝이 소영에게로 향하자 도진이 말했다.

"입 닥쳐!"

곧장 칼끝은 도진에게로 향했다.

"형일이가 죽었다고! 저것들이 형일이를 죽였다고! 이, 미친, 이 미친 것들아!"

"죽었다고? 형일이가?"

영석의 말에 놀란 건 준연이었다. 준연은 허망하게 2층으로 향하는 계단을 올려다봤다. 도진이 말했다.

"가지 말라고 했잖아. 2층엔 절대로 가지 말라고."

"닥쳐! 죽여 버리기 전에."

영석은 머리를 쥐어뜯었다. 충격에 제정신이 아닌 듯했다. 좌우로 움직이며 칼을 겨누다가 말기를 반복한다. 도진이 대신 입을 열었다. 화난 목소리다.

"물에 빠진 것들 도와줬더니, 강도 짓에 이제 살인까지 하려고? 이래서 안 하던 짓을 하면 안 돼."

참지 못한 영석이 도진에게로 달려들었다.

"닥치라고 했지! 우리도 살인까지 안 하려고 했어. 살인은 너희가 했잖아. 형일이를 너희가 죽였잖아!"

"우리가 죽인 건 아니지. 저 위의 것들이 한 거지."

금방이라도 칼끝이 도진이를 꿰뚫을 것 같았다. 소영은 영석의 팔을 붙들었다.

"안 돼요! 돈, 돈을 원해요?"

영석은 멈췄다.

"제가 드릴게요. 그분 죽은 건 안 됐지만, 당신들이라도 원하는 걸 가져야죠."

영석은 소영을 따라나서기 전 다른 부엌칼을 준연의 손에 들려 주었다.

"저 여자 말대로, 일단 돈부터 챙기고 형일이 데리고 여기 뜨자. 돈 챙겨 올 테니, 저 둘 감시 잘하고 있어. 딴짓한다 싶으면 그냥 찔러. 알겠어?"

"영, 영석아."

"정신 차려야 돼. 형일이도 눈 깜짝할 사이에 죽었어. 너도 죽고 싶어? 씨발, 이렇게 된 마당에 돈이라도 두둑하게 챙겨서 잘 먹고 잘 살아야지!"

영석은 준연의 어깨를 다독이고 소영을 따라나섰다. 팔짱을 끼고 가만히 그들이 밖으로 나가는 모습을 지켜보던 도진은 연희에게로 눈길을 돌렸다. 가련하리만치 창백한 얼굴이다. 애초부터 이 여자를 위해 불을 켜는 걸 반대했는데. 새삼 소영은 왜 저 여자를 도와주려 했을까.

"심심한데 이야기 하나 해 줄까?"

준연이 칼을 들었다. 너무 어정쩡한 모습으로 말까지 더듬거렸다.

"꼬, 꼼짝 마."

"이야기도 안 돼? 저 여자가 불쌍해서 그래. 겁먹었잖아. 그리고 너도."

준연은 아무런 대꾸도 할 수 없었다. 도진은 소파 등받이에 몸을 기대고 다리를 꼬았다. 얼마 만에 사람 앞에서 하는 연기인가.

"옛날, 옛날에 한 산골에 신데렐라 같은 계집이 살고 있었어. 너무 불쌍해서 말도 못 해. 신데렐라는 계모한테 당하기라도 했지. 이 계집은 친엄마한테 구박을 받은 거야."

소영은 손전등을 들고 창고로 향했다. 영석은 그녀의 뒤에서 칼을 겨누며 따라왔다. 그는 잔뜩 겁먹은 채 주위를 경계했다. 여전히 비는 세차게 내렸고, 소영은 창고로 발걸음을 옮겼다. 크르르. 공기가 울렸다. 천둥소리라 생각하지만, 두려움에 이가 떨리는 걸 영석은 알아채지 못했다.

소영이 창고 앞에서 빗장을 잡았다. 손에 차가운 금속이 느껴지자 소름이 돋았다. 영석을 돌아봤다. 번개가 쳤다. 그가 손에 쥔 칼의 전신이 번뜩였다. 여기서 포기하라고 일러 주고 싶다. 이곳에 괴물이 살고 있고, 당신이 믿고 있는 그 칼은 괴물에게 아무런 소용도 없다며. 하지만, 그 칼이 도진을 찌르려고 했다. 그 칼이 도진을.

주춤거리는 소영에게 영석은 빨리 문을 열라고 재촉했다.

"구박도 그런 구박이 없어. 인격 모독에 때리고, 가두고, 집어 던지고. 이유는 여자라서. 친엄마가 미친년이거든. 이 계집이 아빠한테 사랑이라도 받았다 하면 여지없이 폭력을 휘두르지."

귀에 거슬리는 소리를 내며 문이 열렸다. 창고 안에서는 퀴퀴한 나무 냄새가 났다. 영석이 주춤거리는 소영의 등을 밀었다. 손전등이 크게 흔들리며 안을 비췄다. 책상과 책장이 보였다. 낡은 소파와 테이블, 그리고 침대. 스치듯 지나가는 불빛 속에서 소영은 괴물을 보았다.

한쪽 안면이 함몰된 모습 그대로 피를 흘리고 있다. 숨이

막혔다. 그의 존재를 눈치채지 못한 영석은 또다시 소영의
등을 밀었다. 소영은 다치지도 않은 다리를 절뚝거려야 했
다. 다리가 움직이지 않았기에.

"아빠가 계집에게 한 사랑은 우리가 흔히 아는 그런 사랑
이 아니야. 그래, 끔찍한 그거. 짐승도 지 자식한테는 그러지
않는데 말이야. 그치?"

창고는 많은 서류와 책으로 너저분했다. 켜켜이 쌓인 먼지
를 헤집으며 소영은 책장 사이에 숨긴 금고를 찾았다. 그 앞
에 앉아 손전등을 내려놨다.

숫자를 맞추기 시작한다. 비밀번호는 뻔한, 그녀의 생일.

금고의 문이 열렸다. 그곳엔 많은 돈이 있었다. 돈다발을
본 영석이 소영을 밀쳐 내고 봉지에 돈을 담기 시작했다. 손
이 시큰했다. 쓰러질 때 바닥에 깔린 유리 조각을 짚었다.
찢어진 상처에서 피가 흘렀다. 상처를 부여잡으며 일어났다.
바닥에 떨어진 핏물이 하나의 사물을 가리켰다.

괴물의 트로피.

영광의 그 트로피로 소영은 괴물을 한 번 죽였다. 그 잔해
가 여전히 이곳에 존재하다니. 소영은 천천히 그 누구도 눈
치채지 못하게 손전등의 엷은 빛에서 벗어났다. 어둠 속에
그녀의 몸이 잠긴 순간, 그 빛 속으로 한 발짝씩 괴물이 나
타났다. 온전하지만 탁한 오른쪽 눈으로 금고 앞에서 돈을

담는 영석을 지켜본다. 인내심을 가지고.

영석의 비명이 울렸다. 소영은 창고에서 뛰쳐나와 문을 잠갔다. 동시에 문이 흔들렸다. 깜짝 놀라 바닥에 주저앉았다. 앙칼진 목소리가 새어 나왔다.

"열어! 열라고! 이 미친년아, 이 문 열어! 죽여 버릴 거야. 나가면 죽여 버릴 거야. 헉, 오지 마. 오지 마. 으아아악!"

천둥소리가 요란하게 울렸다. 하늘에서 번개가 번쩍였다. 미친 듯이 비가 내렸다.

잠시 뒤, 영석의 비명이 멈췄다. 눈물이 나왔다. 언제부터 울고 있는지 모르겠다. 무서워서 어찌할 바를 모르고 그 자리에 주저앉아 비를 맞았다.

똑, 똑, 똑.

창고 안에서 괴물이 문을 두들겼다.

"내 새끼 거기 있니? 이 문 좀 열어 줄래? 그래야 예쁜 내 딸이지."

소영은 후들거리는 두 다리에 힘을 주며 일어섰다. 그때, 문 옆에서 창백한 손이 튀어나왔다. 소영은 숨을 멈추고 익숙한 그 손을 노려봤다. 마디가 길고도 굵은 그 손이 빗물을 움켜쥔다. 예전의 그 손은 소영의 목을 움켜쥐었다. 소영의 몸을 쓰다듬었고 쉼 없이 때리기도 했다.

"봐라, 얘야. 이 모든 일이 다 너 때문에 일어난 거란다. 괜찮다, 애야. 아빠가 다시 왔잖니. 그러니 문을 열어다오."

소영이 대답하지 않자 그가 문을 내리쳤다. 자물쇠가 들썩였다.

"언제까지 머저리처럼 이렇게 밥이나 꼬박꼬박 챙길 거냐. 그렇다고 네 죄가 사라지지 않아! 네가 저 트로피로 날 내리치지만 않았어도 이렇게 성가신 일이 일어나지도 않았을 거야! 아아, 애야. 아빠 말 들으렴. 문을 열어 다오. 그렇다면 아빠가 모두 해결해 주마. 천장에 매달려 있는 병신 같은 오빠도, 미친 네 어미도 모두 없애 주마. 그 자식이 널 얼마나 사랑해 줄 거 같니? 아빠가 널 얼마나 사랑하는데. 네가 날 죽였어도 난 널 이렇게 사랑한단다. 하지만, 그 자식은? 걔는 네가 자길 죽인 걸 아니?"

소영의 두려움이 만족스러운지 괴물이 웃었다. 그 말처럼 소영은 두려웠다. 그가 말하는 진실이 무서웠다.

"그 죄책감마저 느끼지 못하게 내가 그를 없애 주마."

도진을 없애겠다는 괴물의 말에 소영의 눈앞에서 불이 튀었다. 그 누구도 도진을 건드릴 수 없다. 소영은 천천히 문으로 다가갔다. 괴물을 가둔 자물쇠에 손을 댔다. 그것은 뼛속까지 시릴 만큼 차가웠다. 괴물의 진득한 숨결이 느껴졌다. 묘하게 웃음이 났다.

"아니에요, 아빠. 이 모든 일은 다 아빠 때문인걸요."

쾅. 문이 들썩였다. 소영은 뒤로 물러섰다. 자물쇠는 언제나 튼튼했다.

"열어! 이년아. 이 문 열란 말이야. 나가면 너부터 죽여 버리겠어!"

소영은 돌아서서 집을 향해 뛰었다.

준연은 베란다로 가 밖을 바라봤다. 영석이 사라진 창고 쪽을 살핀다. 도진은 계속 말을 이었다.

"계집에겐 오빠가 하나 있었어. 집에서 유일하게 계집을 보호하는 존재였지. 계집은 여리지만, 착해 빠진 그 오빠를 의지했어. 근데 군대에 간 오빠가 관심 사병이라는 거야. 자긴 아무 짓도 안 했는데 모든 사람한테 손가락질과 괴롭힘을 당해 도저히 못 참겠다며. 휴가 나온 오빠가 계집한테 부탁하지. 죽여 달라고. 너무 유약해서 지 스스로 죽을 용기도 없던 거야. 계집은 거절할 수 없었어. 그래서 죽여, 그게 시작인 거야. 이 모든 일이."

"시끄러워. 그만해."

두려움에 떠는 준연이 소리쳤다. 형일의 시체는 2층에 있고, 영석은 아직도 올 생각을 하지 않았다. 두려움을 떨쳐 준다던 도진의 말은 오히려 공포심만 부추겼다. 도진은 준연을 향해 만족스러운 표정을 지었다. 그때까지 아무 말 없이 요지부동이었던 연희가 물었다.

"그럼 당신은 뭐죠?"

"나? 당연히 난 꿈속의 왕자지. 난 TV 속 너머 선망의 대상이었거든. 너무 낯간지럽나?"

"아냐. 이건 꿈이야."

도진의 말에 뭔가를 깨달은 준연이 중얼거렸다. 도진을 향해 칼을 치켜들며 고개를 저었다. 자신의 말을 부정하는 준연의 말이 내심 서운한 도진은 어깨를 으쓱였다.

"한땐 나도 만인의 왕자긴 했어. 그래도 넌 날 아는군."

"영석이가 그건 내 상상 속의 일이라고 했어. 당신은 그 사람이 아니야. 그건 내 나쁜 상상일 뿐이야. 그 사람은 죽었어. 그러니까 당신은 그냥 닮은, 살아 있는 사람이지. 그래, 가짜. 당신은 그 사람이 아니야. 진짜가 아니라고."

"네 친구는 멍청하더군. 돈을 더러운 창고 안에 숨겨 놓는다는 게 말이 되는지. 지금쯤 그 멍청한 놈은 내가 말한 그 아버지한테 잡아먹혔을 거야. 그러니 친구 말은 무시하고, 원점에서 다시 생각해 보자고. 나 같은 멋진 놈이 또 있을 거 같아? 그래 내가 진짜야."

충혈된 준연의 두 눈이 커졌다. 마지막 피날레라도 되는 양 샹들리에의 빛을 향해 도진은 두 팔을 벌리며 소리쳤다.

"나는 되살아났도다! 아하하하하."

"아냐, 아냐, 이건 아니야!"

준연이 소리치며 도진에게 달려들었다. 피한다고 움직였지만, 늦었다. 칼이 도진의 옆구리를 스쳤다. 놀란 연희가 소리를 지르며 준연을 밀었다. 칼이 바닥에 나뒹굴고 준연은 자신을 방해한 연희를 덮쳤다. 연희의 몸이 난로가 있는 벽에 부딪혔다. 준연의 손이 그녀를 내리쳤다. 버르적거리는 그녀를 놓친 그의 팔이 허공을 휘젓다가 도자기를 쳐냈다.

날카로운 소리를 내며 깨지는 도자기와 회색빛 분진이 사방에 흩어졌다. 도진을 위한 초가 커튼 쪽으로 미끄러졌다. 낭창거리던 불이 커튼에 옮겨붙었다. 불은 빠르게 이곳저곳을 집어삼켰다.

"너도, 너도 저들 편이란 거야?"

준연이 바닥에 쓰러진 연희의 멱살을 잡았다. 손을 휘두르자 그녀는 맥없이 쓰러졌다.

"저들이 어떤 줄 알아? 죽은 것들이란 거야. 내, 내가 저 남자에 대해 얘기했는데, 그놈들이 믿질 않았어. 당연해. 죽었다는 게 말이 돼? 저렇게 살아 움직이는데! 봐봐!"

준연은 강제로 연희의 머리를 붙잡아 배를 부여잡고 선 도진을 보여 줬다. 도진은 조금 멍한 표정을 지었다. 간만에 누군가가 자신을 알아봐 주니 기분이 좋은데 뭔가가 이상했다.

"죽지도 않잖아!"

"그야 네 칼 솜씨가 거지 같아서 그렇지."

도진이 대답했다. 피가 묻어났으리라 생각한 손은 깨끗했다. 아아, 난 죽은 몸이지. 근데 통증이 컸다. 머리털까지 쭈뼛 설 정도로. 처음 죽을 때도 이랬나 싶다.

"어떡하지? 무서워서 도망치라고 한 건데, 너무 미친 거 아냐?"

그런 그의 옆을 누군가가 지나쳤다. 바닥에 긴 핏자국을 내며 우아한 걸음을 옮기는 여자. 2층에서 절대 내려오지 않던 그 여자가 준연에게로 향했다. 신음이 절로 나왔다.

"정신 차려. 내가, 널 구해 주겠다잖아. 내가, 널 이곳에서 구해 줄게. 응?"

우악스러운 손길이 준연의 머리채를 휘어잡았다. 비명을 내지르며 준연은 자신을 붙든 손을 잡았다. 손안에 축축하고 끈적거리는 느낌이 들었다. 준연은 고개를 들었다. 피를 뒤집어쓴 여자가 그를 내려다보고 있다. 여자의 손아귀에서 빠져나오려 애썼으나 그녀는 하나도 힘들지 않다는 듯 가볍게 자신을 끌고 갔다. 끌려가지 않으려 버둥대지만, 어느새 몸이 계단을 기었다.

도진은 그 모습을 마냥 본다.

"와, 이건 나도 예상 밖이네."

"도진아!"

소영이 집 앞에 섰을 때 집은 이미 불길에 휩싸였다. 믿을 수 없는 현실이었다. 불이라니. 그녀는 집 안으로 뛰어들어 갔다. 거실에서 도진을 보았다. 연희는 바닥에 쓰러져 있었고, 불은 그 주위를 맴돌며 혀를 내밀었다. 표정 없던 도진은 소영에게 손을 내밀었다. 금방이라도 사라질 것 같아 다급히 달려가 그의 손을 잡았다.

"나가자. 응? 불이, 불이 나서 여기에 더 못 있을 거야."

"나도 그러고 싶은데, 어쩔 수 없네."

그가 바닥을 가리켰다. 회색 분진이 타들어 갔다. 순간 저게 뭔가 싶다가 퍼뜩 정신이 들었다.

"안 돼!"

소영은 그의 손을 놓고 바닥에 앉아 그 분진들을 그러모았다. 도진의 뼛가루. 그걸 불에 내어 줄 수 없었다. 소영은 불에 타들어 가는 분진까지 쓸었다. 그릇을 찾아 가루를 담아 본다. 그사이 불길은 점점 거세졌다.

"소영아."

도진이 소영의 손을 잡았다. 집 안은 매캐한 연기로 가득했다. 그래도 조금이라도 더 모아야 했다. 그의 손길을 뿌리치려고 했지만, 완강했다. 답답해서 소리쳤다.

"왜?"

"저 여자 데리고 가."

연기에 가려서일까 그의 모습이 부분적으로 희미하다. 그런 그의 말에 실소가 나왔다.

"미쳤어? 누굴?"

"저 여자 도와주고 싶어 했잖아."

"지금 그게 문제야? 너 없이 내가 왜 살아?"

그가 소영의 손을 들어 보였다. 찢어진 상처에 피가 맺힌 그 손을 보이더니 말했다.

"나는 네가 걱정이야. 널 좀 보살펴. 죽은 나는 그만 찾고. 잘 된 거 같아. 내가 저것들 데리고 갈 테니까, 넌 이제 그만 무서워해도 돼."

"싫어!"

그의 모습이 점점 사라지고 있다. 소영은 그가 사라지지 못하게 그의 손을 꼭 잡았다. 하지만 곧 그의 손도 그녀의 손안에서 사라졌다.

"자, 어서. 이젠 날 놔줘야 할 때야. 나는 더 이상 너의 왕자가 아니니까 이제 죄책감에서 벗어나라고. 모든 것에서 말이야. 어서 네가 해야 할 일을 해."

그 말을 끝으로 그의 모습이 사라졌다.

"도진아?"

눈을 여러 번 깜박이며 불길이 치솟는 집 안을 보았다. 어디에서건 눈앞에 있어야 할 남자는 태풍이 지나간 후처럼 아무렇지 않게 그 모습을 감췄다. 지금 상황이 모두 거짓말 같다. 그래, 거짓말이야. 그는 죽지 않아. 내년이면, 다시 태풍이 부는 날이면 되돌아올 거야. 그렇다면 이번엔 꼭 용서를 구해야지. 내가 너를 죽여 미안하다고.

붉은 기운이 눈물이 되어 바닥에 떨어졌다.

빗발이 약해졌다. 2층 목조 주택은 불길로 주저앉았고, 거센 빗발에 그 기세가 줄어들었다. 소영은 불타 버린 집을 등진 채 바닥에 앉아 있다. 아무 생각이 없었다. 사람이 안 하던 짓을 하면 탈이 난다고 말하던 도진의 말이 머릿속에서 뭉그러졌다.

태풍을 기다리던 어제까지의 순간을 기억해 본다. 두렵지만, 기다렸던 그 순간. 그를 만나는 그 순간이 떠오르지 않았다. 이제 더는 생각이 나지 않을 것 같아서, 또 눈물이 났다.

옆에 누웠던 연희가 힘겹게 일어났다. 짙은 현기증 끝에 불타 버린 집이 있다.

"집이……."

연희가 말을 하다 말았다. 어떤 위로의 말을 하려다 입술을 앙다문다.

멀리 울타리 안으로 경찰차가 들어섰다. 뒤뚱거리던 차체가 한껏 조심스럽게 다가온다. 차에서 내리는 경찰의 표정에 당혹감이 서렸다.

"괜찮으십니까? 새벽에 불이 난 것 같다는 슈퍼 할아버지의 신고를 받고 왔어요. 계곡에 물이 불어서 사상자가 많았거든요. 뒤늦게 지금에서야 와 봅니다. 하아, 다 타 버렸네요. 혹시 사망자가 있나요?"

소영은 고개를 저었다. 저곳에서 저들은 그 누구도 못 찾을 것이다. 경찰은 모자를 벗어 머리를 긁적였다. 그리고 트렁크에서 담요를 꺼냈다.

"다치신 것 같은데 일단 병원으로 모셔 드리겠습니다. 혼자십니까?"

소영은 연희를 보았다. 연희도 소영을 마주 본다. 눈물이 핑 돌았다. 왜 몰랐을까? 태풍은 소영에게 죽은 이를 데리고 온다. 도진은 알았을까? 그랬던 걸까?

소영은 천천히 고개를 끄떡였다. 경찰이 다가와 담요를 덮어 줬다.

"서에 먼저 연락을 해 놓겠습니다. 사고 처리는 해야 해서 말이죠. 차에 타십시오."

차가 크게 한 바퀴를 돌았다. 연희는 여전히 그 자리에 선

채 소영을 본다. 검은 창고를 배경으로 선 연희는 아무 말이 없다. 여전히 건재한 창고와 그녀의 모습이 점점 작아진다.

"정말 손도 못 썼겠어요. 안 되셨습니다. 그래도 크게 다치지 않으셨으니 맘이 놓이네요. 계곡 쪽에서는 말도 못 해요. 사람이 많이 죽었거든요. 망할 태풍이죠."

"잠시만요."

울타리를 막 지나치자마자 차를 세웠다. 소영은 차에서 내려 집을 한 번 더 돌아봤다. 활짝 열린 울타리 문을 닫고 쇠사슬을 채웠다.

내년 태풍이 오는 날, 다시 열릴 그 문을.

휘파람을 불면

이필원

내가 신기하다고 중얼거리자 당신은

"뭐가 신기해?"

라고 물었다.

놀랍고도 두려운 감정에 사로잡힌 건 나뿐인가. 순진무구
한 얼굴로 그리 물으니 나는 그저 내 속에서 팽이처럼 회전
하는 마음을 가만히 멈춰 세우고 싶어진다. 정지시킬 수 없
다는 걸 알면서도 그 마음을 붙들어 매고 싶다.

돌지 마. 돌아 버리지 마. 그러면 안 된다고 발끝에 힘을
줘 보지만 소용없다. 지금 이 순간 조금의 여과도 거치지 않
고 대답해 버리면 제자리에서 빙글빙글 도는 건 영원히 내
몫이 될 것이다. 어떤 미래는 먼저 알 수 있었다. 아름다운
당신에게 복종하자마자 나는 더 이상 내가 아니게 될 게 뻔

하다.

당신은 아무렇지 않겠지. 나의 초조에 어떠한 영향도 받지 않고 모두 튕겨 낼 테지.

나는 잠자코 당신의 눈을 주시한다. 연한 밤색 눈동자는 소총 없이도 짐승을 사로잡는다. 전생의 인연이 따로 있는 것이 아닐 텐데도 지금 이 순간 온 생애를 통틀어 우리 둘만이 각별히 이어져 있는 것 같다.

곤란하다, 정말 너무 곤란해. 속으로 중얼거리며 나는 등 뒤로 두 손을 마주 잡았다. 뒷짐을 지고 있는데도 여유라고는 조금도 생기지 않는다. 손안에 움켜쥔 게 나를 이루는 본의인 것만 같아 이만 돌아가시겠다.

산중에서 살지 않은 지 오래라고 해도 엄연히 정상 포식자인데 이거 체면이 말이 아니다. 이렇게까지 사람이, 아니 호랑이가 제한 없이 나약해질 수 있나. 이런 일이 어떻게 가능한가. 급류에 휩쓸리기라도 한 듯이 서서히 숨의 높낮이가 심해졌다.

"응? 뭐가 신기하냐고 물었잖아."

두 눈에 비치는 초연함 앞에서 포효하고 싶은 걸 참느라 발톱을 조금 세워야 했다.

"……호환이 무섭지 않아?"

"호환?"

으름장을 놓아 보았으나 당신은 도리어 웃는다.

"나는 마마가 무섭지, 호환 따위는 무섭지 않은데."

한때 호환을 두려워하던 이들은 모두 씨가 말라 버렸는가, 탄식하다가 아니지 씨발 씨가 마른 쪽은 이쪽이지 하면서 도리질을 쳤다.

"조상 대대로 사무친 원한의 내력을 모르는가?"

"잘 알지."

"근데 어떻게 동맹을 맺자는 거야?"

조금 전 당신은 내게 손을 잡자고 했다. 우리가 손잡을 수 있다고 했다. 그렇게 하면 서로에게 굉장히 좋을 거라고 말했다. 협조하면, 피 칠갑된 과거를 어느 정도 청산할 수 있을 거라고.

손을 잡자니, 공교로운 이 관계를 즉시 끊고 멀어지는 게 마땅한데 같은 방향을 향해 어깨를 나란히 하자니. 이렇게 터무니없는 제안은 단 한 번도 들어 본 적 없다.

무엇보다 당신은 긴밀해져서는 안 되는 사람이다. 내가 반드시 미워해야 할 부류의 인간이며, 아무리 긴 시간이 흘렀다 해도 엷어지거나 변색되지 않는 원한의 빛깔을 지난 원수나 마찬가지였다.

"무슨 생각하니? 얼굴까지 찡그리고."

분명코 무채색이 어울리는 당신이 화려하게 웃는다.

"만, 만지지 마라!"

이마로 뻗어 오는 손을 보며 나도 모르게 몸을 움츠리고 말았다. 두려움을 느끼는 쪽이 내가 되어서는 안 되는데, 태연한 척 표정 관리하는 일이 어려웠다.

우리가 어떻게 동맹을 맺는단 말인가. 서로 찢어 죽이지나 않으면 다행이지. 나는 가까스로 코웃음을 치며 손을 내저었다.

"우스운 제안이다."

"우스워?"

"그래. 말도 안 되지."

위협적으로 보이게끔 한껏 어깨를 펴며 말했으나 당신은 그저 웃는다. 산뜻한 미소 앞에서 나는 할 말을 잃었다.

"내 말이 왜 우스워?"

한 걸음 다가오며 묻는 당신이야말로 맹수의 현신이다.

"우리가 가까이 지내는 게 왜 불가능해? 조상들끼리 죽였다고 해서 후손인 우리까지 서로를 죽일 일인가? 너 참 재밌다. 사람 탈을 쓰더니 연약해졌네?"

하긴 너는 대호도 아니지, 당신이 중얼거린다. 고작 조그만 호랑이지.

나는 달려들어 당신의 가죽을 단번에 찢지 않고 침묵한다. 가만히 숨을 고르며 나의 행색을 떠올린다. 작은 체구의 조상을 둔 게 죄라면 죄다. 내 어머니의 어머니의 어머니의 어머니들은 대체로 아담했다. 누님 아우들 또한 작았으며 당연히 그들과 같은 피와 살로 이루어진 나도 조그맣다. 세월이 흘러 사람이 되어도 마찬가지였다. 한때 목멱산에 살았던 호랑이들의 내력이었다.

그래도 오늘날 사람들이 정해 놓은 평균 체격에 크게 못 미치는 수준은 아니어서 참 다행인 일이라고 생각했는데, 비웃음당하다니.

"……감히."

나는 당신을 조용히 노려보았다.

도력을 닦거나 쑥 또는 마늘을 먹은 덕에 사람이 된 건 아니었다. 빗발치는 탄환 속에서 살아남기 위해 어렵게 진화한 이 몸을 주제넘게 만만히 봤으니 이제 마음 놓고 적개심을 보여도 되겠지.

"그렇게 봐도 무섭지 않아, 호랑이야."

당신은 손톱 거스러미를 뜯으며 미소 지었다.

"귀여울 뿐이야."

큰 소리로 아르렁거리려고 하는데 당신이 불쑥 손을 내밀었다.

"어때? 나랑 같이 일하자."

"싫다."

"일할 데가 필요하잖아."

"레코드 가게에서 시간을 허비하고 싶지 않아."

"디스코를 좋아하면서?"

"……디스코를 좋아하는 거랑 일터를 고르는 건 엄청 상관없는 일이다."

석연찮은 호의를 거절하는 단단한 말이었지만, 발화한 순간 당신에게 무른 속성으로 변해 가닿는 게 느껴졌다.

"내가 무섭니?"

역시나 당신은 여유로운 미소를 잃지 않는다.

"너 혹시 내가 무서워?"

나는 기가 막혀 눈썹을 찌푸렸다.

무섭냐고? 무섭지 않다. 하나도 둘도 무섭지 않고 오로지 나를 두렵게 하는 건 내 안에 돌개바람을 일으키고 있는 어떤 현기증뿐이다. 그러니까 팽이처럼 빠르게 돌고 있는 마음, 당장 꺼내서 멀리 던져 버리고 싶은 오감 이외의 감각이다. 불안의 그늘에 조금쯤 발을 걸치고 있어서, 내가 타고난 위세에 정통으로 와 꽂힐 화살을 첫눈에 알아보게 하는 그것이 숨통을 짓누른다. 도망쳐야 한다. 이 자리에서, 당신에게서 당장.

고작 말린 감을 내세워 잔꾀를 부렸다던 옛이야기 속 여인도 당신만큼 대담하진 못할 것이다. 나에게 잡아먹힐 가능성을 아주 내려놓은 듯한 당신을 보자니 유감스럽다. 긴 생애를 지나오면서 삶과 죽음에 통달하게 됐다고 자신했는데, 미소 짓는 당신 앞에서 도무지 쓸모가 없다. 어째서 털끝이 바짝 서는 느낌이 드는 건가. 정작 짐승과 마주 선 사람은 이토록 여유만만한데.

"작은 호랑이야."

당신이 한 발 더 가까이 다가왔다.

"너 내가 사람을 죽여서 그래? 살인하는 일은 너희 쪽이 더 역사 깊지 않아?"

"지금은."

등 뒤에 닿는 벽을 느끼며 나는 이빨을 보였다.

"지금은 아니야. 죽이지 않는다."

살생하지 않고 산 지 오래다. 굳이 나서서 죽이지 않아도 사람들은 저들끼리 목숨줄을 끊곤 했다. 이제는 주린 배를 채우기 위해 오래된 먹이사슬을 되풀이할 필요가 없었다. 구리개로 불렸던 곳이 한때 황금정이 되었다가, 을지로라는 새 가로명을 얻는 것을 지켜봐 온 만큼 나이를 먹었고, 세월의 흐름에 맞춰 식생활을 바꿔야 했다. 그러는 동안 살육에의 충동이 사그라들었으니, 더는 사람을 죽이는 것이 나의 본능이라고 할 수 없었다.

하지만 지금 이 순간 당신이 세 치 혀로 쳐 놓은 덫에 걸리기 직전이었으니, 으슥한 산길에서 일진광풍을 타고 먹잇 감에게 달려들던 때의 위엄을 내비쳐야 할 것만 같다. 가능한 한 빨리.

"산군."

어느새 포수의 얼굴을 한 당신이 내 어깨를 잡는다.

"알베르 카뮈는 틀렸어."

"알베르…… 카뮈?"

"단두대는 필요해."

당신이 진지한 눈으로 내 안을 들여다본다. 함부로 심연을 훑는 걸 막을 수 없었다.

"사람의 형벌이 건들지 못하는 사람에겐 다른 방식의 본보기가 필요하단 걸 산군 너도 알지?"

작은 평수의 레코드점에 긴장감이 들어찼다. 심장이 터질 듯이 뛰어 댔다. 당신의 말이 전적으로 옳으며, 나 역시 그렇게 생각한다고 수긍하고 싶은 걸 참는 일이 힘겨워진다.

"그 양반 말대로 사형의 본질이 복수여도 꼭 필요한 사형이 있어."

가슴속이 번거로워 차라리 정신을 잃고 싶을 지경이었다. 그럴듯한 말로 나를 호리는 것을 당장 그만두라고 소리치고 싶었으나 좀처럼 입이 떨어지질 않았다.

사형이야말로 가장 계획적인 살인이라지만, 천벌을 받아

야 마땅한 죄수가 온갖 연줄과 재력으로 강력 범죄를 무화(無化)시키고 있다고 말하는 당신의 목소리가 한층 낮아졌다.

"있으나 마나 한 법 때문에 이 나라의 안위가 걱정이다. 너도 그렇잖아?"

동의를 구하는 눈빛이 나를 건든다. 나는 천천히 숨을 몰아쉬었다.

이런 일이 정말 일어날 수 있는 건가? 극히 드문 확률로 일어나는 기이한 일 아니던가? 한 가지 마음이 어떻게 다른 한 마음과 요철이 맞아떨어질 수 있는지, 나의 볼록함이 어떻게 사람인 당신의 오목함에 딱 들어맞을 수 있는 건지. 호랑이 부리는 법을 익히기라도 한 것처럼 당신은 내 안에 있는 한 톨의 복종심을 손쉽게 끌어올리고 있었다.

나는 멍하니 입을 벌렸다. 그 순간 당신이 나의 어깨에 한 손을 얹으며 고개를 숙였다. 부드럽고 따뜻한 뭔가가 입술 안으로 들어와 송곳니를 살며시 문지르고 지나갔다.

이게 뭔가, 지금 무슨 일이 일어나고 있는 건가, 당황하는 찰나에 쏙 빠져나가는 얄궂은 붉은 혀가 보인다. 내 정신도 사람 가죽 밖으로 튀어 나갔다가 도로 스민다. 나는 뒤늦게 입술을 가리며 주춤했다.

"귀여워라."

당신이 웃으며 말했다.

동업자로서 우리는 분명 대단할 텐데 뭘 망설이는 거냐고. 뒤에서 살랑이고 있는 희미한 꼬리를 보건대 너 이미 내게 마음을 열지 않았냐고.

당신을 처음 만난 건 이태원의 어느 복어 집 근처에서였다.

그날 나는 느긋하게 한남동 일대를 산책하고 있었다. 평소처럼 블루스퀘어를 지나 제일기획 쪽으로 걸어가고 있는데 울음소리가 들렸다. 웬 남자애가 복어 집 앞에서 몹시 흐느껴 울고 있었다.

연민과 악독은 내가 가진 모순된 것들로, 이날은 연민이 내 걸음을 지체시키는 바람에 아이를 지나치지 못하고 말을 걸어 버렸다.

"왜 울어요?"

무자비하고 포악하기로 알려진 것과 달리 나는 꽤 너그러우며 시의적절하게 다정한 편이다. 시와 그림을 좋아한다. 여인의 씩씩한 기상과 선비의 절개를 존경한다. 우리의 성질을 알아차린 사람은 몇 없으며 당장 기억나는 호인으로는 단원(檀園)이 유일하다. 그의 거침없는 화풍 안에서 나의 조상들이 시들거나 상하는 일 없이 살아 있다는 건 널리 알려진 사실이다.

"형님들이 여기 갇혀 있어요."

남자애가 울먹이며 대답했다.

형님들?

나는 물때 낀 수조와 남자애를 번갈아 보았다. 가게 간판을 보니 칠이 좀 벗겨진 '복어 전문'이 눈에 들어온다.

옳다구나. 나는 반가운 미소를 지었다.

"복어시군요?"

"네."

어린 복어가 조심히 고개를 끄덕였다.

"안녕하세요, 복어입니다. 그쪽은……."

"호랑이예요."

"아아, 산군님!"

복어가 눈을 동그랗게 떴다.

"처음 뵙겠습니다."

인사성 밝은 복어는 그렇게 말하곤 허리까지 굽혀 인사해 왔다.

"호랑님의 기개는 익히 들어 알고 있어요. 영광입니다."

"아니, 아니 그러지 마세요."

나는 어쩔 줄 몰라 하며 두 손을 휘휘 저었다.

그나저나 난 산짐승인데 무슨 까닭으로 바닷물고기랑 말이 통하는 걸까? 의아해하며 이런저런 말을 늘어놓다가 아직 눈가가 촉촉한 복어의 어깨를 토닥여 주었다.

"기운 내세요."

수조나 철창 안에 갇힌 동족을 보는 건 괴로운 일이다. 같은 혈통이 아니어도 우리 안에 갇힌 짐승들을 보면 목청에서 절로 울음이 터져 나왔다.

육지에 올라온 지 얼마 안 되었다는 복어에게 나는 적잖이 힘들겠지만 이겨내야 한다고 말했다. 땅 위에는 땅 위에서의 먹이사슬이 있으니 이를 잘 인지하고 견뎌야 한다고 다독이자, 어린 복어는 알겠다며 주먹을 불끈 쥐었다.

그때까지 나는 복어를 달래는 데 집중하느라 타인의 시선을 눈치채지 못하고 있었다. 복어와 헤어지고 골목에 들어서는데 누군가 노래를 흥얼거렸다. 철 지난 유행가였다. 유려한 목소리가 손짓하듯이 들려오고 있었다.

나는 걸음을 멈추고 돌아섰다. 복어 집에서 멀지 않은 위치에 조그만 상점이 하나 있었다. 유리문 안으로 보이는 것은 선반에 빽빽이 진열되어 있는 각종 CD와 레코드판이다.

이 골목에 음반 가게가 있었던가? 나는 레코드점 앞에 놓인 목제 의자에 앉아 다리를 떨고 있는 여자를 쳐다봤다가 황급히 시선을 내렸다. 난데없이 오싹해졌다. 도망쳐야 한다. 여자의 눈길이 닿지 않는 곳까지. 하지만 이대로 무방비하게 등을 보여도 될까. 짧은 순간 머릿속이 잡념으로 뒤엉

켰다. 살갗이 오그라든 건 좋은 징조가 아니다. 여자를 무시하는 편이 좋겠다는 느낌이 엄습했다.

맑고 서늘한 휘파람 소리가 허공을 가로질러 왔다.

"꼬리 흔들며 어딜 가시는 거지?"

긴 머리를 느슨히 묶은 여자는 눈이 마주치자 싱긋 웃었다. 나는 침을 삼켰다.

당신이다.

당신은 레코드점 상표가 인쇄된 앞치마 주머니에 한 손을 넣은 채 넓은 보폭으로 걸어왔다. 경계하며 물러섰지만 이미 늦은 후였다. 코앞까지 다가온 당신이 상냥히 웃었다.

"실례지만 너무 귀여우시네요, 몇 살?"

"……누구세요?"

옛날이나 지금이나 아는 척해서 좋을 게 없었다.

모르는 척 시치미를 떼자 당신이 이것 봐라 하는 눈빛으로 건들건들 묻는다.

"나는 그쪽이 누군지 바로 알겠는데. 용케 멸종되지 않았네?"

"무슨 말씀이신지. 사람 잘못 보셨습니다."

"이 소심한 새끼 범아."

별안간 당신이 거칠게 꾸짖었다.

"연기를 하려거든 좀 더 그럴싸하게 해라. 눈빛 흔들리는 꼴이 꼭 바람 앞에 촛불이면서."

나는 너무 놀라 숨을 헉 삼켰다. 강산이 열 번 남짓 바뀌는 세월 동안 그 누구도 나에게 무례하게 군 적 없었다. 딱 한 번 지나가던 다람쥐 녀석에게 싫은 소리를 들은 적 있었는데(저 작은 호랑이는 꼭 괭이 새끼 같군.) 그건 나뭇가지 위를 가붓하게 뛰어다니는 조그만 짐승의 오만이었고, 당신이 내게 방금 집어 던지다시피 건넨 말은 그보다 훨씬 더 불순했다.

"나의 가문은 대대로 착호갑사였지."

당신이 입에 올린 하급 관리의 이름을 곱씹으며 나는 주변을 살폈다. 인적이 드문 골목이긴 했으나, 대낮에 죽음을 무릅쓰고 싸울 수는 없었다.

"산군아. 너 아직 나를 모르겠니?"

"……그래 봤자 한낱 인간일 뿐."

"족보를 읊어 주랴? 나는 이 갑사의 딸의 손녀의 아들의 딸의 딸…… 이준영이다. 너희 같은 호랑이들이 모른 척하기엔 너무 대단한 조상님이지."

보통 인간이 아닐 줄은 알았지만 예상했던 것보다 문제가 커졌다.

이 갑사, 그는 호랑이 새끼를 제집에서 길들이기도 했던 조선 제일의 포수 아니던가.

"어떻게 날 알아봤지?"

"짐승 냄새가 진동하니까."

"……향수를 뿌렸는데?"

"딥디크 향수로 가려지는 냄새가 아니란 걸 너도 잘 알잖아?"

어깨를 으쓱하며 말을 잇는 얼굴이 아이처럼 짓궂다.

"거기, 꼬리도 보이고."

나는 도망쳤다. 아니 도망치려 했지만 꼬리 아닌 손목을 붙잡힌 바람에 달려 나갈 수 없었다.

당신은 나를 레코드점 안으로 몰아세웠다. 이대로 가다가는 꼼짝없이 포획되고 말 테다. 발톱을 세워야 할까. 앞발을 휘두르는 일격만으로도 충분할 텐데, 내가 당신으로부터 흘러나올 피와 비명으로 이곳을 적셔도 될까. 잠깐, 뭘 걱정하는 거지. 나를 먼저 위협한 건 당신인데.

망설이는 사이 문을 닫고 돌아선 당신은 역광을 받아 매섭게 보였다.

"나라의 치안과 질서를 위협하던 너희가 사라지니 살기 좋아졌다고들 해."

"글, 글쎄?"

"살아 본 적 없지만 옛날엔 참 무시무시했겠지."

나는 아무 말도 하지 못하고 손에 잡히는 레코드 하나를 무기 삼아 집어 들었다.

함부로 둔갑술을 풀었다가는 오늘 이때까지 이어 온 목숨을 위협받을 것이다. 나뿐만 아니라 동족의 안위가 위태로워질 수 있었다. 찰나의 위기를 모면하려고 사람 탈을 쓴 호랑이임을 온 세상에 밝히고 싶지는 않다. 과거를 기억하고 나를 알아보는, 이름난 사냥꾼의 자손을 어떻게 상대할지 막막한 나와는 달리 대화의 주도권을 이끌어 가는 당신은 한없이 태연해 보였다.

"겁먹지 마. 내가 널 죽여 뭣하니? 가죽으로도 쓸 수 없는 행색이면서."

당신이 너그러운 투로 말했다.

나는 심사가 뒤틀려 눈을 치떴다. 계산대 앞 탁자에 기대선 당신이 차분히 덧붙였다.

"과거의 유감스러운 관계는 접어 두고…… 우리 동업이나 할까?"

"뭐?"

뜬금없는 제안에 나는 일그러뜨렸던 표정을 폈다.

"같이 일하자고. 사냥은 네 본능 아니냐?"

물론 사냥은 내 본능이다.

그러나 언제나 안으로만 눌러놓아야 하는 감정이다. 압축해서 진공 포장해 놔야 할 충동이자, 철제 상자에 담아 두고 자물쇠를 단단히 채워 놔야 할 과거였다. 그걸 끄집어내려는 당신을 이해할 수 없어 나는 레코드를 쥔 손을 높이 들어 올렸다. 여차하면 이마나 쇄골 부근을 가격하여 주저앉게끔 할 속셈이었다. 공격할 태세를 갖춘 내게서 눈길을 거두지 않으며 당신은 말을 이었다.

"먹잇감을 대령할게."

"먹잇감?"

"휘파람을 불면 그것을 신호로 알고 달려와라."

알 수 없는 말을 늘어놓으며 당신은 팔짱을 꼈다.

"죽여 마땅한 사람들을 유인하면 네가 죽이라고."

그렇게 말하며 당신은 내게 어흥, 했다.

죽어야 하는 건 네 이놈 바로 너라고 소리 지르려는 내게 당신이 흔들어 보인 건 하늘색 낚싯대다. 그 끝에 털실과 셀로판지를 달아 놓은 장난감은 아마도 고양이를 달래기 위한 것일 텐데도 나는 어느 순간 거스를 수 없는 욕망에 이끌리고 말았다.

당신을 치려고 집어 들었던 레코드는 바닥에 내동댕이쳐진 지 오래다. 정신을 차리고 보니 어느새 당신 발치에 한쪽 무릎을 꿇고 있었다. 순식간에 나를 지배한 붉은 마음의 이름은 '즐거움'이었다. 흔들리는 낚싯대를 향해 손을 뻗어 대느라 정신을 차릴 수 없었다.

"고양잇과란."

나를 내려다보며 비꼬는 당신에게 이번에야말로 이빨을 드러내려는 순간.

"자, 이것 봐라."

이번에는 나의 발이 있는 쪽으로 검정 비닐봉지가 선물처럼 떨어진다. 나는 그것을 두 발로 빠스락빠스락 밟으며 즐거워했고 그러는 동안 해가 졌다.

별나고 아름다운 당신의 음반 가게에서 파트 타임으로 일하게 된 건 숙명이었을까.

나는 국내외에 유통되는 각종 장르의 음악들을 만지고 들으며 당신 곁에 머물렀다. 앨범 재고 정리와 손님 응대를 맡았지만 대부분 당신이 나서서 처리하는 바람에 여러 날 한가했다. 실제로 하는 일이라고는 매장에 틀어 놓을 음악을 선곡하는 것이 전부여서 저절로 취향이랄 것이 생겼다. 가끔 최신 가요도 찾아 들었는데 빠른 비트의 힙합을 들을 때면 지코라는 가수는 왜 자기 보고 자꾸만 지아코라고 하는 걸까, 얼굴은 잘 모르겠지만 되게 치명적인 척한다고 생각하기도 했다.

함께 지내면서 당신은 나를 아이 취급하면서도 꼬박꼬박 산군이라 불렀다. TV 보기를 좋아하는 나를 위해 당신은 계산대 쪽에 태블릿을 놔둔 채 출퇴근했으며, 나는 그것으로 다큐멘터리를 찾아보곤 했다.

"아, 캥거루다!"

"왈라비다."

옆에서 재고를 정리하면서도 당신은 내가 내뱉는 거의 모든 혼잣말에 말장구를 치거나, 꼬투리를 잡는다. 좋은 말벗인 당신과 시간에 구애받지 않고 대화하고 싶은 마음은, 나의 자존심과 이어진 비밀이어서 툭하면 이를 꽉 다물어야 했다. 턱의 힘을 느슨하게 풀었다가는 속절없이 털어놓고 말 것 같았다. 나는 턱을 괸 채 태블릿 속 왈라비를 물끄러미 보았다. 호주의 드넓은 풀밭에서 왈라비가 뛰어다닌다. 나는 그에게 속으로 사과했다. 누군가 내게 표범이다, 너 표범이지 했으면 몹시 서운할 것이므로. 섭섭해서 꼬박 이틀 동안 울부짖고 말 것이므로.

멀다면 멀고 가깝다면 가까운 옛날을 돌이켜 본다. 호랑이와 표범과 늑대들이 온 산을 누비고 다녔던 시절. 그땐 사는 게 정말로 동물의 왕국이었다. 거침없이 살았고 곧잘 민가에 내려가기도 했다. 그 시절은 우아하고 사나운 당신이 태어나기 전이었고, 나는 요즘 들어 이준영의 조상들을 자주 생각했다.

오래전부터 숲에 살던 이들이었다. 산척 중에서도 제일

특출난 무리. 설피를 신고 눈 내린 산을 소리 없이 오가던 자들. 산 포수는 제아무리 포식자여도 위협을 느꼈다. 체격이 왜소한 이가 한둘 섞여 있더라도 그들 몸에 밴 동족의 피 냄새 탓에 긴장을 늦출 수 없었다.

내가 당신에게 꼬리를 낮추거나 높이는 건 당연한 일일지도 모른다. 이 갑사는 착호갑사의 수장을 지낸 이였다. 그런 용맹한 이의 후손인 당신은 화승총을 갖고 있지 않아도 맹수인 나의 급소를, 사람처럼 말랑해진 마음을 주무르기 쉬울 것이다.

"죽이기만 한 건 아니래."

당신이 혼잣말하듯이 말한다.

"생포하기도 했지. 살아 있는 범을 잡아서 민가에 내려가면 하찮은 관리여도 칭송받았으니까."

옛이야기를 하는 얼굴이 바람에 날리는 커튼처럼 부드럽게 풀린다. 나는 그 얼굴에 막연히 모든 걸 빼앗기고 만다.

"사격하기 전에 휘파람을 불었대. 그러면 짐승들이 벌벌 떨었다는데 지금이야 알 수 없지만 그럴싸하지 않니?"

"전혀."

목소리가 갈라져 나와 헛기침을 해야 했다. 어디선가 입김을 불어 내는 그 맑은 소리가 들리면 즉시 몸을 낮춰야 한다는 어른들의 말씀이 어렴풋이 떠오른다.

"근데 너흴 길들이려고 휘파람을 분 조상님도 있었다 나 봐."

"그렇군."

"재밌지? 나는 총과 탄약 없이도 너를 잡았는데."

"……누가 잡혔다는 거야."

"이거."

보드라운 손이 태블릿을 톡톡 친다.

"아이패드만으로도 호랑이를 길들일 수 있는데 우리 조상 님들은 참 고생하셨어."

약이 오른 나는 태블릿을 던지듯이 내려놓았다.

그때 나는 잡혔구나, 이 사람에게 상처 하나 입지 않고 갈 데없이 잡혔구나 체념했다. 구식 소총 없이도, 서양에서 들 인 신식 장총 없이도 당신에게 사로잡힌 것이다.

당신은 때때로 외출을 한다. 시대가 바뀌어도 포수의 피 가 흐르는 당신은 사냥을 과업으로 삼았다.

레코드점에서 숙식을 해결하는 나는 어느 날 밤늦게 찾 아온 당신에게서 다디단 피 냄새를 맡았다. 동공이 절로 커 지고 순식간에 침이 고이던 순간의 난처함이란 이루 말할 수 없이 커서 한동안 서성여야 했다. 당신은 피 묻은 셔츠의 단추를 풀며, 나를 가벼이 진정시켰다.

"놀라지 마. 내 피 아니야."

그럼 그건 누구의 것인데.

꺼내지 못한 의문을 가까스로 삼킨 그날 이후, 당신은 사냥하는 일을 스스럼없이 내보였다. 그런 당신의 속내를 뻔히 아는 나는 애써 태연한 척한다.

당신은 서울 거리를 누비며 각종 짐승들을 처리한다. 언론은 드문드문 터져 나오는 급사 사건에 관심을 두지 않는다. 미디어를 타고 들려오는 소식은 자극적인 헤드라인보다 생로병사의 담담함을 담은 것이 더욱 많았다. 당신은 주도면밀하다. 빈틈 하나 없이 죽음을 포장하여 집행을 마친다.

정해진 수명대로 삶을 마치는 듯한 사형수는 다양했다. 정재계 인사부터 중소기업의 임원, 판검사, 학생, 언론사 기자 또는 PD, 연예기획사 사장, 택시 기사, 은행 지점장까지 종잡을 수 없다. 정리하기로 한 번 마음 먹은 사람은 반드시 처리했지만 당신만의 집행에도 마땅히 지켜야 할 도리는 존재한다.

악인을 죽인다고 했다. 악명 높은 이의 질긴 숨통을 쥐었다 폈다 하며 벌한다고 했다.

당신의 사냥을 지켜본 지 한 달이 지났을 무렵에는 들끓는 호기심을 참지 못하고 어떻게 무기 없이 그들을 죽이느냐고 물었다. 단두대에 그들을 끌고 와 목을 댕강 자르고 있으면서도 자연사나 비명횡사로 위장할 수 있는 방법이 무엇인지 궁금했다.

"특별한 수가 있는 건 아니야."

당신은 심드렁하게 웃으며 기꺼이 설명해 주었다. 총기가 허용되지 않는 이 나라에서 리볼버나 웰로드를 쓸 수는 없으니 일단 살상용으로 알려진 무기는 사용하지 않는다고 말했다. 그러면 도대체 무엇으로 목숨줄을 끊는 거냐고 묻지 않을 수 없었고, 속 시원한 대답을 재촉하는 나를 보며 당신은 꾸밈없이 말했다.

"쇼크사나 추락사."

"요즘처럼 첨단 시대에?"

"왜 이래? 21세기에도 극적인 죽음은 존재해. 뼈마디를 분지르거나 때때로 음독. 단순히 겁주는 걸로 끝내기도 하고."

말하자면 사소한 환경 요인과 자본으로 집행해 온 것이다. 죄를 지은 이의 온갖 약점 역시 당신이 제재를 가하는 주요 수단이 될 터였다. 형체가 있거나 없는 결점을 두 손에 쥐고 그들의 등 뒤로 접근하여 오랜 시간 겁먹도록 만들겠지. 탄환 쏘는 소리 하나 내지 않고 심판을 하겠지.

"뒤를 봐주는 데가 있군."

별다른 대답을 듣지 못했지만 나는 확신했다. 당신만의

사형 집행에도 돈이 필요할 것이라고.

그리고 나의 추측은 빗나가지 않았다. 당신은 파트너가
있었다. 김 사장이라는 젊은 기업인이 당신을 후원한다고
했다. 그는 당신의 일이 순탄하도록 도와주는 사람이었다.
금전적인 지원과 뒤처리는 주로 그의 역할인 듯했고, 일종
의 업무 보고 회의를 위해 종종 레코드점 앞으로 찾아오기
도 했다. 대개 중대형 세단이 검은 그늘에 주차되었다. 레코
드점을 막 나서는 당신을 향해 전조등을 깜빡이는 차종으
로 말하자면 벤츠 같은 외제차부터 제네시스까지 다양했
다. 눈에 띄지 않으려는 치밀함을 재력으로 그럴듯하게 꾸미
면서 당신의 사냥을 돕는 이가, 분명히 존재했다. 뒷좌석에
는 언제나 정장을 반듯하게 입은 남자가 앉아 있었고, 나는
가게 앞에 내놓았던 화분을 들여놓는 시늉을 하며 그의 이
목구비를 먹잇감 보듯이 눈에 새겼다.

그 남자를, 김 사장을 볼 때마다 당신의 시선이 닿지 않는
데로 치워 버리고 싶어지는 건 어디까지나 고용인을 위하는
마음으로 말미암은 것이어야 했다. 그래야만 했다.

"요즘 기운이 없어 보이네."

"그럴 리가."

"자, 선물."

하면서 당신이 내민 것은 보리싹이 심어진 조그만 화분이다. 나는 화분에 코를 박고 즐거워하다가 뒤늦게 손님을 의식하고 헛기침을 했다.

"보리나 귀리를 좋아하는 녀석이거든요."

젊은 손님의 시선이 필요 이상으로 내게 머물자, 당신은 능숙하게 말을 돌린다. 나는 창고 쪽으로 걸어가며 당신을 힐끔 살폈다.

아무렇지 않은 얼굴로 외출했다 돌아오는 당신을 보노라면 언젠가 나도 당신의 사냥감이 될 것 같아 불안해진다. 어떤 날엔 불안이 극심해져 당신이 놀아 주거나 비닐봉지를 손에 쥐여 주어도 소용없었다. 그랬다가 이튿날이면 다시 당신과 적정 거리를 유지하며 살아갔고, 그러는 사이 계절이 두 차례나 바뀌었다.

길들여진 걸까. 집고양이처럼 당신에게 길들여지고만 것인가. 그 사실이 문득 분하여 탄식이 나왔다. 총부리를 앞세운 왜놈들에게서도 살아남았는데, 끝끝내 나 스스로를 곤경에 빠트렸구나.

"어때? 나랑 같이 일하자."

늦은 후회를 하는 나에게, 당신은 같이 손을 잡자고 했다. 동업을 제안하는 이상하고 아름다운 당신은 아무리 세월이 흘렀다 해도 착호갑사 집안의 딸이며, 착호인의 기질을 오롯이 지닌 인간이다. 사슴을 쫓는 사냥꾼이 아니라 호랑이를 잡아 죽이던 사냥꾼의 피가 흐른다. 그런 당신과 어떻게 손을 잡을 수 있을까.

"네 꼬리 좀 봐."

내게 입 맞춘 당신이 뒤로 물러나며 팔짱을 꼈다.

"이미 나한테 마음을 다 열었으면서 아닌 척하긴."

그렇지 않다고, 나의 마음은 아무에게나 열어 보이지 않고 열더라도 빗장을 채워 놔서 아주 조금만 드러낸다고 횡설수설하며 음반 가게를 도망치듯 나와 버렸다.

그 길로 다시 혼자가 되었다.

혼자인 채 오늘과 내일, 그리고 내일모레였던 오늘을 살았다. 캥거루뿐만 아니라 왈라비를 알아보던 당신 없이, 끼니마다 북어포를 데워 주던 당신 없이 녹사평대로를 걸었다.

거리마다 이른 봄기운을 즐기러 나온 이들로 붐볐다. 유명 커피숍마다 긴 줄이 늘어서 있었다. 무료하다 씨발 너무 무료해, 중얼거리며 정처 없이 돌아다녔다. 배를 채워도 계속 허기가 졌다. 당신과 헤어지고 나서 툭하면 발톱을 세우게 됐다. 공공 화장실 앞에서 우연히 불법촬영이네 마네로 실랑이를 벌이고 있는 젊은 남자와 여자를 본 날에는, 촬영 수단으로 썼을 게 분명한 남자의 휴대폰을 빼앗는 과정에서 괜히 발톱을 세워 남자를 까무러치게 만든 적도 있었다. 당신이 나를 알고, 나를 아는 당신을 내가 아는 이 세상에서 정체를 숨기는 일이 더는 중요하지 않아졌다. 홀로 지내도 괜찮던 시절이 호랑이 담배 피우던 옛날이 되고 만 것이다.

그날도 나는 이리저리 헤매며 돌아다니고 있었다. 해 질 무렵 공덕역 부근의 골목을 걸을 때였다. 은빛 벤츠 한 대가 가까이 서행하며 클랙슨을 울렸다.

"산군?"

차에서 내린 남자가 모델처럼 걸어왔다.

털이 쭈뼛 선다. 두려움은 아니고 미움에 가까웠다. 짜증이 울컥 솟아 걸음이 빨라졌다.

"잠깐만, 이봐."

야구 모자를 눌러 쓰며 남자의 목소리를 차단하려 했지만 김 사장이 쫓아와 말을 거는 것까지 막을 수는 없었다.

"이준영이 보는 눈이 있네. 너 아주 사납겠어."

"……시끄러워. 내게 말 걸지 마라."

"호오."

김 사장이 씩 웃었다.

"방금 으르렁거린 거냐? 또 해 봐라."

그는 아마 목숨줄이 여러 개인 모양으로, 이준영처럼 나를 아이 보듯이 대했다. 나는 차라리 귀를 막았다. 김 사장의 몸가짐이나 말투는 점잖으면서 묘하게 건방진 분위기를 자아냈다. 반듯한 정장을 입고 있으면서도 불량배 같았다. 오렌지와 베티버, 머스크 향에 섞인 체취로 보건대 그는 평범한 인간이었다. 유능한 포수의 후손도 짐승도 아닌 단지 돈이 몹시 많은 사람. 평균치를 훨씬 웃도는 도의감을 여러 형태로 대가 없이 내놓을 수 있는 조력자.

"아무리 소질 있는 사냥꾼이어도 진짜 산짐승보단 못하지."

내 보폭에 맞춰 따라 걸으며 김 사장은 앞머리를 쓸어올렸다. 그의 반듯한 소매 끝으로 언뜻 봐도 값비싼 듯한 은백색의 시계가 보였다.

"아무나 처리하는 것 같지만 안 그래. 각종 데이터랑 피해자 인터뷰 등등 취합해서 엄격히 뽑은 놈들이거든."

"관심 없어."

"이봐, 늘어나는 죄수를 감당하다가 이준영이 무리가 왔다고. 이렇게 되기 전에 단두대를 하나 더 모시려고 했던 건데 이제 그만 튕기지 그래."

그러면서 명함 한 장을 내미는 김 사장을 올려다보며, 나는 우뚝 멈춰 섰다.

"……다시."

"응?"

그가 건네는 모든 말을 흘려들으려던 처음의 각오가 단한 사람의 이름 때문에 산산이 깨지고 말았다.

"다시 말해 봐. 방금 네놈이 한 말."

눈앞의 호랑이가 어떤 부분에서 발끈한 건지 파악한 김사장이 입매를 엄지로 쓸며 말했다.

"좀 다쳤어, 이준영이. 지금 을지로에 있는 수성병원 1인실에서 쉬고 있고."

나는 명함을 보란 듯이 밀어내고 운동화 끈을 질끈 동여맸다. 그리고 김 사장이 따라오지 못하도록 달리기 시작했다.

"을지로는 이쪽 방향인데! 거기로 가면 여의도!"

나는 잽싸게 방향을 바꿔 뛰었다. 태워다 줄까, 김 사장이이어 외쳤지만 대꾸하지 않았다.

거친 숨을 몰아쉬며 도착한 장소는 온갖 약품 냄새가 뒤섞인 곳이었다. 코를 찌르는 소독 냄새를 뚫고 한 병실 앞에섰다. 당신을 헤매지 않고 단번에 찾아낸 건 단지 냄새를 맡는 감각이 뛰어나서만이 아니다.

"산군."

망설이다가 문을 열자, 환자복 차림인 당신이 읽고 있던 책을 내려놓았다. 책의 판형을 보아하니 영락없이 시집이다. 험한 일로 닳고 닳은 목숨줄을 쥔 처지이면서도 시어를 읽을 여유가 있나. 당신을 구성하는 건 오로지 무모함과 난폭한 낭만뿐인가.

"김 사장이 알려 줬구나?"

나는 눈을 가늘게 뜨며 대꾸하지 않았다. 자세히 보니 당신의 뺨에 생채기가 나 있었다.

'늘어나는 죄수를 감당하다가 이준영이 무리가 왔다고.'

김 사장의 목소리가 귓가에 자꾸 맴돌았다.

말라붙은 피 냄새와 함께 꽃내음이 난다. 그제야 침대 옆에 놓인 화병이 보였다. 분홍색 라넌큘러스와 붉은 아네모네, 스토크, 그 옆에 있는 큼지막한 박카스 상자.

나는 말없이 당신 앞에 선다. 의식하지 못한 사이에 주먹을 단단히 말아쥐고 있었다. 누가 됐든 당신을 생각하며 산 것들이다. 살기를 담은 짜증이 치솟았다.

"으르렁거리지 마."

당신이 상냥히 웃는다.

"난 꽃 싫어하고 저거 박카스 같은 건 잘 안 마셔. 카페인에 약하거든. 거절할 수 없어 받은 것뿐이야."

그러니 질투하지 말라는 당신의 목소리가 잘 들리지 않는다.

당신에게 꽃을 보낸 사람이 마음에 들지 않는다. 보란 듯이 만개한 저 꽃들을 당장 쓰레기통에 처박아 버리고 싶었다. 사정없이 밟아 버리거나 꽃잎 몇 개는 엉망으로 뜯어 먹어치우고 싶다. 당장 병원에 내원해 있는 사람들에게 저놈의 에너지 음료를 나눠 주거나 전부 폐기 처분해 버리고 싶다. 그런 마음들이 끓어서 가슴이 다 뜨거웠다.

"……나는."

당신이 더는 다치지 않았으면 좋겠다. 다치는 건 이제 내 몫이 되었으면 한다. 이대로 내가 아주 돌아 버려도, 사리분별하는 일에 어쩔 수 없이 혼선이 생기더라도 당신과 함께하고 싶다. 간신히 잊고 살았던 살인에의 충동이 되살아나더라도 당신이 하나하나 다스려 줄 것이므로 이만 방황을 마치고 안락한 음반 가게로 돌아가고 싶다.

"나는."

낚싯대를 쥔 당신을 좋아한다. 그 손에 낚싯대가 없더라도, 아무것도 쥐지 않은 손이어도 당장 달려들어 감싸 쥘 준비가 돼 있다. 비닐봉지를 선물로 주는 당신에게 잠자코 길들여질 각오가 섰으며 나 또한 당신을 길들이고 싶지만 불가능하다는 걸 잘 알고 있기에 욕심내지 않을 것이며…….

"단두대는 될 수 없어."

나를 눈치채 준 유일한 당신을 죽을 때까지 따르고 싶다.

"목을 자르는 건 내 기술이 아니야. 난 전부 찢어발기지."

당신이 조용히 고개를 끄덕였다. 나의 눈빛이 당신을 붙들 유일한 올가미가 되기를 바라며, 두 눈을 부릅떴다.

"구제 불능인 놈들만 정리하는 거겠지?"

"유치원생을 성폭행한 40대. 전애인을 스토킹하다 죽인 30대. 같은 반 학우를 집단으로 폭행 및 감금한 10대. 작심하고 행인을 살해한 20대. 이웃을 납치 및 살해한 50대. 개를 매달고 난폭 운전한 60대. 돈으로 죄를 감형하고 피해자를 살해한 70대. 성착취 동영상을 제작한 자들. 그 외 사형이 마땅한 죄수들."

무미건조한 목소리로 대답하는 당신의 무릎에 이마를 대고 싶어진다.

나는 당신의 침대에 비스듬히 걸터앉으며 호소했다.

"다치지 마."

"휘파람을 불게."

턱 밑을 어루만지는 손길에 열을 받아 녹을 것만 같다.

"그게 너를 부르는 소리야, 작은 호랑이야."

이제부터 시작될 우리의 새로운 관계 안에서 나 역시 다치지 말아야 한다고 당신은 속삭인다.

"언제부터?"

"글쎄. 봄부터 시작해 볼까."

오래전 산중호걸을 길들이는 데 성공했다는 어느 착호인처럼 당신은 휘파람을 불겠지.

돌아오는 춘분에는 봄이 오는 소리 안에서 어렴풋한 심판의 소리를 구별해 내느라 바쁠 것이다. 당신이 휘파람을 불면, 나는 그곳이 어디든 간에 발톱을 세우며 땅을 박차고 달려 나갈 것이다. 산세를 누비듯이 전속력으로. 죄를 지었으되 수감되지 않고 자유로이 거리를 활보하고 있을 범법자를 향하여.

아무것도 아닌 누군가의 인어

한켠

그날, 인어공주는 왕자를 죽이지도 못했고 물거품이 되지도 않았다. 모두가 잠든 밤, 초야의 침실에서 본 얼굴은 왕자가 아니었다. 단검을 쥔 인어공주를 또렷한 눈으로 응시하던 왕자의 근위대장은 조용히 침대에서 빠져나와 당황한 인어공주의 손에서 단검을 받아 바다에 던져 버렸다. 근위대장은 어쩔 줄 몰라 하는 인어공주를 잡았다.

"내 마음도 너와 같아. 죽지 마. 제발."

단검을 삼킨 바다는 피처럼 붉게 물들었다.

"아무 일도 없었던 거야. 네 자리로 돌아가. 침실 앞 벨벳 방석 위로."

너울이 크게 일렁였다. 배가 좌우로 기울었다. 아무도 잠에서 깨지 않았다. 현실 속에 있는 사람은 벨벳 방석 위에 웅크린 인어공주와 닫힌 침실 문 앞에 선 근위대장과 하얗게 질린 얼굴로 달려 온 왕자와 지금 막 남편 없는 침대에서 깨어난 새 왕자비뿐이었다.

"진정하십시오. 심호흡을 하세요. 아무 일 없었던 겁니다. 자리로 돌아가세요."

근위대장이 침착하게 달래도 왕자는 진정되지 않았다.

"바, 바다가 빨갛게 변했어. 내, 내 손을 봐. 내 손도 붉잖아……."

"손은 괜찮으십니다. 잘못 보신 겁니다."

왕자는 여전히 불안한 낯으로 눈을 희번득거리더니 인어공주를 일으켜 세워 난폭하게 잡고 흔들었다.

"난 잘못한 게 없어. 어쩔 수 없었어. 다른 선택지가 없었어. 너도 그렇게 믿지? 그렇다고 해! 넌 날 사랑하잖아!"

인어공주는 무표정한 얼굴로 고개를 끄덕였다. 그제야 왕자는 인어공주를 놓아줬다. 인어공주는 벨벳 방석 위에 털썩 주저앉았다. 침실 문이 열렸다.

"첫날밤에 신부를 혼자 두고 이 아이와 뭘 하신 건가요, 나의 왕자님?"

아름답고 차가운 이웃 나라의 공주가 턱으로 인어공주를 가리켰다.

"아무 일 없었습니다. 왕자님께서는 지금 막 밖에 나오셨습니다. 침대에 온기가 남아 있을 텐데요."

근위대장의 단호한 말투에도 왕자비는 물러서지 않았다.

"그럼 방금 한 말은 뭔가요? 넌 날 사랑하니까 믿으라고, 어쩔 수 없이 결혼했다고 한 그 말은? 대답하시죠, 왕자님."

"그런 뜻 아니었어요."

왕자는 바다를 보며 건성으로 대꾸했다. 새벽이 지나고 해가 떠오르고 있었다. 바다는 붉게 빛났다.

"저 애를 계속 데리고 다니면서, 저 애가 무도회에서 춤을 출 때 계속 저 애만 보고, 우리 침실 앞에서 재우고, 첫날 밤에 자다 깨서 뛰쳐나가는 걸로 날 질투하게 하려는 건가요? 첫날밤부터 이러는 건 모욕이군요. 부모님께 말씀드리겠어요."

"저 애는 왕자님께서 강아지처럼 귀여워하시는 아이고, 말 못 하는 불쌍한 바보입니다."

"근위대장은 끼어들지 말아요. 주제넘게."

근위대장은 입을 다물었고 왕자가 나섰다.

"오해가 있군요."

"난 오해한 거 없어요. 나는 아침이 되어 왕자비의 티아라를 쓰자마자 저 마녀를 죽여 버릴 거예요. 당신이 귀여워하는 저 백치 아이."

"나의 신부여, 그 전에 거짓 하나 폭로할까요? 바다에 빠진 날 구해 준 건 수도원에서 신부 수업을 받던 이웃 나라의 공주가 아니었어요. 그건 그냥 사람들 듣기 좋으라고 지어낸 동화 같은 얘기였어요."

"내 거짓말은 아니죠. 왕자님께서는 사치스럽게 꾸며 무거워진 배에서 호화로운 생일 파티를 하시다가 배를 침몰시켰잖아요. 날씨가 심상치 않으니 돌아가야 한다는 선장의 간청을 무시해서. 왕자님의 생일날이 여러 명의 장례식날이 되었죠. 그걸 은폐하려고 지어낸 얘기에 내가 침묵하면 누가 유리할까요?"

"저 벙어리가 날 구했어요. 근위대장이 목격자고. 내가 생명의 은인을 죽일 수는 없지 않을까요?"

"그래도 난 저런 애와 남편을 공유할 순 없어요. 나와 결혼했으면 저 앨 내보내야 해요."

"고아를 어디로 보내요?"

"여기 오기 전에 살던 데가 있겠죠."

"그걸 물어봐도 대답을 못 하니까 궁에 데리고 있었죠."

근위대장이 '주제넘게' 불쑥 끼어들었다.

"저와 함께 내보내 주십시오. 어차피 즉위하시기 전에 물러나려 했습니다."

고민거리가 해결된 왕자는 즉시 근위대장의 해임을 명했다. 마지막 인사를 올리는 근위대장의 귀에 왕자가 속삭였다.

"약속은 지켜라. 우린 친구였잖아."

근위대장도 속삭였다.

"친구하고는 그런 약속 하시는 거 아닙니다."

날이 밝자 배 안의 사람들이 하나둘씩 깨어났다. 오랜만에 푹 자고 일어났더니 개운하다고들 했다. 결혼식 준비가 너무 피로했나 보다, 고들 했다. 피로연이 너무 즐거웠나, 하기도 했다. 신혼부부가 왕에게 아침 인사를 올리려 했을 때부터 배 안에 소란이 일었다. 왕은 침실에 없었다. 식당에도 갑판 위에도 선실 어디에서도 찾을 수 없었다. 지난밤, 왕의 경비병들은 잠의 대군에 패했다. 다른 사람들도 잠에 취해 침묵을 듣고 암흑을 보았을 뿐이었다. 나라 전체가 슬픔과 불안의 구름에 덮였다. 그 구름 아래서 근위대장과 인어공주와 말 두 필을 태운 작은 배는 조용히 해안가로 나가고 있었다.

"어디로든 떠나. 데려다줄게."

인어공주는 바다를 보았다. 돌아가기 싫다. 돌아갈 수 없다. 바다처럼 푸른 눈이 한배를 탄 남자에게로 향했다.

"나랑 다니면 내가 죽거나 왕자가 죽을 때까지 도망 다니며 살아야 해."

인어공주는 시선을 돌리지 않았다.

"아니면, 왕자비가 죽으면 너는 궁으로 돌아갈 수 있을지도 몰라."

다시는 궁으로 돌아가지 않아. 인어공주는 화려한 드레스를 벗고 왕자가 걸어 주고 끼워 준 장신구를 빼고 근위대장이 챙겨 온 여별의 남자 옷을 입었다.

"내 퇴직금이 말 두 필에 이런 조각배 한 척뿐이라……. 네 옷과 장신구를 팔 수밖에 없겠다……. 목발을 사자. 내가 없어도 네가 혼자 걸을 수 있게."

인어공주는 왜 물거품이 되지 않았는지 알고 있었다. 그녀가 사랑하는 남자는 왕자가 아니었다. 왕자는 그저 미지의 세계, 막연한 동경이었다. 이 사람이 살았으면 좋겠다, 살리고 싶다. 그것이 사랑인 줄 알았다. 그런데 왕자를 뭍에서 만났을 때 이미 사랑이 사라져 버렸다. 왕자는 발을 바칠 만한 가치가 없는 사람이었다.

"넌 뭐냐."

옷이 없어 머리카락으로 몸을 가린 인어공주에게 왕자는 물었다. 인어공주는 절박하게 내가 당신을 구했다고, 그러니 날 사랑하라고 말하고 싶었으나 인간의 목소리가 나오지 않았다.

"말 못 해? 글씨 쓸 수 있어?"

배운 적 없는 인간의 글자를 쓸 수 있을 리 없었다.

"너희 집 어디야? 부모님은 어딨어?"

인어공주는 입을 꾹 다물었다.

"갈 데가 없으면 나랑 왕궁으로 가자. 달콤한 과자와 예쁜 드레스를 줄게."

아까부터 인어공주를 곁눈질하던 시선이 왕자를 막았다.

"누군지도 모르는 사람을 궁에 들일 순 없습니다."

"이름도 집도 모르는 바보인데 뭐 어때."

근위대장의 시선이 인어공주의 결연한 입매와 또렷한 눈매에 머물렀다.

"말 못 하고 글자 모른다고 바보는 아니지요."

시선이 얼굴과 목을 지나 가슴께로 내려오다가 멈췄다. 얼굴을 돌린 그가 겉옷을 벗어 인어공주에게 걸쳐 줬다. 몸을 숙여 눈높이를 맞추고 물었다.

"손가락은 접고 펼 수 있겠지. 몇 살이지?"

인어공주가 손가락을 꼼지락거리다가 말았다. 왕자는 어쩐지 의기양양했다.

"봐. 아무것도 모른다니까?"

"그래서 안전하단 겁니까."

"불쌍하잖아. 데려가자. 너도 갈 데 없는 애였는데, 넌 동 정심도 없어? 왜 자꾸 반대해?"

"강아지가 아닙니다. 사람입니다. 사람은 함부로 들이는 거 아닙니다."

"그래서 어쩌란 건데?"

왕자가 버럭 짜증을 냈다. 근위대장이 눈을 내리깔았다.

"근위대장, 네가 하는 일은 뭐야?"

"네?"

"날 경호하는 거 아냐? 얘가 무슨 짓을 하면, 네가 처리할 거잖아. 그럼 아무 문제 없잖아."

근위대장의 얼굴에 스치던 표정을 인어공주는 똑똑히 보았다. 그때 어렴풋이 알았다. 왕자를 살리지 말았어야 했을 지도 모른다.

왕자는 인어공주에게 리본으로 장식된 드레스를 입히고 공단 구두를 신겼다. 꾸며 놓으니 인어공주는 인형처럼 예뻤다. 인어공주가 고통을 참고 걷고 춤출 때면 궁의 사람들이 모두 그녀의 사랑스러움에 가던 길을 멈추고 하던 일을 놓고 돌아보았다. 왕자는 으쓱했다. 마음씨 고운 왕자가 데려온 불쌍한 고아 소녀가 이렇게 예뻐지다니! 왕자는 인어

공주가 당연히 고마워하리라 믿었다. 그런 건 물어볼 필요
도 없었다. 왕자는 인어공주를 데리고 궁 안을 활보했고 사
람들은 왕자의 선행을 칭송했다. 불꽃을 밟는 듯한 통증을
말하지 못하는 인어공주는 속으로만 '누가 누구를 구해 줬
는데.'를 곱씹을 뿐이었다. 밤이 되자 왕자는 방문 앞에 벨벳
방석을 가져다 두었다. 그곳이 인어공주의 잠자리였다.

"날 떠나지 마. 늘 내 곁에 있어."

인어공주의 머릿결을 쓰다듬으며 달콤하게 속삭이는 왕
자에게 인어공주는 설레지 않았다. 근위대장의 "강아지가
아닙니다."라는 말이 귓가에 내려앉았다. 인어공주는 그제
야 깨달았다. 내가 사랑했던 건 말이 없는, 죽어 가는 왕자
였구나. 아무렇게나 상상해도 되는 조각상 같은 남자. 발끝
부터 통증이 밀려왔다. 왕자가 잠든 후, 인어공주는 비틀거
리며 바다와 이어진 궁전의 계단으로 향했다. 어둡고 긴 복
도에서 절뚝거리다가 벽을 짚고 발끝으로 한 발짝씩 걷다가
이를 악물고 기어갔다. 공단 구두를 벗어 던지고 맨발을 차
가운 밤바다에 담그고 나서야 숨이 터져 나왔다.

"발 좀 보여 줘. 상처는 없는데……. 많이 아프면 의사한
테 가 보자."

놀란 인어공주 옆에 다가와 앉으며 근위대장이 그녀의 작
고 섬세한 발을 꼼꼼히 보았다. 의사에게 보여도 발이 아픈

이유를 알 수 없을 것이다. 뭐라고 설명할 수도 없다. 알 수 없는 것과 직면했을 때 사람들이 배척할지 숭배할지 예상할 수 없었다. 말할 수 없다면 존재하지도 않는 게 안전하다. 인어공주는 고집스레 고개를 저었다.

"왜 발이 아픈 걸 숨기지?"

근위대장의 눈이 날카롭게 빛났다.

"처음부터 수상해서 미행했어. 발이 아픈 거랑, 또 뭘 감추고 있지? 사실 말도 할 수 있는 거 아냐?"

인어공주는 입을 벌려 소리를 질렀다. 인간은 인어의 주파수를 들을 수 없었다.

"글자를 모른다는 것도 믿어야 하고?"

인어공주의 맑은 눈을 들여다보던 근위대장이 단호하게 말했다.

"근데 난 네가 바보란 건 믿지 않아."

근위대장이 인형을 손에 쥐여 주었다. 남자 인형은 왕자, 여자 인형은 인어공주였다.

"여기 왜 왔지? 왕자님께 뭘 원해?"

인형들이 결혼 행진을 했다.

"네가 뭔데 왕자님과 결혼을 해?"

여자 인형이 바다에서 남자 인형을 구해 주고 숨어서 지켜보다가 사라졌다.

"그게 너였구나."

또 그 복잡한 표정이 스쳤다.

"그날이 왕자님 생신이었어. 바다는 평온하다가도 거칠어지니까 배를 띄우지 말자고 했지만 왕자님이 우기셨지. 뱃놀이를 하고 싶으시다고. 결국 폭풍우가 몰아쳐서 그 비싼배가 동강 나고 왕자님도 물에 빠지셨지. 근데 누가 기절하신 왕자님을 붙잡고 익사하시지 않도록 수면 위로 올리더라고. 달도 없는 밤이라 얼굴은 못 봤는데, 그 누군가가 왕자님을 해변까지 밀어 올리고는 사라져 버린 건 봤어……. 있잖아, 나는 바닷가 마을에서 자라서 수영을 잘 해. 너처럼. 그날 나는 그 험한 바다에서 헤엄쳐 살아 나왔어. 네가 구한 왕자님을 들쳐 업고 수도원 문을 두드렸어. 왕자님을 치료해 달라고. 그 때 익사했으면 왕자님을 영영 떠날 수 있었는데……."

여자 인형이 바다에서 나와 남자 인형과 결혼을 했다.

"너 바보 맞구나. 왕자님을 구해 줬다고 결혼하는 건 그냥백성들 들으라고 지어내는 달콤한 동화일 뿐이지. 왕자님은옆 나라 공주님과 정략결혼을 하실 거야. 이 나라에는 그공주님이 지참금으로 가져올 영지가 필요하거든. 네가 왕자님을 구해 드렸다고 내가 전할게. 내가 다 봤다고. 그럼 상을주실 거야. 돈이든 보석이든 뭐든 갖고 싶은 걸 달라고 해.

결혼만 빼고."

여자 인형이 하늘로 올라갔다.

"왕자님과 결혼 못 하면 죽어? 누가 널 죽인대?"

인형이 고개를 흔들었다.

"대체 네 배후에 누가 있는 거야? 네게 옷을 입혔던 시녀는 네 몸에 학대받은 흔적은 없었댔어. 누구에게 협박당하고 있는 거야?"

이 모든 건 인어공주가 저지른 일이었다. 영원히 행복하게 살려고 했다. 바다로 돌아가지 않고. 왕자는 아버지와 다르고 인어공주는 어머니와 다를 줄 알았다. 할머니의 왕국에 살지 않고 마녀가 되지 않으려면 이 길밖에 없다고 생각했다. 말하지 않아도 마음이 통하는 사람이라면 아무 문제 없으리라 믿었다.

"대체 누가 네 발에 무슨 짓을 한 거야!"

마녀가 그런 게 아니다. 인어공주 자신이 원했다.

"혹시…… 도망쳐 나온 거야? 궁이 안전할 거 같으니까? 그들이 설마 왕자비는 어떻게 하지 못할 것 같아서 결혼하려는 거야? 대체 왜?"

근위대장은 자꾸 물었다. 처음이었다. 그 누구도 인어공주에게 묻지 않았다. 왜 그렇게 바다를 떠나고 싶어 하는지, 왜 정원 가꾸는 일에는 흥미가 없는지, 왜 마녀에게 갔는지,

왜 말이 적고 생각이 많은지. 모두들 인어공주가 원래 그렇다고만 했다. 왕자도 인어공주의 의견은 묻지 않고 궁으로 데려왔다. 해변의 조개껍데기를 주울 때 조개껍데기의 생각을 듣지 않듯이.

"그들이…… 혹시 왕자님을 해칠 의도로 널 이용하는 거라면……."

왕자가 다른 여자와 결혼하면 왕자를 죽여야 물거품이 되지 않을 수 있다. 인어공주는 인형을 놓고 근위대장을 똑바로 보았다.

'근위대장 네가 하는 일은 뭐야? 왕자를 경호하는 거 아냐? 내가 무슨 짓을 하면, 네가 처리할 거잖아. 그럼 아무 문제 없잖아.'

근위대장은 시선을 피해 돌아앉았다.

"왕자님께는 계속 바보인 척하는 게 나을 거야. 널 여자로 보지 않도록."

근위대장이 인어공주를 업었다. 등에 닿는 체온, 옷자락의 바스락거림, 묵언의 밀어, 먼바다의 체취, 목덜미에 닿는 숨결……. 이 느낌을 평생의 모든 순간 잊을 수 없을 것만 같았다.

"넌 궁금하지 않아? 왕자님과 동갑인 내가 어쩌다가 이 나이에 근위대장이라는 높은 자리에 있는지?"

궁금했다. 알고 싶고, 알아 달라는 게 사랑일까.

"태어났을 때부터 내 자리는 없었어. 몰락한 시골 귀족은 장남에게 물려주기도 빠듯해서 차남이 물려받을 재산이나 지위는 없거든. 궁에 들어오지 않았다면 입대해서 전쟁터에서 죽거나 운 좋으면 부유한 귀족의 사위가 되거나 그랬겠지. 그런데 어느 날 왕자님이 우리 마을에 오셨다가 널 데려오시듯, 날 궁으로 데려오셨어. 나랑 금괴로 블록 놀이했던 게 재미있으셨나 봐. 그때부터 왕자님의 놀이 친구가 되어서 왕자님과 같은 책을 읽고 한 식탁에서 식사를 하고 혼자 주무시는 걸 무서워하시는 왕자님과 같은 침대에 누워서 자기도 했지. 항상 정신을 차리고 살아야 하는 삶이야, 그건. 왕자님이 하시는 걸 같이 하고, 왕자님의 시종이 시중을 들지만 난 왕족은 아니니까. 내가 누군지 잠깐이라도 잊으면 안 되고 내 분수를 정확히 알아야 해. 왕자님은 내가 가장 친한 친구라고 하시지만 난 친구가 아니라 신하야. 네가 왕자님 곁에 남으면 넌 뭐가 될 것 같아? 왕자비? 정부? 시녀? 아니면 왕자의 기분을 맞춰 줄 애완견? 왕자를 빛나게 할 장신구?"

부드러운 벨벳 방석 위에 인어공주를 사뿐히 내려놓으며 근위대장이 눈을 맞췄다.

"난 내가 특출나서 근위대장이 된 게 아니라고 얘기한 거야. 매일 왕자님 곁에 있는 자에게 줄 적당한 관직이 근위대장이었던 거야. 이 얘길 왜 굳이 네게 했을까?"

인어공주가 짐작한 그 이유였다.

"네가 왕자비가 되려고 한다면 가장 방해되는 게 나일 테니까 혹시 다음번에 업힐 일 있으면 날 칼로 찌르거나 목을 조르거나……."

근위대장은 잠시 스스로 말을 끊었다.

"혹시 날 회유하려고 마음먹었다면……. 안 통할 거야. 난 사람을 믿지 않아. 늘 의심해."

인어공주는 의미심장한 미소를 지어 보였다. 나는 사실 사람이 아니야.

다음 날 아침 왕자가 인어공주를 깨울 때도 근위대장은 왕자의 한 발짝 뒤에 있었다. 바닥에 발을 딛는 게 두려워 웅크리고 있는 인어공주에게 왕자가 얼굴을 바짝 들이댔다.

"어디 아파? 기분이 안 좋아? 오늘은 내가 반갑지 않아?"

인어공주는 더 움츠러들었다. 왕자가 인어공주를 쓰다듬었다. 어서, 물어봐. 대체 '왜' 이러는지.

"반응이 없네? 네가 감히."

왕자의 얼굴이 무섭게 굳어졌다. 근위대장이 왕자와 인어공주 사이에 끼어들었다.

"왕자님, 제가 어젯밤에 진실을 말씀드렸잖습니까. 누가 왕자님을 구했는지. 그러니까, 제발 정중하게……."

"정중하게? 얘한테? 얘가 날 구해서? 아니, 내가 얠 구한 거야. 아무것도 아닌 애를 궁에 데려와 줬잖아. 날 구해 줬다는 이유만으로. 내가 아니면 얜 그냥 바닷가 마을의 불쌍한 아이였어."

왕자가 인어공주의 볼을 살짝 꼬집고 손가락으로 머리카락을 꼬며 장난스레 말을 걸었다.

"날 구해 준 아이야, 뭘 갖고 싶어? 목걸이? 귀걸이? 반지? 팔찌? 리본? 레이스?"

인어공주는 길고 날씬한 팔로 왕자의 목을 감았다.

"얘 좀 봐. 애교 부리는 거."

왕자는 즐거운 듯 웃었다. 인어공주가 부러 왕자에게 강아지처럼 몸을 비볐다.

"날 갖고 싶어? 넌 이미 내 건데? 결혼이라도 할까? 알지도 못하는 공주와 결혼하느니 너랑 할까? 권력 다툼에서 밀려나 수도원에서 수녀로 늙어 죽을 뻔하다가, 언니가 급사하는 바람에 언니를 대신해서 나랑 결혼할 수 있게 되었는데도, 수도원에서 치료받는 나를 팔짱 끼고 보고만 있다가 이제 와서 꾸며 낸 얘기대로 자기가 나를 다 구한 척 헌신적인 척하는 공주 따위 뭐라고. 그치? 이래야 내가 배 한 척 침몰시키고 시종 몇 명 수장시킨 걸 운명적인 사랑 이야기로 덮을 수 있어서 그러는 건 아는데, 난 그렇게 쉽게 거짓말하는 여자는 싫어. 그런 여자랑 결혼하는 내가 불쌍하지 않아? 난 너처럼 순수한 애가 좋아."

인어공주가 능숙하게 왕자를 안았다. 왕자의 등 너머로 근위대장과 눈이 마주쳤다. 그가 눈을 가늘게 뜨고 한쪽 입꼬리를 올려 기묘한 웃음을 지었다.

"사실은, 네가 날 구해 줬다는 걸, 잊지 않을게. 내 곁에 두고 사랑해 줄게. 네가 갖고 싶은 거 다 줄게."

근위대장을 달라고 하면 줄까. 결혼하기 싫다면서 도망치지도 못하는 겁쟁이는 불쌍하지도 않아. 인어공주는 벌써 왕자의 끝없는 자기 연민이 지겨웠다. 거짓된 여자와 결혼하는 신랑보다는 철없는 어린애의 뱃놀이에 동원되었다가 익사한 시종이 더 불쌍하다. 인어공주는 되뇌었다. 나는 너 때문에 다리를 버린 게 아냐. 그때 그 배에서 가장 빛났던 사람이 왕자였을 뿐. 멀리 가고 싶어. 인어공주는 소리 없이 말했다. 근위대장이 말 세 필을 해안가로 내왔다.

말에 재갈을 물리고 박차를 가하고 채찍질을 하며 달렸다. 할머니의 왕궁을 떠나 왕자의 왕궁에 갇힌 인어공주는 말을 더 빨리 가혹하게 몰았다. 왕자가 앞장섰고 인어공주가 그다음, 근위대장이 뒤따랐다. 이대로 해변을 지나 마을을 가로질러 벌판을 달려서 멀리멀리 가 버렸으면. 그러나 왕자는 왕궁의 정원 끝에서 말머리를 돌렸다.

"이제 집에 가야지."

버티는 인어공주의 말을 쓰다듬으며 왕자가 타일렀다. 집? 왕궁은 왕자의 집이지 인어공주나 근위대장의 집은 아니었다. 그러나 인어공주는 아무 말도 할 수 없었다.

"같이 가자. 내일 이웃 나라로 떠나는 배에 함께 타는 거야. 내게 위로가 되어 줘."

또 저 달콤한 어리광. 인어공주를 끌어안고 그녀의 머리칼에 얼굴을 묻는 왕자를 바라보던 근위대장이 건조한 목소리로 물었다.

"공주님께는 뭐라고 소개하실 겁니까."

왕자는 고개를 들지 않고 대꾸했다.

"네가 잘 둘러대면 되잖아."

인어도 공주도 왕자비도 아닌 나는 누굴까. 앞으로 뭐가 되는 걸까. 한밤의 바닷가에서 인어공주는 발을 바닷물에 담그고 오래 생각했다. 그 전의 어느 밤처럼 근위대장이 소리 없이 인어공주의 옆에 와 앉았다. 언제부터 보고 따라온 걸까.

"내가 이 궁에서 그림자처럼 산 게 몇 년인데 발소리 내지 않고 미행하는 것쯤이야……."

근위대장이 인어공주를 찬찬히 훑어보고 빤히 쳐다보고 망연히 바라보았다.

"보고 싶어서 보는 건지 감시하려고 보는 건지……."

근위대장이 바닷가의 수억의 모래, 수천 개 조개껍데기 중 하나를 고르듯 말을 골랐다. 하고 싶고 해야 할 말은 많은데 밤이 짧았다.

"내일 선상 결혼식 때, 배에 타지 마. 지옥에서 살고 싶지 않다면, 배 안에서 아무것도 먹지 마. 이 말을 해 주려고 너를 찾았어."

인어공주가 근위대장의 옷자락을 잡았다.

"너는 왕자님을 사랑하지? 그럼 진실을 알려고 하지 마."

거짓된 행복보다 진실한 불행이 낫다. 그 진실이 인어를 사람으로 변신시킬지라도. 인어공주는 손을 놓지 않았다.

"궁에서 계속 살 거라면 모르는 게 나아."

왜?

근위대장이 인어공주의 입 모양을 따라 했다. 왜? 인어공주의 말이 근위대장의 목소리로 나왔다.

"만약 모레 나를 만날 수 있으면 그때 다 얘기해 줄게."

만약, 만나지 못하면? 근위대장은 인어공주를 업고 긴 복도를 걸으며 자장가처럼 나직이 말했다.

"왕자님의 결혼을 망칠 생각은 하지 마. 내가 지킬 거니까."

누굴 지킬 건데? 중요한 부분은 빼고 말하는 화법은 궁에서 속을 드러내지 않고 살면서 생긴 버릇일까.

이웃 나라의 공주는 고귀하고 고혹적이었다. 등을 꼿꼿하게 세우고 턱을 들고 머리를 높이 틀어 올린 도도하고 오만하고 위엄 있는 공주. 광대한 영지를 지참금으로 가져온 미래의 왕비. 다이아몬드 목걸이가 샹들리에처럼 빛났다. 고통도 불안도 없어 보이는 신부가 우아하게 결혼식장에 들어섰다. 공주가 걸고 온 은하수 같은 다이아몬드 목걸이에 비하면 왕자가 끼워 준 작은 결혼반지는 새벽 별 같았다.

근위대장이 일일이 검사해서 독이 없다고 확인된 음식만 피로연의 식탁에 올랐다. 신선하고 알이 굵은 석화가 신혼부부의 입 안에서 탱글탱글 굴렀다. 포도주를 머금은 젊은 부부가 혀를 감고 눈을 감자 환호성이 터져 나왔다. 술이 돌고 귀족들은 게걸스레 굴을 삼키고 식탁 위엔 무덤처럼 굴 껍데기가 쌓였다. 모두들 웃고 떠들고 축하하고 취했다. 왕자는 계속 술을 물처럼 들이켜고 왕자비에게도 권했다. 근위대장은 술잔의 파도 속에서 섬처럼 홀로 고요하게 인어공주만 보고 있었다. 인어공주는 굴껍데기 안쪽을 조명에 이리저리 비춰 보았다. 바다에서는 왕가의 여인들만이 꼬리를 자개로 장식했다. 날카로운 자개 파편을 꼬리 지느러미 사이에 꽂으면 아파서 눈물이 나왔다. 할머니는 울건 말건 봐 주지 않고 사정없이 자개를 꽂아 넣었다.

배를 채운 귀족들이 짝을 지어 무도회장으로 나갔다. 왕자비가 무대에 진주를 꿴 금실로 짠 황금 그물을 올렸다. 왕비가 데려온 무희들이 황금 그물 안에서 춤을 췄다. 무희들의 얼굴과 팔다리에 칠한 금가루가 번쩍였다. 춤출 때마다 손목의 금팔찌들이, 열 손가락의 금반지들이 빛났다. 사람들의 얼굴에 경탄이 떠올랐다. 무희들의 춤이 끝나자마자 왕자가 인어공주를 그물 안으로 밀어 넣었다. 근위대장이 막으려 했지만 주사 섞인 왕자의 강권 때문에 물러날 수밖에 없었다. 왕자가 궁에 들인 고아 소녀가 왕자의 결혼을 축하하며 춤을 추었다. 그물을 밟는 발이 아플 때마다 인어공주는 할머니와 어머니와 아버지와 마녀를 떠올렸다. 증오와 원망과 슬픔과 동정과 연민. 방금 전 무희들의 화려함을 잊고 인어공주의 춤에 홀린 듯 빠져드는 사람들은 이 움직임이 다른 세계에서의 삶 대신 얻은 것임을 모를 것이다. 왕자비의 얼굴이 굳어지고 왕자는 낄낄댄다. 차마 인어공주를

주시하지도, 외면하지도 못하는 근위대장을 보고서야 인어
공주는 춤을 멈췄다.

인어공주의 독무가 끝나고 배를 채운 귀족들이 짝을 지
어 무도회장으로 나갔다. 왕자와 왕자비, 인어공주와 근위대
장이 짝을 지었다. 근위대장이 일부러 인어공주의 발을 살
짝 밟고 요란스레 사과했다.

"걸을 수는 있겠어? 갑판에 나가서, 시원한 데서 좀 쉬다
오면 나아질까?"

근위대장이 인어공주를 목발처럼 부축해서 갑판으로 나
갔다. 무슨 말을 하려던 근위대장은 왕자비가 불러서 급히
무도회장으로 돌아가고 갑판에는 인어공주 홀로 남았다. 인
어공주는 검은 밤바다를 바라보았다. 머리를 짧게 자른 언
니들이 수면 위로 몸을 내밀 때까지. 역시. 할머니는 자기
대신 손녀들을 마녀에게 보냈구나. 언니들은 인어공주에게
단검을 건네주었다. 마녀에게 머리카락을 잘라서 주고 얻어
온 단검이랬다. 단검을 만드는 데 머리카락은 필요 없었다.
마녀는 단지 머리카락이 잘린 손녀들을 왕국의 섭정에게 보
여 주고 싶었던 거다.

단검을 옷 속에 숨기며, 인어공주는 생각했다. 사랑하는
사람이 다른 사람과 결혼하면 인어는 물거품이 되어 버린다
지. 그 사람의 심장에서 나온 피로 발을 적시면 다시 인어가

될 수 있다. 인어공주는 묻고 싶었다. 사랑하지 않는 사람이 결혼하면 그 사람을 죽인다고 인어가 될까 죽이지 않는다고 물거품이 될까. 사랑하는 사람과 결혼하지 못하면 어떻게 될까. 사랑하는 사람과 결혼했지만 시간이 흘러 그 사랑이 사라지면 어떻게 될까.

근위대장은 왕자비와 춤을 췄다. 진한 향수 냄새가 아찔했다. 들릴 듯 말 듯 왕자비가 작은 목소리로 물었다. 왕자의 옆자리에 앉는 여자, 아무런 직책도 직위도 신분도 없는 여자, 가족도 이름도 고향도 모르는 여자, 왕자가 계속 눈길을 주던 그 여자가 누구냐고.

"왕자님의 귀여운 애완견. 반짝이는 장신구. 왕자비님께서 질투하실 필요 없습니다."

"질투가 아니라, 난……."

"저 애가 왕자님의 침실에 들어갈 일은 없습니다."

"그걸 어떻게 확신하는가?"

"전 왕자님을 잘 압니다."

"내 남편은…… 신뢰할 수 있는 사람인가?"

"……저는 모르겠습니다."

왕자비는 근위대장을 놓아주었다. 근위대장은 보폭 큰 걸음으로 곧장 갑판으로 갔다. 갑판에는 아직 인어공주가 있었다. 바다에도 여전히 인어들이 있었다.

"너…… 정체가 뭐야."

인어공주가 언니들에게 물속에서처럼 초음파로 말했다. 그대로 있어도 괜찮다. 인간은 이 주파수를 듣지 못한다. 인어공주는 입 모양으로 근위대장을 안심시켰다. 나, 는, 인, 어, 였, 던, 사, 람.

"인어는 전설 속에나 나오는 줄 알았는데…… 너는 왜, 어쩌다 인간이 되어 버린 거야? 저들은 누구고?"

나, 는, 공, 주, 였, 어. 근위대장은 한숨부터 쉬었다.

"왜 내 주변엔 왕자 아니면 공주냐."

자매는 여섯. 사람이 된 공주는 그중 여섯째. 어머니는 부왕의 두 번째 아내. 첫 아내는 결혼한 지 얼마 안 되어 이혼했다. 아버지는 평생 그 아내를 잊지 못했지만 다시 만날 수는 없었다. 그녀가 먼바다로 가서 마녀가 되어 버렸기 때문이었다. 부왕은 곧바로 재혼했다. 어머니의 강권대로 아름답고 순종적인 여자와. 그녀는 첫아이를 낳고 자신이 낳은 아이를 돌보지 않았다. 시모는 아이를 데려가 고래 젖을 먹여 길렀다. 그녀는 둘째를 임신했다. 둘째도 시모가 데려갔다. 다들 모성애가 없는 어미라고 수군댔다. 아이를 낳을 때마다 우울해지는 어미에게. 그래도 셋째, 넷째 아이를 낳았다. 이제 그녀는 공허한 눈빛으로 아이에게 젖을 물리고 아이가 칭얼대면 물결의 방향대로 아이를 흔들 뿐이었다. 그녀는 말이 없어졌다. 그녀의 남편은 밤에 침실에 들렀다가 새벽에 나갔다. 다섯째 아이도 딸이었다. 마녀의 저주 때문에 왕자가 태어나지 않는다는 소문이 돌았다. 왕비는 늘 그랬듯이 또 임신을 했다. 여섯째도 딸이었다. 산모는 가늘어진 팔로 아이를 안고 젖을 물렸다. 눈은 아이를 보지 않았고 코는 아이의 냄새를 맡지 않았고 피부는 아이의 체온을 느끼지 못했다. 드디어, 왕비의 일생이, 우울이, 출산이 끝났다. 왕비의 장례가 끝나고 왕은 귀가 먹었다. 그에겐 어머니의 목소리가, 딸들의 울음소리가 들리지 않았다. 그는 아내가 그랬던 것처럼 침실에 틀어박혀 과거에 갇혔다. 왕의 어머니는 아들에게 이불을 덮어 주고 나와 섭정이 되어 왕좌에 앉아 왕국을 통치했다.

왕의 어머니는 손녀들에게 인자한 할머니였다. 그녀는 모르는 게 없었으며 손녀들이 정치 따위엔 관심 가지지 않고 정원이나 가꾸며 맑고 밝게 자라기를 바랐다. 공주들은 늘 어머니를 궁금해했다. 할머니는 그녀들의 어머니가 막내를 낳고 곧 죽었다고만 했다. 그러나 공주들은 물고기의 뻐끔거리는 공기 방울에서 산호의 흔들림에서 어머니의 사인을 알아냈다. 어머니를 가장 많이 닮은, 어머니를 죽게 한 막내는 거울을 볼 때마다 죄책감을 보았다. 언니들이 산호와 조개로 정원을 장식할 때 그녀는 덩굴 같은 해조류로 정원을 휘

감았다. 어머니를 닮아 예쁘다는 말을 듣기 싫어 자개장식도 달지 않고 머리도 빗지 않았더니 어머니 닮아 괴상한 꼴로 다닌다는 말을 들었다. 할머니도 궁 안의 어느 누구라도 막내 공주를 볼 때마다 그녀의 어머니를 떠올렸다.

할머니는 모든 걸 알지만 아무것도 몰랐다. 적조 때문에 물고기들이 숨을 못 쉬고 수면에 떠올라 죽어 갈 때도 할머니는 먼바다 마녀의 저주 때문이라고만 했다.

'그럼 마녀를 무찌르면 되잖아.'

할머니는 마녀가 없어지면 원망할 대상도 없어진다고 했다.

'지금 그게 중요해? 다들 죽어 가는데.'

인어공주는 혼자 몰래 마녀를 찾아갔다. 묻고 싶었다. 알고 싶었다. 직접 만나면…….

"넌 네 엄마랑 똑같이 생겼구나."

인어공주를 보자마자 마녀가 오랜만에 만난 이모처럼 감탄조로 말했다. 마녀는 그냥, 다른 인어들과 똑같이 생겼다.

"아니에요. 난……."

"왜 그렇게 말하지?"

"내가 엄마를 안 닮았으면, 내가 더 귀여운 아이였다면, 나를 낳지 않았다면, 엄마는 그냥 계속 살았을 거니까요……. 엄마는 나를 싫어했으니까 그랬을 텐데 자꾸 날 엄마와 닮았다고 하면……."

마녀는 할머니가 해 준 적 없는 옛날이야기를 들려주었다.

　바다의 끝까지 헤엄쳐 가는 인어가 있었다. 인어는 수면 위로 몸을 내밀고 하늘의 움직임을 읽었다. 난파선에서 인간들의 물건을 수집하기도 했다. 인어가 아닌 존재로 사는 게 어떨지 상상한 적도 있었다. 왕궁 밖으로 나간 적 없던 왕은 그런 인어를 사랑하게 되었다. 그건 아마 사랑이 아니라 동경이었을 것이다. 바다에서 가장 높은 지위에 올라, 무엇이든 할 수 있게 해 주겠다는 청혼에 인어는 왕비가 되었다. 왕비는 궁궐 도서관에서 마법을 공부하고 인간들이 던진 그물을 찢고 폭풍우가 몰아치는 날 배를 뒤집었다. 왕의 어머니는 경고했다. 아무것도 하지 말라고. 물고기들이 인간들을 이길 수 없는 적으로 여기게 하라고. 두려워하게 하라고. 그리하여 왕을 의지하게 하라고.
　왕비는 젊었다. 두려운 게 없었다. 젊은 왕비는 인어가 인간이 되고 인간이 인어가 되게 하는 마법을 연구했다. 인어가 뭍으로 인간이 물로 오가며 세상을 뒤집는 마법을. 왕의 어머니는 왕비가 마녀라고 선포했다. 왕비는 마법은 단지 마법일 뿐 위험하거나 사악하지 않다고 반박했으나 왕의 어머니는 '마법'이라는 말을 입에 올리는 것조차 금지했다. 젊은 왕비는 노회한 대비를 이길 수 없었다. 왕은 아무것도 하지 않았다. 그는 내심 안도했다. 이대로 아내가 어머니에게 복종하고, 자신은 어머니의 효자이자 아내의 사랑을 받는 남편으로 평안히 살고 싶었다. 그러나 최고 권력자는 도전받고 싶어 하지 않는 법이었다. 집안에서든 바다 속에서든. 최고 권력자는 당연히 왕의 어머니였다. 이혼과 추방이 신속하게 집행되었다. 왕은 무력하고 착했다. 어머니에게 반대하지 않는 효자, 아내를 잊지 못하는 비련의 남편이 그의 배역이었다. 그리고 그는 곧 재혼했다. 전처가 떠난 것은 내 탓이 아니다. 어머니 탓이다. 아들은 어머니에게 시위하듯 결혼 생활을 망쳐 놓았다. 보란 듯 장난감을 어지르는 어린애처럼.

두 번째 아내는 무너져 내렸다. 아이를 낳기 위해 삶을 이어 가던 그녀는 마지막 아이를 낳고 나서야 우울과 불안과 고통과 연민과 삶으로부터 도망칠 수 있었다. 그녀의 남편은 더 이상 결혼에 실패할 수 없었다. 뛰쳐나갈 용기도 없던 남편은 자기의 내면으로 도피해 버렸다.

"할머니가 없었다면, 엄마가 평범한 남자와 결혼했다면, 아버지가 좀 더 주체적이었다면 모두 다 괜찮았을까요?"

"그건 아무도 알 수 없지. 적조가 왜 오는지 알 수 없는 것처럼. 그러나 언제 걷히는지는 알 수 있지. 사흘 후에 태풍이 오면 적조가 걷힐 거야."

"진짜 마녀예요? 어떻게 그걸 알아요?"

"너 마녀가 뭔지나 아니. 배제당한 인어를 마녀라고 부르는 거야. 나도 너와 같은 인어야. 다만 하늘과 해류를 열심히 관찰할 뿐이지."

인어공주는 궁으로 돌아가 정어리 떼에게 언제쯤 태풍이 불어 적조가 걷히고 바다가 다시 푸른빛이 될지 알렸다. 할머니가 인어공주를 대면했다.

"날 시험하려 들지 마라."

"엄마는 왜 돌아가셨어요?"

"심신이 나약했다. 스스로가 이겨 내지 못했던 탓이지."

"그게 엄마 잘못이었어요?"

"그래. 네 어미 자신의 문제였어."

인어공주는 궁을 나와 마녀에게 갔다. 마녀는 태풍이 오는데도 바다에 나왔던 배를 뒤집은 참이었다. 인어공주는 침몰한 배에서 건진 작살을 이리저리 살피고 고래의 뼈를 갈아 비슷하게 만들어 끝에 복어의 독을 발랐다. 그 시간이 좋았다. 뾰족하고 날카롭고 단단한 것을 만지는 촉감이. 위험하고 잔인하고 강한 것을 만든다는 자부심이. 그것을 닮아 간다는 느낌이. 엄마처럼 유약하지 않다고, 그러니 날 닮은 엄마도 그런 사람이 아니었을 거라고 증명하는 시간이.

인어들이 상어를 타고 고래 뼈 작살을 던져 옆 바다 인어의 산호 숲을 차지했던 날 할머니는 손녀를 불렀다.

"난 네가 마녀에게 갔다가 다시 돌아올 줄은 몰랐단다."

"무기를 시험해 보고 싶어서요. 얼마나 쓸모 있는지."

"넌 전쟁에서 공을 세웠다. 무엇을 원하는지 말해 보렴. 그다음에 내가 네게 줄 것을 말해 주마."

"엄마가 나약해서 죽은 게 아니라고 말씀해 주세요. 진실과 진심은 상관없어요. 외부에 공표할 필요도 없어요. 제게만 말씀해 주세요."

"난 틀리지 않는단다. 권력자는 완전무결해야 공격당하지 않지. 이제 나도 네게 말해 줄까. 난 나를 비난하는 자를 내 왕궁에 둘 수 없단다. 네가 아무리 내 손녀라도, 네가 아무리 똑똑해도, 네가 어떤 공을 세워도."

"저도 마녀가 되어야 하는 건가요?"

"왕의 딸, 섭정의 손녀가 마녀가 될 순 없지."

왕의 딸이 옆 바다로 망명할 순 없다. 마녀가 될 수도 없다. 죄를 지어 추방당할 수도 없다. 권력자에게 티끌만 한 흠도 남지 않을 방식이 뭘까.

"넌 아무하고나 결혼할 게다. 철없는 어린애가 사랑의 도피를 해서 어쩔 수 없었다고 할 게다. 네 생일이 지나자마자 즉시."

"결혼해서 궁을 떠나 조용히 살라고요? 아무 말도 하지 말고 아무것도 하지 말고……."

"네가 그렇게 살 수 있겠니."

"네."

"난 믿지 않는다."

엄마의 죽음이 정말 산후우울증에 의한 자살일까. 대외적으로는 산후합병증으로 인한 병사라고 알려진 그 죽음이. 엄마를 닮지 않으려 했는데 엄마처럼 죽게 될까.

그때 죽음과 삶 사이에 섬이 나타났다. 생일에 올라간 바다 위 인간들의 세상. 인어공주는 바다 위에 뜬 화려한 배를 보았다. 유일하게 왕자만이 즐거워 죽겠다는 듯 웃고 있었다. 폭풍우가 몰아쳤다. 왕자는 여전히 웃고 있었다. 배가 난파되었다. 인어공주는 웃는 남자를 끌어안고 수면 위로 헤엄쳤다. 왕자는 인간들의 세상으로 돌아가고 인어공주는 '마녀'를 찾아갔다. 인간이 되어 도망치게 해 달라고.

머리가 짧아진 언니들이 인간에게는 들리지 않는 소리로 한마디씩 심장에 비수를 박았다.

"할머니가 그러실 리가 없어!"

"할머니가 길러 주신 은혜도 모르고 마녀의 이간질에 속아 넘어간 멍청한……"

"할머니하고 끝까지 대화해서 오해를 풀었어야지!"

"네 멋대로 도망쳐서 결국 이 꼴로 사는 거야?"

"마녀에게 찾아가 인간이 되다니 넌 배신자야!"

언니들은 모른다. 의문조차 품지 않았던 자들은 영원히 모를 것이다. 알아듣진 못했지만, 근위대장은 인어들의 말이 비난이라는 건 알았다.

"통역할 수 있지?"

근위대장이 인어들과 하나씩 시선을 맞췄다.

"도망칠 용기는 용기가 아냐? 죽지 않고 어떻게든 살아 내는 건 용감한 거야."

마녀는 마음이 통하면 말하지 않아도 대화할 수 있다고 했다. 그게 사랑이라고 했다. 인어공주는 언니들에게서 시선을 돌렸다. 근위대장의 눈을 보며 눈빛으로 말했다.

'왕자를 죽여 줄까.'

"난…… 겁쟁이야."

근위대장은 뒤돌아서 가 버렸다. 인어들은 기만과 무지의 바다에 잠겼다. 어느샌가 음악이 들리지 않았다. 사람들이 하나둘씩 그 자리에 쓰러져 잠들었다. 요리사는 도마에 이마를 댄 채로, 귀부인들은 드레스 자락에 분칠한 얼굴을 묻고, 시종들은 나르던 술잔이 떨어져 깨져도 모른 채로. 배 안의 세상이 멈춰 버렸다. 마법에 걸린 것처럼. 인어공주는 아픈 발을 끌며 근위대장을 찾아다녔다. 자꾸 불길한 소릴 했었다. 조금 전에도 어떻게든 사는 게 용감한 거라더니 자기는 겁쟁이라고 했다. 끝까지 물어봤어야 했다. 근위대장은 어디 있는지 모르겠고 잠든 사람들은 흔들어도 깨어나지 않고 인어공주는 불안해졌다.

"왕자님의 마지막 명령이라면 그렇게 하겠습니다. 제가 실패하지 않도록, 고통 없이 죽을 수 있도록 자비를 베풀어 주십시오."

"명령이 아냐. 부탁이야. 넌 내 형제나 다름없으니까. 난 널 신뢰해. 그러니까 네게 전부 다 말했지."

"왕자님의 그 계획을 들은 순간부터 그걸 안다는 이유만으로 제 죽음은 피할 수 없는 것이 되었습니다. 비밀을 봉인하는 방법은 죽음뿐이니까요."

"어쩔 수 없잖아. 네 희생은 영원히 잊지 않을게."

"꼭 이렇게까지 하셔야 합니까?"

"그럼 이제 와서 어쩌라고? 다음 기회는 없을지도 몰라."

조용한 배 안에서 왕자와 근위대장의 작은 목소리가 크

게 울렸다. 문이 열리고 왕자와 근위대장이 선실에서 나와 각자 다른 방향으로 사라졌다. 인어공주는 한 발짝 내디뎠다가 생각을 바꿨다. 파도도 치지 않는 밤바다는 고요했고 나무 갑판은 발을 디딜 때마다 소리가 났다. 빨리 뛸 수도 없는데 미행하다가 들키면 어떻게 될지 모른다. 인어공주는 왕자의 신혼 침실 앞 벨벳 방석 위에 웅크렸다. 뭔가 따끔했다. 바늘이었다. 왕자비가 벨벳 방석을 보면서 의미심장한 미소를 짓더니, 이거였구나. 인어공주는 바늘을 던지려고 일어났다가 급히 다시 자는 척했다. 누군가 침실에 들어갔다. 문이 닫히고, 시간이 얼마간 흘렀다. 어디선가 어렴풋이 뭔가 물에 풍덩 떨어지는 소리가 났다. 근위대장일까. 아냐, 괜찮아. 수영을 잘하니까 이런 잔잔한 바다에서는 충분히…… 아무 소리도 들리지 않았다. 죽음을 얘기한 대화가 생각났다. 인어공주는 침실 문을 열었다. 침대에 누운 신혼부부는 깊이 잠들었는지 미동도 없었다. 단검을 들어 왕자를 찌르려던 순간, 왕자의 자리에 누워 있던 근위대장이 눈을 떴다. 그 눈동자가 너무 많은 말을 해서 정신이 아득해졌다.

"난 지금쯤 자결했어야 했는데, 널 본 순간 살아야겠다, 했지. 살아서 널 더 보고 싶었어. 내가 왕자님을 죽이고 싶어 했구나, 도 깨달았고."

바다 위에 나뭇잎처럼 떠 있는 조각배에서 근위대장은 담담히 인어공주를 보면서 혼잣말하듯 말했다. 그 새벽에 눈동자가 했던 말을 목소리로 다시 들었다.

"네가 왕자님을 사랑하지 않는구나, 그것도 기뻤어. 다시 만나게 되면 다 얘기해 준다고 했으니까, 다 말해 줄게."

그날 밤, 왕자는 왕을 시해했다. 목격자가 없도록 피로연 음식에 수면제를 탔다. 왕도 수면제를 먹고 마셨다. 왕자는 깊이 잠든 왕을 바다에 던져 넣었다. 왕자비의 술잔에는 수면제를 반만 탔다. 새벽에 왕자비의 침대에는 남편이 아닌 근위대장이 있고 막 잠이 깬 왕자비의 침실에 왕자가 들어온다. 누가 봐도 불륜이다. 신랑은 너그럽게 아내의 부정을 용서하는 대신 평생의 약점을 손안에 넣고 근위대장은 명예를 지키는 대신 자결한다. 이제 그 밤의 진실을 아는 사람은 왕자밖에 없다. 이게 계획이었다.

그러나 인어공주가 단검을 들고 난입했고 왕자는 거사를 치른 후 심약해졌고 근위대장은 자결 대신 도피를 택했다. 배 옆으로 해파리가 다가왔다. 인어공주는 속삭였다. 마녀에게 전하라고. 언젠가 찾아갈 테니 오늘 밤의 시체를 보관해 달라고.

해가 뜰 때쯤 배가 해변에 닿았다.

"인어가 사람이 될 수 있다면 사람이 인어가 될 수도 있어?"

인어공주가 고개를 저었다. 안 된다, 혹은 모른다.

"너는 살기 위해 왕자를 안을 수 있었지? 나도 살기 위해 무슨 짓이든 할 수 있어."

인어공주가 바다로 들어가 전복이며 소라를 캐 올 때까지도 근위대장은 해변에 쪼그려 앉아 있었다. 인어공주가 방금 전까지 살아 있던 소라를 껍데기에서 끄집어내어 살을 저며 한 점씩 그의 입 속에 넣어 주었다. 그가 익히지 않은 살점을 천천히 씹어 삼켰다.

"이제 어디로 가지? 뭘 해야 하지?"

결혼. 인어공주의 또렷한 대답에 근위대장이 웃어 버렸다.

"그래, 하자. 결혼. 아무도 우릴 모르는 도시에 가서 새로운 이름을 지어 혼인 신고를 하고 집을 구하고 뭐든 어떻게든 해서 돈을 벌고 애를 낳아 기르고 하다 보면 시간이 흐르고 어떻게든 살아지겠지. 남들처럼, 평범하게 살자. 그럼 행복해질 거야."

인어공주는 처음 가 보는 인간의 도시. 집도 많고 사람도 많고 불빛도 많은 곳에서 근위대장은 골목골목 돌아다니며 인어공주의 드레스와 구두와 장신구를 팔았다. 근위대장이 궁에서 입고 나왔던 비단옷도 팔고 수수한 옷을 사 입었다. 옷 다음으로는 목발을 샀다. 신부 아버지 대신 신랑이 신부를 업고 성직자 앞으로 나아갔다. 갑작스레 불려 나온 성직자는 사무적으로 성혼 선언을 해 주었다. 관청에 가서 흔하고 평범한 이름을 서류에 적어 낸 것으로 결혼이 끝났다. 가족도 친구도 없는 결혼식이었다.

"수면제도 없었잖아."

신혼부부는 둘만 아는 농담을 하며 키득거렸다. 이렇게 인간이 되어 그 후로도 오랫동안 행복하게 살 수 있을까. 새 신부는 굳은 얼굴로 관공서 벽에 붙은 벽보를 읽는 신랑의 손을 꼭 잡았다.

"왕자는 아직 장례식도 대관식도 못 올렸나 보네. 선왕의 편에 있던 귀족들이 순순히 권력을 넘겨주진 않겠지. 그렇다고 격 떨어지게 선왕의 실종 공고를 낼 건 뭐야. 미아 찾기도 아니고…… 그리고 시골 귀족들도 감옥에 처넣으셨구나, 우리 왕자님."

아내는 남편의 얼굴을 보았다. 울음을 참는지 입을 꾹 다물고 눈을 부릅뜨고 있었다.

급하게 구한 작고 좁은 셋집 맨바닥에 누워서 남편은 아내에게 팔베개를 해 주었다. 텅 빈 집에서 따뜻한 건 체온밖에 없어서 부부는 서로를 꼭 끌어안았다.

"이럴 줄 알았으면 그동안 봉급 받은 거 저축해 둘걸. 척박한 영지에서 나오는 보잘것없는 수입으로 분수껏 사시라고 외면해 버릴걸. 우리 부모님은, 허영기 있는 분들이셨어. 시골에선 왕의 얼굴만 보고 와도 대단한 사람 취급하는데 우리 부모님은 아들이 왕자의 근위대장이니 얼마나 위대해 보였겠어. 그러니 툭하면 나 본다고 찾아오시고, 영지에서 파티 열어서 촌사람들의 부러워하는 시선에 으스대시고. 그러려면 돈이 드니까 툭하면 나한테 돈 달라고 하셨지. 난 촌스러운 시골 귀족들이 궁정 사람들의 비웃음도 모르고 고상한 척하는 게 민망해서 돈을 쥐여 드리고. 이거 받고 빨리 돌아가시라고. 남들 눈엔 자식 염려되어 멀리서 찾아오는 부모와 효자로 보였겠지. 그러니 왕자가 날 잡으려고 내 부모님을 인질 삼아 감옥에 넣어 뒀겠지. 아니었어. 난 그분들을 원망했어. 어린 나를 그렇게 쉽게 궁으로 보낸 거, 내가 어떻게 사는지도 모르면서 알고 싶어 하지도 않으면서 돈만 받아간 거, 그 밖에 생각도 안 나는 서운한 거 전부 다. 그분들 감옥에 보낸 거 하나도 죄송하지 않아. 그동안 가불하고 외상한 거 늦게라도 청구서를 받으셔야지."

남자가 여자의 품 안에서 아이처럼 울었다.

"돈이 없으면 불행하지만 돈이 많다고 다 행복하진 않아. 근데 돈이 없으면, 돈만 많으면 다 행복할 거 같지. 황금으로 블록 놀이하던 왕자 옆에 있는 근위대장. 누가 봐도 출세했다고 하겠지. 그러니 그분들은 내가 너무나도 잘 지낸다고 믿었겠지. 그러니까 어린애가 집에 돌아가고 싶다고 옷자락을 붙들고 울어도 떼어 내고 돌아설 수 있었던 거야. 배부른 소리 하지 말라면서. 어렸을 때 왕자가 심술궂게 너희 집으로 가라고 할 때마다 대꾸할 말이 없더라. 갈 데가 없으니까."

이제는 언제든 나에게 돌아와. 사랑하는 여자가 입 모양으로 말했다.

"넌 내가 무섭지 않아? 왕자를 배신하고 가족을 외면했는데?"

사람의 입에서 나는 하얀 입김을 보면서 인어였던 여자는 왜 자기만 춥지 않은지 자문했다. 깊은 바닷속은 늘 추웠으니까 거기에 적응되어서. 아침에 바다에 들어갔을 때 왜 숨이 막히지 않았을까. 왜 아직도 초음파로 말할 수 있을까. 나는 인간이 아니라 다리 달린 인어일 뿐일까.

'넌 인어였던, 지금도 완전히 인간인지는 알 수 없는 내가 무섭지 않아?'

"난 괴물보다 무서운 사람을 많이 봐서. 내가 그런 사람이기도 하고. 너는, 내가 무서워지면 도망쳐. 추격하지 않을게."

'도망치지 않을 거야. 너랑은 싸울 거야. 초음파로 욕할 거야.'

"나도 너처럼 초음파로 말할 수 있었음 좋겠다."

'궁금한 게 생각났는데, 내가 말을 못 한다고 했을 때 너

는 인형으로, 입 모양으로 말하게 했잖아. 내가 말을 못 한다는 거, 왜 믿지 않았어?'

"너랑 얘기하고 싶어서."

'다치지도 않은 내 발을 보고서도 내가 걸을 때마다 아프단 거 의심하지 않았잖아. 왜 그랬어?'

"널 업어 주고 싶어서."

'내가 돌아갈 곳이 없다고 했던 건 왜 믿었어?'

"너도 나처럼 돌아갈 곳이 없어야 너랑 둘이서 행복하게 살 것 같아서. 새로운 이름으로, 귀족도 근위대장도 아무것도 아닌 나로서 너랑 살고 싶었어."

'나도.'

그러려면 왕자를 죽여야 했다. '마녀'를 다시 만나야 했다. 한밤의 바닷가에서 그는 그녀의 손을 놓지 못하고 머뭇거렸다.

"돌아올 거지? ……아냐. 돌아오지 않아도 괜찮아."

'왕자를 죽여 줄게. 돌아올게. 널 구해 줄게.'

몇 번씩이나 손가락을 걸고 안고 토닥이고 몇 걸음 갔다가 되돌아오고 다시 가고 그러고 나서야 인어인지 인간인지 모르는 여자가 바다로 뛰어들었다.

하얗게 빛나는 해변을 따라 빈 마차가 달렸다. 다른 건 다 내다 팔아도 검과 말은 팔 수 없었다. 언제든 도망칠 수 있어야 했다. 근위대장은 마부가 되었다. 검은 바다에서 푸른 새벽으로 돌아오는 길에 상복을 입고 검은 베일로 얼굴을 가린 귀부인이 마차에 탔다.

"왕궁으로."

낯설지 않은 목소리였다. 마부가 돌아보자 귀부인이 베일을 걷었다.

"왕비가 되실 분이 수행원도 없이, 위험하지 않으십니까?"

"지금 위험한 건 근위대장일 텐데. 어떻게 찾았는지 궁금하지 않은가?"

"보석상을 뒤지셨습니까."

"이러저러하게 생긴 장신구들을 파는 사람이 있으면 알려 달라고 했더니 제보가 들어오더군."

"제게 뭘 원하십니까."

"보석과 옷은 내다 팔고, 여자는?"

"결혼했습니다. 저하고. 그리고 지금은 다른 세계에 있습니다."

왕자비가 잠깐 말을 삼켰다가 도발적으로 말을 뱉었다.

"그런 여자와 결혼해서 이렇게 막산다는 건 다시는 귀족으로 살지 않겠다는 치기인가? 부모도 버리고 사랑의 도피

나 하더니? 시골 귀족에서 근위대장까지 올랐던 자가 마부
나 하는 거, 아깝지 않은가. 궁에서 배우고 익힌 게 다 무용
지물이 되었는데."

"궁에서 말 다루는 걸 배워 이렇게 마부가 되었으니 아깝
지 않습니다. 더 이상 바라는 것도 없습니다."

"세월이 흘러도 그럴까. 아무것도 남기지 못하고 평범하게
늙어 버려도."

"그게 제가 원하는 삶입니다."

"꿈, 야망 그런 것도 없는가."

"없습니다."

"그런 거 없는 사람도 있나?"

"그런 거에 질린 사람은 있습니다."

왕자비는 마차를 휙 둘러보았다.

"이렇게 살려면 돈은 얼마나 필요한가."

"요금은 거리 기준으로 받습니다."

"뭘로 유혹하면 내 부탁을 들어주려나."

"엄청나게 비밀스러운 '부탁'으로 사람 옭아매는 수법은
왕자님께 배우셨습니까."

마부는 손님에게 왕자가 초야에 신부에게 무슨 짓을 하려
했는지 다 말해 주었다. 살인과 인어공주의 일은 발라내고.

"비밀을 지키려면 죽을 수밖에 없었습니다. 아니면 살아

서 이렇게 다 말해 버리니까. 그때 일은 죄송합니다."

"죄송한 줄도 알고, 죽어야 한다는 것도 알면서 왜 가담했는가?"

"죽고 싶어서 그랬습니다."

"그런데 왜 안 죽고, 왕자님의 계획을 망치고, 도망쳐 버렸는가."

"살고 싶어서 그랬습니다."

"왜 생각이 바뀌었는지는……."

"말씀드릴 수 없습니다."

"지금도 살고 싶은가?"

"그렇습니다. 그러니 아까의 '부탁'은 없었던 일로 해 주십시오."

"그러지. 그리고 궁에 돌아가 왕자님께 근위대장이었던 자가 여기 있다고 알려 드리면 어떻게 될까. 언제까지 이렇게 도망치면서 연명할 수 있을까."

"왕자님께는 명령하실 입이 있으시니 왕자비님께서 계획을 세울 머리와 더러움을 묻힐 손이 되시면 그분께서는 절 찾지 않으실 겁니다. 그날 밤의 일만 수습되면 됩니다."

"난 그래서 내 남편이 싫어. 입으로만 잘난 인간이 내 남편인 것도 내 자식이 그를 닮는 것도 원하지 않아. 그를, 죽여 줘. 그러면 당신을 통해 자식을 낳고, 이 나라와 내 나라

를 통일하여 내 자식이 미래의 왕이 되고 난 그 전까지 섭정
이 되어 통치할 테니까."

"그리고 저는 입 닥치고 지옥에나 가면 됩니까?"

"평생 왕자에게 쫓겨 다니며 사는 것도 지옥일 텐데."

"……사흘 후 자정에 황금 그물을 가지고 생일 파티를 하
셨던 그 바다로 나와 달라고 왕자님께 전해 주십시오. 선왕
의 시신을 인도해 드리고 왕자님을 죽여 드리겠습니다. 그
후의 일은 왕자비님 뜻대로 하십시오. 절 더 이상 모욕하지
마시고."

승객을 내려준 마부는 빈집으로 돌아왔다. 집에는 온기가
없었다. 마부는 바닷가로 갔다. 수면 위에는 아무것도 없었
다. 가장 흔하고 평범한 이름의 남자는 숨을 참고 바닷속으
로 잠수했다. 꽤 깊이 들어갔다고 생각했는데 인어는 보이
지 않았다. 그들은 더 어둡고 먼 곳에 있나 보다. 그녀는 인
어였을 때 목소리가 어땠을까, 어떻게 생겼을까.

인어공주는 할머니가 다스리지 않는 먼바다에서 추방된
인어와 마주 앉았다.

"나는 뭍에서는 다리 있는 인어, 물에서는 꼬리 없는 사
람이네요."

"왕자비가 되었다면 걷지 않고 왕좌에 앉고, 말하지 않아도 아랫사람들이 네 눈치를 보니까 문제없었을 텐데."

"왕자를 사랑하지 않았으니까요."

"사랑하는 사람과 결혼해도 행복해 보이진 않는데?"

"불안이 행복을 잠식해요. 그 사람은 잘 때도 칼을 옆에 두고 자요. 그 불안을 제거하지 않고선 행복해질 수 없어요."

"그 사람이 행복하면 너도 행복할까."

"그건 모르겠지만 그 사람이 불행한데 나만 행복하진 않아요."

"그 사람이 네가 기대했던 그 사람이 아니라면? 왕자가 그랬던 것처럼. 세월이 흐르면서 변해 버린다면?"

"나도 변하고 그 사람도 변해요. 사랑도 변할 수 있겠죠. 그렇지만 지금 사랑하니까. 지금 나랑 가장 닮았고 나를 제일 잘 아니까. 서로 알아봤으니까."

"네가 돌아오지 않거나 먼 훗날에 돌아오겠구나."

꼬리가 있었던 여자가 마녀를 안아 주었다.

"나는 아이를 갖고 싶었지. 만난 적도 없는 네 엄마를 질투한 적도 있었어. 그 남자와의 사이에서 아이를 여섯이나 낳았으니까. 네가 나를 찾아왔을 때, 간절한 눈빛으로 네 엄마 얘기를 할 때 내가 네 엄마였다면, 싶었지. 혼자 마녀를 찾아오는 용감한 아이를, 내가 길렀더라면 얼마나 좋았을까.

네게 가르쳐 줄 게 많았는데. 너나 나나 외롭지 않았을 텐데. 너와 재미나게 지낼 수도 있었을 텐데. 그럼 네가 여전히 인어였을 수도 있는데."

"그래도 결국은 이렇게 되었을걸요? 할머니는 반대파도 후계자도 용납하지 않는 분이니까. 그리고 난 아마도 본능적으로 엄마의 상처를 집요하게 물어뜯는 딸이 되었겠죠. 엄마의 나쁜 면을 닮지 않았다고 증명하려고. 지금 내가 결코 나약하지 않다고. 나라면 죽지 않고 어떻게든 살아 냈을 거라고 우기는 것처럼."

"모녀는 원래 그래. 서로 너무 잘 아니까 싸우지. 나도 딸이었던 적이 있어서 알아."

마녀는 약병과 인어의 남자가 던져 버렸던 단검을 꼬리지느러미 없는 인어에게 주었다.

"언제라도 인어로 돌아오고 싶다면 이 단검으로 사랑하는 사람의 심장을 찔러서 그 피를 네 발에 적셔. 아니면 인간에게 이 약을 먹여 인어로 만들 수도 있지."

"필요 없어요. 심장을 찌를 수 있다면 이미 사랑이 아니니까 난 다시 인어가 될 수 없고, 내가 인어가 되지 못했는데 그 사람만 인어로 만들어서 헤어지기도 싫고요."

"살다 보면 남편보다 나를 더 사랑할 때도 있고 그를 망쳐서라도 나와 같은 곳으로 끌어내리고 싶어질 때도 있을 수 있는데?"

"전남편한테 그런 생각 들 때 있었어요?"

"가끔. 사랑했지만 희생하고 싶진 않았어. 그는 자기를 더, 더, 더 많이 사랑해 달라고 했어. 왕좌고 뭐고 다 필요 없고 왕으로서의 책임과 권능은 모후께 드리고 둘만의 세상에서 살자고…… 아이도 없이 둘이서만…… 그때 인간으로 변하는 약을 만들기 시작했어. 인어의 왕은 그렇게 살 수 없으니까 인간이 되어서 바다 밖으로 나가려고 했지."

말미잘의 촉수가 흔들렸다. 방문자가 있다. 인어들의 통치자, 늙은 인어, 아들의 어머니, 손녀의 할머니, 전 며느리의 전 시모가 문 앞에 홀로 있었다.

"내 아들이 죽어 가고 있어……."

죽어 가는 남편의 전처는 따라 나서지 않았다.

"저도 아버지의 임종을 지키겠어요."

꼬리지느러미 없는 인어의 갑작스러운 등장에 정상적인 인어는 눈을 질끈 감았다.

"네년이, 내 아들도 모자라 내 손녀까지 망쳤구나."

"눈 뜨고 날 봐요. '괴물'이 된 나를 봐요. 할머니가 보여 주는 것만 보고 믿으라는 것만 믿고 하라는 대로만 하지 않으려고 이렇게 된 날 봐요. 이게 내가 택한 나예요."

"넌 내 손녀가 아니다. 내 아들에게 널 보여 줄 수 없다."

"난 내가 왔던 곳으로 돌아갈 거예요. 하지만 꼭 이렇게 해야 해요? 왕의 딸, 섭정의 손녀는 가장 완벽한 인어가 아니면 안 되는 건가요?"

"나는 늘 최선을 다했다. 누구보다 일찍 일어나고 늦게 자고 고뇌하고 노력했다. 그런데 지금 남은 건 죽어 가는 아들과 멍청한 손녀들과 흉측한 괴물뿐이라니!"

마녀가 죽어 가는 아들의 어머니를 똑바로 보았다.

"왕국에 변고가 생기면 항상 다 내 탓이었지. 당신은 완벽하니까. 이번엔 내가 왕을 죽였다고 할 텐가?"

"너 때문이다. 내 아들은 너 때문에 죽는 거야."

"그럼 날 위해 그가 죽어 주는 걸로 하자. 난 가지 않아."

"내 아들은 널 사랑해서 인생을 망쳤는데, 너같이 냉혹한 년을!"

"그도 나도 희생하긴 싫었던 거야. 상대를 자기 쪽으로 당기려고만 했을 뿐. 그도 왕이 되거나 궁을 뛰쳐나오지 않았고 나도 그가 원하는 아내가 되거나 그를 데리고 함께 궁을 나오진 않았으니까."

태어나기 전부터 늘 누워 있던 아버지. 닫혀 있던 방문. 들어 본 적 없는 목소리. 아득히 먼 곳만 바라보던 눈. 잡아 준 적 없는 손. 할머니의 반대를 뿌리치고 아버지를 만나러 간다 해도 서로 건조하게 이별하게 될 것이다. 추억도 없는 아버지가 물거품이 되어 영영 사라져도 달라지는 건 없을 것이다. 결혼해서 자식을 낳고 살았던 하나의 삶이 이렇게 끝나 버렸다. 할머니가 죽으면 인어들의 왕국도 후계자 없이 멸망할 것이다.

신혼의 신부는 깨달았다. 사랑받아 본 적 없는 두 삶이 처음 느끼는 복잡한 감정을 사랑이라고 믿고 급하게 서로의 삶에 뛰어들었다. 행복했던 적 없는 둘은 사랑해서 결혼한다는 평범하고 표준적인 삶을 뻔하고 흔하게 살면 그 후로도 영원히 행복하리라고 믿었다. 바다와 육지만큼 다르게 살아왔는데 어떻게 앞으로도 같이 함께 살 수 있을까. 고민하는 신부에게 황금 그물이 내려왔다.

신혼의 신랑은 밤바다로 배를 저어 갔다. 밤하늘은 너무 맑아서 달빛이 밝았다. 바다 가운데 달보다 환하게 불을 밝힌 큰 배가 떠 있었다. 배에서 내린 사다리를 타고 갑판에 오른 새신랑은 늘 허리에 차고 다니던 검을 바닥에 내려놓았다. 왕자의 시종들이 몸 수색을 했다.

"이렇게까지 하셔야 합니까?"

왕자가 다가와 귓가에 속삭였다.

"먼저 날 배신한 건 너야. 시골 귀족의 차남에게 관직과

봉급을 주고 궁에서 살게 해 주고 왕자인 나와 같은 식탁에서 식사를 하고 같은 선생을 붙여 주었는데 어떻게 감히 날 배신할 수 있지?"

한때 왕자의 근위대장이었던 자가 턱을 똑바로 들고 마주 속삭였다.

"사람이니까요. 사람에게는 자존감이란 게 있습니다. 밥 주면 꼬리 치는 개와 다른 점이 그겁니다."

"나는 널 가장 친한 친구로, 친형제 이상으로 대했는데, 너는 지금에서야 서운했다고 하는 거야? 그 전에는 아무 말 없이 다 좋았던 척, 위선 떨어 놓고."

"평등하지 않은 관계에서는 진실할 수 없습니다."

몸수색이 끝났다. 무기는 나오지 않았다.

"사람들한테 다 물어봐. 너만큼 혜택받고 너만큼 나와 친한 사람이 있었는지."

"왕자님, 저는 단 한 번도 왕자님께 존대하지 않은 적이 없습니다. 왕자님께는 그게 당연하고 자연스러워서 모르셨겠죠. 돌이켜 생각해 보십시오."

왕자는 입술을 앙다물고 시골 귀족의 차남을 노려보았다. 이름도 성도 버린 남자는 왕자 뒤에 도열한 선왕의 신하들을 보았다. 선왕의 재상이 앞으로 나섰다.

"왜 마녀를 궁에 들여 왕자님을 유혹하여 해치려 했느냐."

"그녀는 마녀가 아닙니다."

"지금 어디에 있느냐."

"……모릅니다."

인간이 아닌 여자와 결혼한 남자는 한없이 수평인 바다를 바라보았다. 저 안 깊은 곳에서 무슨 일이 벌어지고 있는지, 그녀가 무사한지, 다시 돌아올지 알 수 없다. 길 잃은 어린애처럼 서러워져서 목구멍으로 올라오는 울음을 꾹 삼켰다.

"왜 선왕 전하를 시해했느냐."

"시해하지 않았습니다."

"고문을 당해야 진실을 말하겠느냐."

"진실은 곧 보여 드리겠습니다."

"고문이 두렵지 않으냐."

"저도 제 편이 있으니까, 두렵지 않습니다."

바닷속 어딘가에 내 편을 들어 줄 누군가가 있다. 목구멍으로 올라오던 울음이 입 안의 사탕처럼 달콤해졌다. 입 안에서 사탕을 굴리며 전직 근위대장은 장터의 이야기꾼처럼 화려한 동작을 섞어 가며 일인극을 했다.

"왕자님의 결혼식 날, 인어의 왕국에서 다섯 명의 공주님들이 바다에서 노래를 부르며 결혼을 축하했습니다. 전설로도 전해지듯이, 인어의 노래는 너무나 아름다워서 선원들이 넋을 잃고 항해하다가 암초에 충돌하기도 하지요. 선왕께서는 소중한 왕자님이 타신 배가 또 침몰할까 두려워 기도하셨습니다. 배 안의 사람들이 잠들어서 인어의 노래를 듣지 못하게 해 달라고. 배가 잠 속으로 가라앉고 나서야 선왕께서는 홀리신 듯 인어의 노래를 더 가까이서 들으시려고 배 밖으로 몸을 내미셨다가 그만 바다에 빠지셨습니다. 인어들은 슬퍼하며 다시는 이런 일이 일어나지 않도록 목소리를 버렸습니다. 인어의 방식으로 정성껏 장례를 치른 그들은 이제 시신을 슬퍼하는 왕국에 돌려주려 합니다.”

최고급 레이스로 짠 베일에 허리를 꼭 맞게 재단한 검은 벨벳 드레스에 검은 공단 리본을 달고 흑옥과 마카사이트 보석으로 머리끝부터 발끝까지 장식한 왕자비가 왼손 넷째 손가락의 결혼반지를 만지작거리며 다가왔다.

“어린애들의 동화도 아니고, 기껏 생각해 낸 유치한 거짓말이 그건가?”

“그렇게 생각들 하실까 봐 왕자님께선 제게 기다렸다가 지금 나타나라고 하시고 혼자 모든 억측을 감내하신 겁니다. 이제 왕자님께서 직접 그물을 내리십시오.”

어깨를 강조한 검은 벨벳 상복에 왕자비와 경쟁하듯 큼직한 보석을 옷 전체에 박아 넣고 굽이 높은 신을 신은 왕자가 이야기꾼의 곁을 지나며 또 속삭였다.

“너의 위선, 역겨워. 자식보다 총애해 주었던 선왕을 죽일 계획을 짠 건 너였잖아?"

"네가 내 아들보다 낫다는 그 말씀이 저는 두려웠습니다. 그 말씀을 군이 왕자님 앞에서 하시는 저의가."

"나더러 널 질투하라는 뜻이지. 네가 잘나 봤자 아들은 아니라는 강조법이고. 내 일과를 고해바치는 이중 첩자가 되라고 널 들였는데 그자가 자기를 죽일 줄은 모르셨겠지."

"아비를 죽인 패륜아는 왕자님이십니다. 저는 그 계획을 세워 드린 것뿐이고요. 옆 나라와의 오랜 전쟁을 끝내고 두 나라를 통일하여 평화롭게 지내고 싶은 건 모든 백성과 역대 왕들의 소망이었습니다. 옆 나라의 왕은 지참금으로 요충지를 얹어 줄 테니 선왕을 시해하라는 비밀 협약을 왕자님과 맺었지요. 왕자님은 그 땅을 기반으로 옆 나라를 침략하고 싶어 하셨고, 옆 나라의 왕은 선왕을 제거하고 혼란한 중에 전쟁을 일으켜 왕자님마저 제거하고 싶어 했습니다. 왕자비님께서는 얼른 왕비가 되고 싶으셨겠지요. 남편이 요절하고 어린 아들 대신 섭정을 하시면 더 좋고요."

왕자가 금실로 짠 그물을 내렸다. 저 그물 위에서 인어였던 여자가 아픈 발로 춤을 췄었다. 모두들 그물이 잠겨 있는 바다만 보고 있다. 단 한 명만 물속의 아내를 본다.

왕자는 왕자가 아닌 자에게 물었다.

"넌 단 한 번이라도 왕자가 되고 싶었던 적은 없었어?"

왕자로 태어나지 않은 자는 대답하지 않았다.

밤하늘엔 어느새 달이 사라졌다. 횃불과 램프가 별처럼 밤바다를 밝혔다. 바람이 배를 흔들었다. 파도가 높이 일었다. 선장은 초조했다. 배를 돌려야 했다. 그러나 선왕의 시신을 물 밖으로 모시는 걸 중단할 순 없었다. 그건 반역이었다. 선장은 마음속으로 유서를 쓰고 지우고 또 썼다. 그물은 물속에서 누군가 잡아당기는 것처럼 물 밖으로 올라오질 못했다. 비바람은 점점 거세졌지만 모두들 폭풍우를 모른 척했다. 시종들은 왕족들과 귀족들이 젖지 않도록 우산을 씌우느라 분주했다. 배가 거대한 고래의 등에 얹힌 것처럼 요동쳤다.

"걸렸다! 그물에 뭔가 있습니다!"

바닷물에 부식된 나무 궤짝이 그물에 걸려 올라왔다. 왕자가 궤짝을 열었다. 잠옷을 입은 채로 깊이 잠들었다가 영영 잠들어 버린 왕의 시신이 소금에 절여져 쪼글쪼글해진 꼴로 나타났다. 그만 놀고 헤어지기 싫어서 놀이 친구를 궁에 데려가겠다는 철없는 어린 아들을 나무라지 않은 아비, 미래 권력의 동태를 은밀히 보고하게 했던 현재 권력자, 왕자가 누구도 신뢰하지 못하게 하려 보란 듯 왕자의 최측근을 총애하는 척 연기한 노회한 정치가. 그를 죽이고 싶었다. 그러면 되는 거였다.

"근위대장의 말이 맞지 않습니까. 시신에 외상이나 독살 흔적이 없는 걸 다들 똑똑히 보시오. 이제 돌아가 장례를 치르고 대관식을……."

파도가 높이 올라 왕자의 입을 막았다. 배가 크게 기울었다. 시신이 다시 바닷속으로 돌아갔다. 시종들이 우산을 놓쳤다. 우산이 밤하늘 속으로 날아갔다. 누가 배의 바닥을 뚫었는지 계속 물이 들어왔다. 바다가 배를 삼켰다. 죽음에는 귀천이 없었다. 무거운 보석 목걸이와 가죽 부츠와 풍성한 레이스가 귀족들을 물속으로 인도했다. 왕자와 왕자비의 검은 벨벳 상복이 물을 머금어 점점 무거워졌다.

다행히 왕자비는 판자를 붙잡았다. 물속의 다리가 따끔했다. 왕자비가 전에 인어공주의 벨벳 방석에 바늘을 꽂아 둔 것에 대한 사소한 복수였지만 불행히도 인간은 해파리의 독에 면역이 되어 있지 않았다. 왕자비가 끔찍한 고통에 몸을 뒤틀며 판자를 놓치고 물속으로 가라앉았다. 두 번째 행운은 없는지 바닷가에서 자란 남자 근처에는 몸을 의지할 만한 것이 없었다. 남자는 익사하지 않으려 필사적으로 헤엄쳤다. 누군가의 손이 전 근위대장의 몸을 붙잡았다. 이제 곧 대관식을 올릴 뻔했던 왕자였다. 죽을지도 모른다는 순수한 공포와 구해 주지 않을 리 없다는 천진한 믿음이 뒤섞인 눈이 예전의 신하를 보았다. 왕자가 절박하게 매달릴수록 몸이 납추를 단 것처럼 물속으로 내려갔다. 이제 더 이상 신하가 아닌 자는 왕자의 눈을 보며 손으로 왕자의 코와 입을 막았다. 숨이 막힌 왕자가 버둥거렸다. 그러면서도 그를 놓지 않고 문어처럼 들러붙었다. 왕자의 숨을 막은 채로 그가 더 깊이 더 깊이 물속으로 끌려 들어갔다. 어느 순간 왕자의 움직임이 없어졌다.

인간 남자의 숨은 남아있지 않은데 수면으로 올라갈 힘이 없었다. 애써 눈을 떴다. 너를 다시 볼 수 있다면. 너와 우리의 집으로 돌아갈 수 있다면. 너를 다시 업고 너의 숨결, 촉감, 무게를 다시 느낄 수 있다면.

이번에는 잘못 구하지 않았다. 남자의 눈이 인어였던 여자를 보았다. 이번에는 그녀가 그를 안아 물 밖으로 나아갔다. 배와 시종들과 귀족들을 삼킨 바다는 어느새 잔잔했다. 아무 일도 없었던 것처럼. 먼바다에서 옆 나라 함대가 깃발을 휘날렸다. 깃발이 점점 커졌다. 남자는 여자를 업고 하얀 모래 해변에 한 발짝씩 발자국을 찍으며 집으로 갔다. 왕자가 호화로운 놀잇배를 난파시키고 아무 말 없이 궁으로 돌아갔던 그날처럼. 마치 아무 일도 없었던 것처럼.

로동

장아미

처음 만났을 때 그는 스스로를 로흐라고 불러 달라고 했다. 순간 그의 입 가장자리에 보일 듯 말 듯한 흰 문양 같은 것이 어리더니 얼굴 전체로 번져 갔다. 어두운 보라색 눈동자가 무척 크고 아름다웠다. 상황에 어울리는 말을 찾지 못한 나는 고개만 한 번 끄덕이고 말았다.

진짜 이름은 그보다 길었다. 최대한 기지를 발휘해 소리 나는 대로 받아 적어 보자면 로흐브르 흐흐로브 르브로 정도일까. 하지만 그 같은 문자의 배열로는 그의 이름에 내재된 음악적인 아름다움을 절반도 채 표현할 수 없을 것이다. 그때 그는 지구에서 1여 년을 보낸 후였다. 자신의 언어를 제대로 발음할 수 있는 지구인이 드물다는 사실을 깨닫기에는 충분한 시간이었다.

로흐는 메리흐 크롬르 출신의 외계인이었다. 메리흐 크롬르라는 이름 역시 그의 목소리로 실체를 얻었을 때 훨씬 운율적으로 들렸다. 그들의 언어에 따르면 축복받은 바다라는 뜻이 담겨 있다고 했다. 메리흐 크롬르는 금성보다는 작고 화성보다는 큰 행성이었다. 대기권 밖 적응 센터에서 오랜 기간 훈련을 거쳤다고는 해도 로흐에게 이곳에서 사는 것이 그렇게 유쾌하지만은 않은 경험이었음은 분명하다.

그에게는 조금 버거운 중력 때문인지 로흐는 어깨를 움츠린 채로 느릿느릿 걸었다. 제비꽃을 닮은 눈동자는 투명한 막으로 덮여 있었다. 체모가 없는 데다 미세하게 주름진 두껍고 견고한 피부를 지니고 있다는 점 또한 우리와 구분되는 특징이었다. 2m에 달하는 키 때문인지 체구가 무기력할 만큼 야위어 보였다.

정신적으로 고양돼 있을 때 그의 피부는 천사의 날개처럼 새하얬다. 반면 좌절해 있을 때는 머리부터 발끝까지 몸 전체가 거무스름하게 가라앉았다.

돌이켜 보면 나와 같은 공간에 머물렀던 1년 반 남짓한 기간 동안 로흐의 얼굴은 대개 짙은 푸른빛에 가까웠다. 맨 처음 인사를 주고받았던 순간과 마지막 일주일을 제외하면. 당시에는 그 사실이 무엇을 의미하는지 나는 깨닫지 못했다.

로흐는 학내 유일한 외계인 학생이었다. 그가 중력 적응

훈련은 물론이고 온갖 까다로운 행정 절차와 방역 조치를 인내해 가며 자신이 사는 행성에서 몇백 광년이나 떨어진 지구, 그것도 특색이라곤 없는 조그마한 캠퍼스에서 유학 생활을 하는 이유에 대해서는 알려진 바가 없었다. 외교적인 목적을 위한 방문 같지도 않았다. 그는 과묵했고 나 역시 그다지 붙임성이 좋은 편이 아니었다.

나는 평범한 학생이었다. 김하루. 화성 거주지 출생. 전공은 외계 문학. 문학도를 지망하면서 문과대 학생들이 수적으로도 대단히 열세인 대학에 지원했다는 것이 그나마 독특한 지점이랄까. 그렇지만 내가 다닌 학교가 외계 이산문학에 특화돼 있었다는 점을 감안하면 불가피한 결정이었다. 화성을 떠난 이래로 나는 이주라는 주제에 늘 관심이 많았다.

그해 봄, 내가 관리처에 들러 이름과 소속을 밝혔을 때 직원은 놀란 기색도 없이 나를 반겨 안쪽 자리로 안내했다. 내가 자신을 찾아오리라는 걸 예상이라도 한 것 같았다. 그는 나를 소파에 앉히고 따뜻한 차 한 잔을 내주었다.

블라인드가 걷힌 창문 너머로 호수가 내려다보였다. 잔물결이 이는 호숫가에는 칠이 벗겨진 조각상이 세워져 있고 그 옆에는 벤치가 하나 놓여 있었다. 그 광경을 곁눈질하는 것만으로 기숙사 방 배치를 고지받았던 순간의 당황스러움이 상당히 가라앉았다. 그렇다고 학교 측의 결정에 대해 설명받고자 하는 의사가 완전히 사라진 것은 아니었다.

직원은 테이블 위에 두 손을 엇갈려 모으고는 이렇게 말했다.

"솔직하게 말씀드리죠. 아시다시피 지난겨울 동관 기숙사를 개보수하는 과정에서 공사에 차질이 생겨 급하게 임시숙소를 마련해야 했어요. 그럼에도 방 배정을 받지 못한 학생들이 터무니없이 늘어나자 학교 측에서 이를 해결하기 위한 방법 중 하나로 로흐 씨에게 룸메이트와 함께 방을 쓸수 없겠냐고 문의하게 된 겁니다. 로흐 씨가 사용하는 방은 원래는 1인실로 동관과 서관을 통틀어 기숙사에서 유일한 독실이거든요. 그래 봤자 방 하나를 더 마련하는 조치에불과하지만 지금 같은 상황에 로흐 씨 혼자 독실을 차지하도록 내버려 두다니 특별 대우가 아니냐는 불만을 고려해결정한 사항이겠지요. 아무래도 여러모로 어수선한 시절이니까요."

직원이 차 한 모금을 마시며 목소리를 가다듬었다. 나는그의 권유를 물리치지 못하고 엉겁결에 김이 피어오르는 찻잔을 손에 쥐었다.

"로흐 씨는 학교 측의 요청을 수용했습니다. 자세한 사정은 모릅니다만 로흐 씨의 룸메이트로 어떤 학생을 배정해야할지 담당자도 고민이 깊었던 걸로 압니다. 로흐 씨는 메리흐 크롬르인으로 지구를 방문한 첫 번째 사례니까요."

찬잔을 받침대에 내려놓은 직원이 다시 한번 두 손을 엇갈려 모으더니 나를 향해 시선을 던졌다.

"그러니까 제 입장에서는 이렇게 질문드리는 수밖에 없겠습니다. 하루 씨는 지구 밖에서 온 유학생과 룸메이트로 지낼 수 있으시겠습니까? 아니면 지금이라도 다른 방을 배정해 드려야 할까요? 저는 하루 씨의 의견을 존중해 드리고 싶습니다."

그로부터 여섯 번의 계절이 지나는 동안, 우리는 같은 공간을 공유하면서도 이렇다 할 마찰 없이 지냈다. 서관 504호. 방문을 열었을 때 좌측이 내 침대, 우측이 그의 침대였다. 행동 반경 역시 자연스럽게 각자가 차지한 침대를 기준으로 나뉘었다.

대화가 일상적인 관계는 아니었다. 그래서 어색했느냐고 하면 그 또한 아니라고 대답해야 할 것 같다. 나와 마찬가지로 그도 침묵을 불편하게 여기는 유형은 아니었다. 처음 한 달 동안은 그의 발음 습관에 적응하지 못해 의사소통에 애를 먹었으나 점점 익숙해졌다. 그는 지구 공용어에 능숙했다.

규칙 몇 가지를 엄수하는 범위 내에서 우리는 서로의 사생활을 절대적으로 존중했다. 로흐는 단정하고 깔끔했다. 오전 7시에 기상해 밤 11시에 잠자리에 드는 일상에서 벗어난 적이 거의 없었다. 어떤 면에서는 다분히 결벽적이라고 할 만한 자신의 생활 방식을 강요하지도 않았다. 좋은 룸메이트였다.

한 차례, 우리 둘 사이에 파문을 일으킨 사건이 있기는 했다.

그해 가을의 끝, 나는 교양 필수 과목을 이수하다 인사를 나누게 된 동급생에게 데이트 신청을 받았다. 아르나는 누가 봐도 번듯한 청년이었다. 축제의 마지막 날, 우리는 야외 레스토랑에서 식사를 했고 램프 불빛 아래 마주 앉아 맥주 몇 잔을 마셨다.

캠퍼스 곳곳에 전 우주의 평화를 호소하는 대자보가 나붙던 무렵이었다. 그 순간에도 태양계 밖에서는 국지전이 벌어지고 있었고 젊은이들은 강제로 군대에 차출됐지만 암울한 분위기 속에서도 인파로 가득 찬 대로에는 웃음기 어린 노랫소리가 울려 퍼졌다.

나는 즐거웠고 또 들떠 있었다. 돌아오는 길에 큰소리로 웃으며 떠들다가 몇 번인가 포석을 잘못 디디고 넘어질 뻔했다. 아르나가 그런 내 손을 잡아 주었다.

우리는 내내 손을 잡은 채로 걸었다. 캠퍼스 근처에 이르러 골목은 눈에 띄게 한산해졌다. 아르나가 작별 인사를 건네는 나를 이끌어 기숙사 옆 계단에 앉혔다. 붉어진 내 뺨을 걱정스러운 눈초리로 주시하더니 외투 주머니에서 뭔가를 꺼내 건네주었다. 취기를 가시게 하는 데 효과가 있을 거라고 했다.

"무슨 맛인데? 딸기?"

나는 라벨이 붙어 있지 않은 유리병을 들어 보이며 농담조로 물었다. 아르나가 어깨를 으쓱였다.

"글쎄, 어떨까. 마셔 봐."

우리는 몇 마디를 더 나누었다. 늦은 시간은 아니었지만 오랜만에 기분 좋은 한때를 보내서인지 갑자기 무척 나른해졌다. 아르나가 이만 들어가 보겠다는 나를 만류했다.

"피곤해서 안 되겠어. 다음에 또 얘기하자."

나는 아르나의 손을 밀어내며 몸을 일으켰다. 순간 숨이 가빠지면서 눈앞이 흐려졌다. 그제야 아르나가 마시게 한 음료수의 정체에 의문이 들었지만 그때는 혼자 걸음을 떼기도 힘든 상태였다.

아르나는 속수무책으로 허물어지는 나를 풀밭에 눕히려고 했다. 나는 정신이 가물가물한 상태에서 내 방으로 돌아가겠다고 고집을 부렸다. 그가 나를 부축해 기숙사로 데리고 갔다. 그 무렵 그는 내가 아는 사람, 상냥하고 예의 바른 이전의 그 아르나가 아니었다. 그날 밤늦도록 축제가 예정돼 있던 터라 기숙사에는 사람이 거의 없었다. 그와 친분이 있는 남학생 두엇이 복도에서 우리를 곁눈질하며 농담을 주고받았던 것이 기억난다. 하지만 어떻게 빈방의 문을 열고 들어와 침대에 누울 수 있었는지는 지금에 와 전혀 떠오르지 않는다.

그때 딸깍하는 소리와 함께 방문이 열렸다. 복도 쪽에서 창백한 빛이 쏟아져 들어왔다.

"멈추세요, 지금 당장."

누군가 그림자로 얼룩진 벽을 등지고 서 있었다. 그는 크고 위협적이었으며 무척 검었다.

"이건 용납받지 못할 일이에요. 범죄라고요, 아르나."

격분한 말소리가 오간 끝에 다시 한번 빛이 문가로 흘러들어 왔다. 내가 얼굴을 가린 채로 신음하자 누군가 나를 조심스럽게 옆으로 돌려 눕혀 주었다. 혼미한 와중에 귀에 익은 목소리가 속삭이는 것이 들렸다. 윤은 학과 여학생들 중에 나와 사이가 각별한 친구였다. 윤이 나를 안심시켰고 누군가의 도움을 받아 밤새도록 돌봐 주었다.

다음날 아르나를 비롯한 학생들 몇이 체포됐다. 같은 과의 학생이 그들을 고발했다는 소문이 돌았다. 며칠 뒤 나는 아르나 무리를 조사하고 있다는 수사관에게서 호출을 받았다.

은발 머리의 수사관은 나와 아르나 사이에 벌어진 일에 대해 알고 싶다는 의사를 밝혔다. 나는 고민 끝에 이렇게 물었다.

"저 혼자가… 아닌 거예요?"

수사관이 턱밑을 짚고 있던 손을 내리며 아주 살짝 고개를 끄덕였다. 그의 입가에 져 있던 주름이 깊어졌다.

"마무리 지을 수 있게 도와 드릴게요. 힘들겠지만 부탁드리겠습니다."

아르나는 두 번 다시 캠퍼스로 돌아오지 못했다. 세월이 흘러 전쟁이 불러일으킨 혼돈 속에서 그가 수용돼 있던 교정 시설이 폭동으로 말미암아 붕괴됐다는 소식을 나는 우연히 전해 들을 것이다. 하지만 이제 막 겨울이 시작됐을 뿐, 로흐와 내게는 두 계절이 더 남아 있었다.

수사관을 만나고 돌아온 날. 나는 기숙사 욕실에서 내 손으로 직접 머리를 잘랐다. 가윗날이 무뎌 마지막 한 줌을 잘라 내는 데 애를 먹었다. 세면대에 흩어져 있던 머리카락을 치우고 거울을 향해 똑바로 섰다. 일주일 가까이 잠을 이루지 못해서인지 핏기 없는 뺨이 푹 꺼져 있었다. 귀 아래가 드러날 만큼 짧아진 머리가 들쑥날쑥했다.

로흐가 방문을 열고 들어왔을 때 나는 책상 앞에서 읽지도 않는 책을 펼쳐 들고 있었다. 그가 그런 나를 유심히 주시했다. 나는 애써 아무렇지 않은 표정으로 책장을 덮으며 물었다.

"기분 전환도 할 겸 잘라 봤어요. 잘 어울려요?"

로흐가 조심스럽게 침대 모서리에 걸터앉았다. 지구의 규격에 맞춰 제작된 가구는 그에게 부조리할 만큼 불편해 보였다.

"하루 씨, 얘기 좀 할 수 있을까요? 잠깐, 아주 잠깐이면 됩니다."

그때까지 우리는 그날 있었던 사건에 대해 대화를 시도한 적이 없었다. 그는 묻지 않았고 나는 준비돼 있지 않았다. 침대에서 일어난 로흐가 내 앞에 자세를 낮추며 앉았다.

"처음 드리는 말씀입니다만 제가 태어난 행성의 사람들은 여섯 번째 감각이 상당히 발달해 있어요. 지구인이라면 흔히 직감이라고 부르는 바로 그런 종류의 감각 말입니다. 아르나는 저희식 표현으로 말하면 잿빛 괴물, 다시 말해 안개를 몰고 다니는 사람입니다."

나는 한사코 그의 시선을 피했다. 로흐의 말소리가 더욱 간절해졌다.

"당신을 위로하기 위해 지어낸 얘기가 아니에요. 짙은 안개 속에 그는 정체를 감출 수 있을지 몰라도 그런 눈속임은 오래가지 않을 거예요. 결국은 그 자신마저 안개에 집어삼켜지고 말 테니까요."

떨리는 손을 꽉 움켜쥐었다. 나를 향해 있던 보라색 눈동자가 고요했다.

"당신 잘못이 아니에요. 하루 씨, 그걸 믿어야 해요."

나는 끝내 억누르고 있던 울음을 터뜨리고 말았다.

새해 첫날, 평화를 구하는 기도를 저버리듯 전쟁이 발발했다. 그러나 그 사실이 곧장 캠퍼스의 폐쇄로 이어진 건 아니었다. 어머니가 동생이 징집됐음을 알려 왔다. 지구와 화성 간의 우주선 운행이 중단되고 학내 대부분의 시설이 이용 정지되면서 귀환은커녕 짧은 안부 인사를 전하는 일마저 어려워졌다.

그해 겨울은 춥고 길었다. 그 무렵 늘 의기소침해 있던 나는 심한 감기를 앓았다. 로호가 스프를 끓여 주었고 내가 안심하고 잠들 수 있도록 자신의 행성에 전해지는 옛이야기들을 들려주었다. 한 차례 함박눈이 쏟아지고 멎자 천천히 얼음이 녹았다.

새 학기는 결코 시작되지 못했다. 큰 도시들부터 차례로 계엄에 들어갔다. 나와 같은 유학생들은 갈 곳을 잃었다. 그때까지 기숙사에 머무르고 있던 학생은 스무 명 남짓에 불과했다. 우리는 고립된 상태에서 알아서 생존해야 했다. 수완 좋은 일부가 배급 물자를 받아 왔고 나머지와 나눠 가졌

다. 모두가 서로를 돕기 위해 노력했다. 함께 음식을 만들었
고 음악을 연주했으며 편지를 썼고 시를 읽어 주었으며 크
게 웃고 소리 죽여 울었다.

그럼에도 절망을 내쫓을 수는 없었다. 비관의 무게에 조
금씩 익숙해졌을 뿐이었다.

학생들 일부가 더 짐을 싸 기숙사 전체가 텅 비다시피 했
지만 로흐와 나는 여전히 같은 방에서 생활했다. 그는 내 룸
메이트였고 내게 남은 마지막 친구였다.

이틀에 걸친 폭우가 그치고 기숙사 앞뜰에 꽃이 만발했
다. 긴 고립 생활은 나를 피폐하게 만들었다. 그날 밤, 나는
악몽에 시달리다 비명을 지르며 잠에서 깨어났다.

로흐의 침대는 비어 있었다. 전기 공급이 끊긴 지 오래라
기숙사 전체가 어둠에 잠겨 있었다. 나는 떨리는 음성으로
그를 불렀다.

"로흐, 로흐, 어디에 있어요?"

창문 틈으로 바람이 새어 들어왔다. 그것이 내 귀에는 무
수한 사람들이 울부짖는 소리처럼 들렸다. 저 멀리서 누군가
죽어 가고 있었다. 그 죽음들은 허구가 아니었다. 실재했다.

식은땀을 흘려서인지 더운 날씨에도 한기가 끼쳤다. 나는
카디건을 여미고 침대에서 일어섰다. 겁에 질려 살금살금
복도로 걸어 나갔다. 기숙사를 빠져나와 교정 여기저기를

무작정 거닐다 정신을 차리고 보니 호수 근처에 다다라 있었다.

조각상 옆에 멈춰 서서 달빛이 쏟아지는 호수를 내려다보았다. 습기를 머금은 공기 중에 풀 냄새가 배어 있었다. 손을 더듬어 낡은 벤치에 몸을 기댔다. 두려움이 가라앉자 비관이 오랜 친구처럼 옆자리에 와 앉았다. 소식을 듣지 못했을 뿐 동생은 이미 숨진 게 아닐까. 그렇다면 어머니는. 어머니는 무사하실까. 그 같은 생사의 시차가 말로는 다 할 수 없는 슬픔으로 다가왔다. 이곳을 떠나 나는 어디로 돌아갈 수 있을까.

그 밤이 내게는 인류의 미래에 대한 은유처럼 느껴졌다. 별들은 빛났으나 까마득하게 먼 곳에 존재했다. 어두운 저편에서는 어떤 빛도 보이지 않았다. 희망은 상자 속에만 존재했다. 피로 물든 그 상자는 굳게 닫혀 있었다.

절망적인 상념에 사로잡혀 눈을 부릅뜨고 있을 때 호수 아래에서 어떤 형체인가가 솟구쳐 올랐다. 깜짝 놀라 허둥거리느라 어깨에 걸치고 있던 카디건을 떨어뜨리고 말았다. 누군가 철벅거리는 소리도 내지 않고 이쪽으로 헤엄쳐 오고 있었다.

로흐, 그는 눈부시게 희었다. 검은 물속에서 새하얀 광채를 퍼뜨리며 유영하고 있었다. 그가 나를 발견하고 가볍게 손짓했다.

"저런, 악몽을 꿨나 보군요? 안색이 좋지 않아요."

그런 그를 보고 있자니 말도 없이 자리를 비워 내가 얼마나 걱정했는지 아느냐고 화를 내려던 마음이 가셨다. 한숨을 쉰 나는 머리칼을 넘기며 물가에 무릎을 굽히고 앉았다.

"네, 아주 나쁜 꿈이었어요. 입에 담을 수도 없는 악몽. 그런데 로흐, 이렇게 수영을 잘하는 줄은 몰랐어요. 먼 옛날 큰 호수에 숨어 살았다는 괴물에 대한 이야기를 들은 적이 있어요. 여기 지구에 전해 내려오는 전설이요. 그 괴물, 꼭 당신 같았을 거예요. 그렇게 생각하지 않아요?"

로흐가 자맥질하며 유유히 호수를 떠다녔다. 그의 말소리에 장난기가 어려 있었다.

"왠지 마음에 드는 의견인데요? 의식하지 않으려고 노력하고 있지만 지구의 중력은 제게 큰 부담이에요. 하지만 수면 아래에서라면 얘기가 달라지죠. 메리흐 크롬르라는 이름에는 축복받은 바다라는 뜻이 담겨 있어요. 어떤 곳일지 상상이 가나요? 맞아요, 제가 살던 곳은 물의 행성이에요. 저희는 물속에서 숨을 쉴 수도 있어요. 바로 이렇게 말이에요."

찰박하는 소리와 함께 로흐가 순식간에 수면 밑으로 잠겨 들어갔다. 나는 주먹을 쥐고 일어나 잔물결도 일지 않는 잔잔한 호수를 바라보았다. 조바심이 날 만큼 긴 시간이 흐르고 당황한 내가 울먹이며 그의 이름을 외치기 직전 그가 기척도 없이 물 위로 불쑥 얼굴을 들이밀었다.

"걱정했잖아요!"

그가 고함을 지르는 나를 마주 바라보며 짧은 웃음을 터뜨렸다. 그런 다음 팔을 놀려 내가 있던 호수 가장자리로 움직여 왔다. 물에 반쯤 잠긴 채로 나를 올려다보며 말했다.

"우리는 먼 곳에서 흘러왔고 또 먼 곳으로 떠밀려 갈 거예요."

물기를 머금은 그의 피부가 반짝였다. 내 외계인 룸메이트. 달빛을 받아 하얗게 빛나는 괴물.

"그럼에도 하루 씨, 제게 기회를 주겠어요? 지금 저와 함께 헤엄치지 않을래요?"

그 질문이 내게는 전혀 다른 말로 들렸다. 그럼에도 하루 씨, 저를 사랑하나요?

그때 내가 정확히 뭐라고 대답했는지 생각나지 않는다. 추측하건대 아마도 이렇게 우물거렸을 것이다.

"나, 나는 수영을 못해요."

하지만 나는 이미 그의 손을 잡고 있었다. 당시의 내게 그의 요구는 지극히 타당한 것처럼 여겨졌으니까. 바람이 창문을 밀어젖히고 이슬방울이 잎맥을 따라 굴러떨어지는 것처럼. 비를 맞으며 춤을 추고 밀려드는 파도에 발을 적시면서 탄성을 터뜨리는 것처럼.

나는 그대로 물속으로 걸어 들어갔다. 로흐의 눈동자가 환희로 짙어졌다. 여름, 호수 물은 미지근했고 어디인지 모를 곳으로 흘러갈수록 시야가 흐려졌다. 그가 내게 입을 맞춰 숨을 보태 주었다. 나는 흰 원피스를 너울거리며 검은 허공을 헤매었다. 얼마나 오래 헤엄쳐 다녔을까. 내 손을 잡은 채로 로흐가 뭔지 모를 노랫말인가를 읊조리기 시작했다.

나로서는 의미를 짐작할 수 없는 언어, 그의 행성 메리흐 크롬르의 말이었다. 구애의 노래. 압도적인 그 선율에 전율하는 동안 그의 피부색이 여러 번 뒤바뀌더니 새하얗다 못해 한없이 투명해졌다.

격렬한 주문과도 같은 노래가 내 몸을 감쌌다. 무수한 파문을 일으키며 온갖 색과 소리와 감촉으로 나를 일깨웠다. 그건 내가 경험한 가장 황홀한 쾌감이었다.

"당신을 만나기 위해 우주를 가로질러 이곳까지 왔어요."

그날 밤, 로흐는 나를 끌어안고 속삭여 주었다.

"여섯 번째 감각이 알려 주었어요. 가야 한다고. 아득하게 먼 곳, 무시무시한 함정 속으로 여러 번 뛰어들어야 한다고. 그래도 상관없었어요. 당신을 만나는 순간 모든 것을 보상받았으니까. 당신에게 내 이름을 알려 주는 바로 첫 순간에. 메리흐 크롬르 사람들은 운명의 상대를 만난 후에야 자신을 완성할 수 있어요. 그게 당신이에요, 내 산호바다. 부러진 조개껍질의 반쪽, 그게 바로 나고요."

나는 기진맥진해 그의 품으로 파고들었다. 우리는 수없이 입맞춤했다. 나를 안아 올린 채로 로흐가 호수 밖으로 걸어 나왔다.

로흐는 이전과 전혀 다른 모습으로 탈바꿈해 있었다. 그는 비로소 스스로를 결정지었다. 그것이 메리흐 크롬르인들에게 첫 번째 통과 의례의 의미였다.

일주일 뒤 나는 운항이 재개된 우주선에 올라 지구를 떠났다. 그로부터 꼬박 30년 동안 화성과 다른 행성들 사이의 연결이 끊어져 고립될 것이라는 사실을 모른 채로.

그 후 로흐에게 어떤 일들이 일어났는지 나는 알지 못한다. 고문과 학살의 소용돌이에서 목숨을 부지할 수 있었는지조차. 언젠가 메리흐 크롬르에 대한 소식을 전해 들었을 뿐이다. 그 행성은 살아 있지 않았다. 천사 같기도 하고 인어 같기도 하며 괴물 같기도 한 존재들이 구애의 노래를 부르면서 서로를 탐닉하던 축복의 바다는 죽음의 웅덩이로 전락해 버렸다.

화성 거주지에 도착했을 때 어머니는 황폐해진 정원에 서서 먼 데를 응시하고 있었다. 나는 두 팔을 벌려 어머니를 안으며 눈물을 글썽였다.

"저 돌아왔어요."

그날 저녁, 우리가 마주 앉은 식탁에는 한 벌의 식기가 더 놓였다. 오랫동안 그럴 것이었다. 상자 속에 희망이 존재한다는 걸 의심하지 않는 한.

나는 아무것도 후회하지 않았다. 그럼에도 미치도록 길고 어두운 밤, 애타는 마음으로 하나의 점에 불과할지도 모르는 누군가에게 두 손 모아 기도를 올리곤 했다. 나라는 사람을 탐색하기 위해 몇백 광년을 떠나왔다는 미지의 연인, 아름다웠던 외계 존재에게 내 염원이 가 닿기를. 50년 넘게 타올랐던 전쟁의 불꽃이 꺼지고 늙어 버린 동생이 지친 몸으로 고향으로 돌아왔듯이, 자취도 없이 사라진 당신을 이번에는 내가 먼저 찾을 수 있게 해 달라고, 우리는 반드시 다시 만날 것이라고.

그날 나는 속삭여 줄 것이다. 그 밤을, 당신이 불러 준 노래를 기억하는 동안 우리는 헤어져 있지 않았다고, 언제나 함께 있었다고.

소원의 집

코코아드림

회색으로 도색된 택시가 비포장도로를 달리고 있다. 덜컹
거리는 차 안은 숨이 막힐 정도의 열기로 꽉 차 있었다. 지
운은 후덥지근한 공기 때문인지 차가 흔들릴 때마다 속이
울렁거림을 참지 못할 지경이었다. 흐르는 땀을 손으로 대충
닦아 낸 뒤 한숨을 푹 내쉬자 택시 기사가 힐끗 뒤를 바라
보았다. 순간 차가 크게 요동쳤다. 몸이 크게 흔들리자 속이
뒤집히는 기분이었다. 결국 지운은 궁여지책으로 안전벨트
를 맸다. 차내 라디오에서 잡음 섞인 음악 소리가 흘러나왔
다. 저 노래가 옛날 노래인 것 정도만 생각날 뿐 그 이상은
떠올릴 여유도 없었다. 사이드미러에 매달려 있는 싸구려 장
식품 인형이 차가 덜컹거릴 때마다 이리저리 흔들렸다.

지운은 자신의 행동이 아주 충동적이라 생각했다. 처음

부터 이렇게 듣도 보도 못한 시골 마을에 들어갈 생각을 한 것은 아니었다. 다만 어쩌다 보니 홀린 듯 마을이 있는 지역의 버스를 예매했고 또 정신을 차리니 웃돈을 주고 택시를 잡아탄 후였다. 정말로 자신을 아는 사람들이 이런 행동을 본다면 무슨 미친 짓을 하냐며 비웃거나 놀랄 것이 뻔했다.

"어우, 40년 만의 폭염이라더니 아주 그냥 날씨가……. 젊은 양반한테는 좀 미안하네, 하필 또 오늘 에어컨이 고장 나서……."

"뭐, 살다 보면 이런 날도 있는 거죠."

여기서 시시비비를 따져 봐야 이득 볼 것도 없기에 지운은 그저 어색한 미소만 한 번 지어 주고 말았다. 아직도 갈 길이 먼 것인지 차창 밖으로 시선을 돌리자 아까 전 봤던 것 같은 우거진 나무들이 보였다. 문득 창문을 열자 후덥지근한 공기가 차 안으로 밀려 들어왔다. 차 안과 별반 다르지 않은 온도였다. 지운은 다시 한숨을 푹 내쉬며 창문을 올렸다. 답지 않게 이러다 열사병으로 죽지 않을까 하는 걱정이 들었다.

그때였다. 언제까지 멈출 일 없을 것 같던 택시가 그대로 멈춰 섰다. 지운이 앞 유리로 시선을 돌렸다. 의자와 택시 기사의 몸에 가려져서 얼핏 보이는 것은 나무로 보이는 무언가 정도였다. 대충 짐작하건대 장승 같은 것으로 보였다.

"젊은 양반. 여기까지가 갈 수 있는 길이거든? 이 이후부터는 차가 못 들어가고 걸어가야 돼. 한 10분, 그쯤 걸으면 마을 나오는 걸로 아니까 그렇게 먼 곳은 아녀."

택시 기사가 손수건으로 땀을 닦으며 말했다. 지운이 난처한 표정을 지었다.

"……돈 두 배로 더 드릴 테니 가 주시는 건 안 될까요?"

손님의 난처한 표정을 보고 들어주는 척이라도 할 법하건만 택시 기사는 그대로 진저리를 쳤다.

"안 돼, 안 돼! 여기까지가 최대고 다리도 튼튼해 보이니 그냥 걸어가. 젊었을 때 고생은 사서도 한다는데, 젊은 놈이 돈 아낄 생각은 안 하고!"

그럴 거면 아예 처음부터 태워 주지를 말든가! 순간 속에서 열불이 나는 것을 간신히 참아 낸 지운이 지갑을 꺼내 택시비를 냈다. 그리고 트렁크에 실어 뒀던 짐을 내리기 위해 내리려 했다.

"아, 잠시만. 그런데 말이야, 정말로 저길 가야겠어?"

"네?"

지운의 발을 잡은 것은 택시 기사의 한마디였다.

"아니, 뭐……. 젊은 양반은 도시서 왔으니 잘 모르겠지만 저기가 귀신 들린 마을로 유명하거든. 옛날에 귀신 때문에 온 마을이 아주 그냥, 풍비박산 나 버리고 지금 사는 사람들도 제정신은 아니라고 하드라고. 나도 젊은 양반이 돈 많이 주는 거 아니었으면 여기 안 왔을 거야. 게다가 최근 5년간은 여기 마을 사람들을 본 사람이 아무도 없……."

"저 그런 거 안 믿어요. 태워다 주셔서 감사합니다. 이만 가 볼게요."

손님의 요구도 제대로 안 들어주면서 겁은 참 잘 준다고, 지운은 코웃음을 치며 그대로 문을 열고 밖으로 나왔다. 택시 기사는 혀를 쯧쯧 소리가 나게 차면서 후진 기어를 넣었다.

택시는 지운을 내려 주기 무섭게 왔던 길을 되돌아갔다. 저 멀리 멀어지는 택시를 바라보던 지운은 그제야 훅 하고 밀려오는 더운 공기에 이마에서 흐르는 굵은 땀방울을 대충 손등으로 훔쳤다. 주변을 둘러보니 특별한 편의 시설 같은 것은 보이지 않았다. 다만 마을 입구로 보이는 곳에 장승이 서 있었다. 사실 장승이라 보기에도 애매했다. 관리를 어떻게 한 것인지 검게 썩고 문드러져 있었기 때문이었다. 갈라진 틈새에서는 이름도 모를 벌레들이 꾸물거리며 기어 나오고 있었다. 지운은 질색을 하며 캐리어를 끌고 비포장도로를 걷기 시작했다.

"아, 시발……. 존나 덥네."

분명 10분이면 된다고 했지만 체감상으로는 1년은 걸은 것 같은 심정에 지운이 문득 욕을 내뱉었다. 한참 걸었다 생각했음이 무색할 정도로 주변에는 온통 나무뿐이었다. 얼마나 나무가 무성한 것인지 다른 길로 새지 않고 직진만 했음에도 미로에서 길을 잃어버린 게 아닌가 싶은 착각까지 들 정도였다. 더군다나 그 길 위에 사람의 말소리는 들리지도 않고 귀가 아프게 울어 대는 매미 소리만 한가득이었다. 정말로 초행길인 사람이 오면 헤매다 미치기 딱 좋다는 생각이 들 수준이었다. 한참을 털레털레 걷던 지운의 시야에 문득 민가가 들어왔다. 그제야 지운은 한숨을 돌렸다. 사람 사는 집이야 매일 도시를 오고 가며 보던 것이지만 오늘만큼 반가웠던 적이 없었다. 숲 같은 길에도 끝이 보였다. 빼곡하게 심어진 나무가 끊기는 곳으로 발을 내딛자 가장 먼저 보인 것은 바로 비석이었다. 마을 입구를 알리는 커다란 비석에는 '昨星里'라고 새겨져 있었다. 특이한 점은 그 비석이 새끼줄로 동여매여져 있다는 부분이었다. 숯, 고추, 솔잎이 엮인 새끼줄이었는데, 기이하게도 줄이 삭아 있었다. 다른 부속물들 역시 썩거나 바스러져 있었다.

"뭐야, 진짜."

아까 전 봤던 장승이 문득 떠올랐다. 썩어 문드러져 벌레가 기어가던 장승을 다시 기억 속에서 끄집어내 보니 괜히 기분이 나빠 지운은 인상을 확 쓰고선 앞으로 나아가려 했다. 그러나 그때였다. 마치 무언가에 부딪힌 듯 퍽 하는 소리와 함께 지운은 그대로 뒤로 밀려났다. 잠시 비틀거리다 그대로 엉덩방아를 찧은 뒤 앓는 소리를 내며 주변을 살펴봤지만 벽은커녕 사람 하나 보이지 않았다.

"……뭐야?"

주변을 둘러봤지만 정말로 벽이든 사람이든 자신의 진로를 방해할 만한 것은 보이지 않았다. 몇 초 전과 달라진 것을 굳이 찾아보자면 방금 전까지 비석에 매여 있던 새끼줄이 그대로 끊어져 바닥에 떨어져 있다는 사실이었다. 하도 삭아서 끊어지는 것이 별문제는 없어 보였지만 이상하게도 지운은 오한이 들었다. 숨이 턱턱 막힐 정도로 더운 날씨임에도 등골에 소름이 돋았다.

"……."

설명할 수 없는 기분 나쁨에 지운은 자리에서 일어나 옷에 묻은 흙먼지를 털고서 손을 뻗어 보았다. 자신이 보지 못한 무언가가 있는지 확인하기 위해서였다. 천천히, 조심스럽게 손을 휘적거려 허공을 더듬어 보았지만 잡히는 것도, 닿는 것도 없었다. 정말로 자신이 부딪혔던 것은 무엇인지 설명할 방법이 없었다. 하지만 상관없었다. 그것이 우연한 착각일 수도 있다는 생각이 들자 지운은 괜히 겁을 먹었다며 한숨을 푹 내쉬었다. 그리고 자신이 놓쳤던 캐리어를 들고서 그것을 질질 끌고 저 앞에 보이는 마을로 걸어갔다. 지운은 점차 비석에서 멀어져 갔다. 마을 입구에는 다 삭고 엮여 있는 부속품들조차 썩어 버린 새끼줄만이 비석 아래에 조용히 쓰러져 있었다.

한 것도 없는데 마을에 도착하니 슬슬 해가 지려 하고 있었다. 그럼에도 아직 찜통 같은 더위가 가시지 않으니 열대야도 이런 열대야가 없다고 지운은 문득 생각했다. 마을은 전형적인 시골 그 자체였다. 철제 슬레이트 지붕의 집과 기와집이 뒤섞여 있고 간간이 외양간과 창고가 보이는 것이 시골 풍경의 모범적 예시라 해도 좋을 정도였다. 다만, 마을에는 기이할 정도로 인기척이 없었다. 밥 짓는 연기는 둘째 치고 주변을 지나치는 사람조차 한 명 보이지 않았다. 아무리 사람 적은 시골이라지만 이럴 수가 있나 싶어 지운은 의아해하다 결국 우선은 마을을 한 번 쭉 걸어 보기로 했다. 비포장도로를 따라 걸을 때마다 끌고 있는 캐리어의 바퀴가 돌멩이에 치여 덜그럭거렸다.

기이했다. 사람이 없었다. 더 정확히는 사람만 없는 것이 아니었다. 외양간에 있어야 할 소나 돼지조차도 자취를 감춘 지 오래였다. 지운은 자신이 미처 못 보고 지나쳤다 생각하려 했지만 그러기엔 의문점이 너무 많았다. 마을은 생각보다 꽤 넓은 편이었다. 결국 반도 못 걷고 커다란 신목 아래 정자에 걸터앉은 지운은 땀을 닦으며 숨을 크게 들이마셨다. 어느새 해는 뉘엿뉘엿 산 아래로 잠들려 하고 있었다.

"음?"

그때였다. 지운의 눈에 조그만 집 모양의 무언가가 보인 것은 정말로 우연이었다. 외국 드라마에 나오는 우체통처럼 굵은 막대 위에 온통 빨간색으로 칠해진 집 모양의 나무 조각이었다. 양옆으로 여는 문이 달린 조각은 생각보다 꽤 큰 크기였다. 자신의 옆에 이런 게 있다는 걸 왜 아까는 못 봤던 것인지, 지운은 정말로 자신이 힘들긴 했구나 생각하며 자리에서 일어났다. 그리고 조심스럽게 조각 앞으로 가서 문의 손잡이를 잡고 살짝 열었다. 끼익하는 기분 나쁜 녹슨 경첩의 쇳소리와 함께 문이 열렸다. 그러자 그 안에 있던 것은 그 좁은 집의 양 벽에 연결되어 있는 얇은 새끼줄, 그리고 촘촘하게 달려 있는 쪽지들이었다. 소원 수리함이라도 되는 것인지 쪽지는 빼곡하게 줄 위를 채우고 있었다. 안을 살펴보던 지운이 집의 아래로 시선을 옮겼을 때, 그곳에는 웬 헝겊 주머니 하나가 놓여 있었다.

"이건 또 뭐야."

지운이 주머니를 집으려 손을 뻗던 순간이었다.

"……안녕."

그 움직임을 막은 것은 어떤 낯선 목소리였다. 지운이 화들짝 놀라 뒤를 돌아봤다. 그곳에는 자신에게서 몇 걸음 떨어진 곳에 서 있는 남자가 있었다. 언제 온 것인지도 모를 정도로 인기척 하나 없었음에 지운이 당황했음은 말할 것도 없었다. 웃는 것인지, 아니면 우는 것인지 알 수 없는 표정을 한 남자는 밀짚모자를 쓴 채 편한 옷을 입고 있었다. 흙이 가득 묻은, 얇아 보이는 재질의 셔츠와 고무줄 바지, 그리고 무릎까지 오는 장화를 신은 남자는 지운을 빤히 바라보고 있었다. 파르르 떨리는 입꼬리가 올라가 있던 것과 별개로 두 눈은 당장 눈물이 떨어져도 이상하지 않을 슬픔이 가득 차 있었다. 한마디로, 지운의 입장에서는 기괴했다.

　남자에게 누구냐고 물으려 한 그 순간, 지운은 남자의 손에 들려 있던 도끼를 발견했다. 살의나 악의를 품은 것 같지는 않아 보였지만 예상 못 한 도구의 등장은 낯선 방문객이 놀라고 뒷걸음질 치도록 만들기에 충분했다. 남자가 지운의 뒷걸음질을 보고서 아차 싶었는지 도끼를 든 손을 뒤로 숨겼다. 와중에 지운은 이상하게도 초면임이 분명한 남자의 얼굴이 낯설지 않았다.

　"……누구세요?"

　"……아, 아아. 역시 자기소개 먼저 해야겠구나."

　남자의 말이었다. 남자의 시선은 여전히 지운에게 고정되어 있었다. 눈에서는 깊은 슬픔이 묻어나는데 전체적인 표정은 건조하기 그지없었다. 지운은 다시 한번 푹푹 찌는 그 더위에도 오한이 느껴지는 착각을 경험할 수 있었다. 그래도 일단은 자신에게 해를 끼칠 것 같지는 않기에 지운은 경계를 아주 조금 누그러트렸다.

"최수언, 스물다섯."

"……박지운이고, 스물다섯입니다."

"맞네. 맞게 왔어."

무슨 말을 하는 것인지도 모르겠고 마치 몇 번 만난 것처럼 자연스레 말을 트는 남자, 수언에 지운은 대체 뭐가 어떻게 돌아가는지 파악조차 할 수 없었다. 수언의 표정은 당최 읽을 수가 없었다. 웃는 것인지 무표정인지 알 수 없는 그 오묘한 표정이 어딘지 모르게 불편했는데, 그 불편함을 말로 설명할 수가 없었다.

"일단 날도 더운데 어디 그늘진 곳으로 가서 대화라도 하는 건 어떻게 생각해. 마침 저녁 시간이니 내가 식사라도 대접하지."

"……죄송합니다만 저는 찾는 사람이 있어서요."

"없어, 그 사람. 다들 멀리 가셨지."

네? 지운이 예상치도 못한 답에 순간 당황스러움을 감추지 못하고 되물었다. 수언의 표정이 잠시 입꼬리만 움직여 미소를 지었다 금세 무표정으로 돌아왔다.

"여기 사시는 영감님 손주가 결혼해서 다들 읍내로 버스 타고 나갔거든. 나야 딱히 그 손주하고 친하지도 않고 밭도 돌봐야 해서 남은 거지만, 어쨌든 이 마을에는 한동안 사람이 안 올 거야. 애초에 굳이 찾아올 정도로 정성 가득한 사람이 있지도 않지만."

"아."

지운이 낭패라는 듯 난처한 표정을 지었다. 사람을 찾아왔는데 정작 사람이 없다니 난감하지 않을 수 없었다. 수언은 그런 지운을 지켜보다 기다렸다는 듯 눈짓으로 지운의 어깨 너머에 있는 집을 가리켰다.

"괜찮다면 우리 집에 머물러도 되는데. 식사나 잠자리 정도는 제공해 줄 수 있어."

"아, 아닙니다. 저는 사람만 찾고 바로 돌아갈 거라서……."

"과연?"

또다시 의미를 알 수 없는 말에 지운이 다시 한 걸음 뒤로 물러섰다. 수언이 느릿하게 두 눈을 감았다 떴다. 자신을 보는 저 감정을 알기 힘든 두 눈에 무슨 생각이 담겨 있는 것인지 짐작조차 가지 않았다. 지운이 인상을 쓰는 것을 본 수언이 도끼를 들지 않은 손을 내밀었다.

"방금 전까지는 농담이었고, 필요하다면 도와줘야지. 자,

화해의 뜻으로 악수나 한번 하게."

농담치곤 굉장히 기분 나빴다는 말을 하고 싶었지만 그랬다간 분위기가 어떻게 흘러갈지 모르기에 지운은 작게 한숨을 내쉬고서 손을 내밀어 잡으려 했다. 그 순간 눈에 들어온 것은 수언의 손이었다. 수언의 다섯 손가락의 끝에는 모두 어설프게 고정된 붕대가 감겨 있었다. 손톱이 빠진 것인지 붕대 위로 손톱의 모양이 피로 얼룩져 있었다. 아마도 도끼를 쓰느라 그런 것으로 추정되었다. 지운은 자칫 자신이 잘못 잡아 지금보다 더 심하게 상처가 터지면 어쩌나 하는 불안함을 문득 느꼈다. 지운이 잡기를 망설이자 수언은 미련 없이 손을 거뒀다.

"잡기 싫으면 말든지. 따라와, 마침 슬슬 저녁 먹을 시간이기도 하니."

거절하기도 전에 수언이 지운의 캐리어 손잡이를 먼저 쥐었다. 상처가 아프지도 않은 것인지 돌길을 털레털레 걸으며 덜컹거리는 가방을 끌고 가는 수언을 바라보던 지운은 결국 어쩔 수 없이 그 뒤를 따랐다. 딱 봐도 수언의 집 이외에는 머물 곳이 없어 보인 것도 따라간 이유 중 하나였다.

수언의 집은 좁았고 방은 더욱 좁았다. 서랍장 하나와 농

하나만이 방 안 가구의 전부였다. 캐리어를 한쪽 구석에 놓고 개다리소반을 사이에 둔 채 두 사람이 앉으니 방이 꽉 찰 정도였다.

"반찬은 맘에 들어?"

소반 위에는 밥과 간단한 국, 그리고 반찬이 여럿 놓여 있었다. 밥과 국에서는 김이 모락모락 나고 있었지만 두 사람 다 수저를 들지 않았다. 반찬은 지운이 좋아하는 것들 위주였다. 마치 지운이 올 것을 미리 알고 있었다는 것처럼 반찬들은 쉬거나 오래된 기색 없이 모두 다 새 반찬들이었다. 수언이 계란말이를 지운의 밥그릇 위로 올려 주었다.

"안 먹어?"

"……먹기 전에 뭐 하나만 질문합시다. ……나 알아요?"

수언이 잠시 무언가를 골똘히 생각하는 듯 눈가를 찡그렸다.

"일단은 모른다고 치자. 어차피 너도 여기가 처음 같을 거 아냐."

"처음 같은 게 아니라 처음입니다."

수언은 말없이 지운을 바라봤다. 지운은 수언의 시선이 싫었다. 마치 자신에 대하여 무언가를 계획하는 것 같기는 한데, 그것을 전혀 파악할 수가 없는 눈이었다. 그래서 어딘지 모르게 불쾌했다. 애써 그 시선을 외면하기 위해 지운은 그제야 수저를 들어 밥 위의 계란말이와 함께 밥을 한 숟갈 떴다. 자신을 빤히 바라보는 시선을 못 본 척 입 안에 넣고 씹는 동시에 반찬으로 놓여 있던 도라지무침을 집어 들었다. 그 모습을 본 수언이 그제야 수저를 들었다. 한동안 두 사람 사이에는 오가는 말이 없었다.

입을 연 것은 식사를 먼저 끝마친 수언이었다.

"가방 안에는 옷만 챙겨 왔어?"

캐리어를 지칭하는 표현임이 분명했다. 밥을 반쯤 비운 상태였던 지운이 고개를 젓고서 수저를 내려놓았다.

"아니. 내가 이곳에 온 이유도 가지고 왔습니다만."

"뭐길래?"

"거기까진 내가 너한테 보여 줄 이유는 아직 없다고 생각하는데요."

수언은 빈 그릇을 거뒀다.

"글쎄다, 너는 이 마을에 대해서 아무것도 모르잖아. 내가 도와줄 수도 있는데 그렇게 경계를 해서 뭐가 이득이라고 그래?"

"……."

지운은 더 이상 밥을 먹고 싶지 않았다. 그나마 먹었던 것도 속이 울렁거려 토할지도 모른다는 생각이 들 정도였다. 분명 처음 보는 사람인데, 왜 이렇게 불쾌함을 느끼는 것인지 본인조차도 알지 못했다. 수언이 다시 지운을 빤히 쳐다보다 어쩔 수 없다는 듯 숨을 푹 내쉬었다.

"좋아, 그럼 이렇게 하자. 질문을 하나 해 봐, 그러면 내가 나 아는 선에서 대답을 할게. 대신 나도 너한테 질문을 하나 하면 너도 대답을 하나 해야 하는 거야. 이 정도면 손해 보는 조건은 아니지?"

마치 어린아이를 어르듯이 대하는 태도에 영 불편했지만 여기서 더 불편한 기색을 내보이면 쫓겨날 수도 있다는 생각에 어쩔 수 없이 지운은 고개를 끄덕였다. 당장 이 시골 마을에서 수언의 집 외에 숙박 가능한 곳은 아까 전 잠시 둘러봤음에도 보이지 않았던 것이 떠올랐다.

"그러면 나부터 질문을 할게. 여기 왜 왔어?"

지운이 자리에서 일어나 비좁은 방을 가로질렀다. 구석에 놓여 있던 캐리어를 열어 팔을 밀어 넣은 뒤 몇 번의 뒤적임 끝에 꺼낸 것은 투명한 파우치였다.

"부모님이 차 사고로 돌아가셨습니다, 일주일 전에요. 그래서 장례를 치르고 유품을 정리하는데 서랍장 깊은 곳에서 이게 나오더라고요. 한 통도 아니고 수십 통이."

수언이 파우치를 건네받은 뒤 그것을 열어 안에 담겨 있던 것 중 하나를 꺼냈다. 편지였다. 펼쳐보니 '來' 한 글자만이 적혀 있었다.

"땅문서나 되는 줄 알았는데 그런 편지였고, 집에 더 많이 있어요. 받는 사람 이름은 나로 되어 있는데 부모님이 별 내용 없는 이 편지를 왜 숨기셨는지 아직도 이해가 안 되고. 저는 편지를 보자마자 이 편지의 발신인을 찾아야겠다는 생각에 여기로 온 거고. ……거의 홀린 듯이 찾아왔다 해도 과언이 아니긴 합니다. 자, 제 대답은 여기까지."

수언은 편지를 빤히 바라보다 무언가 마음에 안 들기라도 하는 것인지 살짝 눈가를 찡그렸다. 그러다 이내 무표정으로 다시 돌아와선 편지를 파우치 안에 넣었다.

"자, 이제 제가 질문할 차례네요. 저 아세요?"

"솔직하게 말하자면, 어느 정도는 알지. 너 열다섯까진 여기 살았어."

의외의 대답에 지운의 눈이 커졌다.

"유명했지. '소원의 집'을 만든 윤 씨 영감의 손주였으니까."

"……소원의 집?"

수언이 고개를 끄덕이며 반찬을 한데 모은 후 그릇을 정리했다.

"마을에서 꽤 영험하기로 소문난 분이셨지. 젊은 시절에는 대통령도 찾아오는 박수무당 그런 거였다고는 하는데 거기까진 모르겠고. 어쨌든 신기(神氣) 있는 대단한 분이셨는데 마을에 큰 가뭄이 오자 갑자기 기도를 올리시더니 마을 뒤편의 소나무를 잘라 집을 만들라 하셨다네? 하여튼 그렇게 만들어진 게 소원의 집이야."

"……설화 같은 얘기네요."

"다들 그렇게 말하지."

지운이 벽에 등을 기대고 앉았다. 오늘 내내 후덥지근한 열기를 쐬고 다녀서 그런지 조금은 서늘한 방바닥이 나쁘지 않았다. 입맛을 한 번 다신 수언이 이야기를 이어갔다.

"그래도 나는 그 소원의 집이 진짜라고 믿어. 마을 사람들도 그렇고, 모두가 다 믿지. 소원의 집 앞에 소를 한 마리 잡아서 바쳤더니 비가 억수로 쏟아졌거든."

"굳이 소를 잡아 바친 이유가……."

"'소원에는 그만큼의 대가를 바쳐야 한다.' 윤 씨 영감이 한 말이었거든. 하여튼, 너는 그런 윤 씨 영감의 손자야. 말로는 그 소원의 집에 신에 준하는 귀신이 깃들었다는데……."

"귀신 안 믿어요."

단칼에 잘라 버리는 말에 머쓱한 듯 수언이 입맛을 다셨다.

"어쨌든, 자. 내가 두 가지를 대답했으니 네가 한 가지를 더 대답해 줘야 되는데."

"……."

"여기에 열다섯 살까지 살았는데, 그 기억이 정말로 안

나? 나는 분명히 널 본 기억이 있어. 나이가 드니 예전 얼굴과 달라져서 알아보는 데 시간이 걸렸지만."

지운이 한숨을 푹 내쉬었다.

"미안한데, 정말로 안 나요. 딱 그 부분만 도려낸 것 같은 느낌이에요. 열여섯 살이 되는 1월 1일에 내가 뭘 먹고 무슨 프로그램을 봤는지도 기억이 나는데, 열다섯 살의 12월 31일은 기억도 나지 않아요. 부모님 말로는 사고가 났다던데."

"……사고라."

다시 지운을 바라보던 수언은 자리에서 일어나 소반을 들었다.

"치우고 이불 깔아 줄게. 기다리고 있어."

그리고 그대로 방문 밖으로 나가려다 멈춰 섰다.

"……정말로 아무 기억도 안 나?"

"그러면 나는데 안 난다고 할까 봐요?"

수언은 고개를 젓고서 방 밖으로 나갔다. 그제야 지운이 한숨을 푹 내쉬었다. 정말로 알 수 없는 찝찝함과 불쾌함이 온몸 가득 묻어났다. 당장이라도 빠져나가고 싶었지만 일단은 하루를 보내야 하니 더 이상 뭔가를 할 수 있는 것도 없었다. 아무리 그래도 숲속에서 밤을 보내고 싶지 않았다.

"아, 그냥 동네 주민들 연락처 물어볼걸."

미처 생각지도 못한 방법이 떠오르자 지운은 머리를 싸맸다. 몇 마디 안 한 것 같은데 진이 쭉 빠졌다. 일단은 자고 생각해야겠다는 판단만이 들 뿐이었다. 그리고 문득, 정말로 수언을 어디서 본 것 같은데 생각이 나지 않는 기묘한 기시감이 머릿속을 스쳐 지나갔다. 그러나 이것을 쉽게 단정 지을 수는 없었다. 착각인지, 정말로 자신이 열다섯 살까지 이 마을에 살아서 안면이 있던 것이 묻혀 있던 기억 속에서 떠오른 것인지 구분조차 어려운 탓이었다.

시계조차 없는 방에 불이 꺼지니 들어오는 빛은 달빛이 전부였고 들리는 소리는 숨소리가 전부였다. 좁은 방은 두 사람이 누우니 뒤척일 틈도 없이 꽉 찼다. 지운은 정자세로 천장을 바라보고 있었다. 아까는 잠이 오더니, 이제는 그새 다 달아난 것인지 머리가 조금 멍할 뿐 잠은 오지 않았다. 옆을 힐끔 보니 수언이 자신을 등진 채 누워 있었다. 죽은 듯 가만히 누워 있는 모습이 영락없이 잠든 사람이었다. 밖으로 나가 바람이라도 쐴까 싶었지만 이 어두운 방에서 잘못 움직이면 괜히 수언의 다리를 밟을 수도 있기에 결국 지운은 억지로 잠을 청하기로 했다. 두 눈을 꾹 감은 지운은 머릿속으로 생각을 정리했다. 일단 내일은 동네 주민들의 연락처를 수언에게 물어볼 생각이었다. 대답을 하지 않는다면 그대로 집에 돌아갈 계획이었다. 그런데 이제 어떻게 집에 갈지는 지운조차 계획하지 않은 부분이었다. 충동적인 움직임의 폐해였다. 복잡해지는 머릿속과 달리 몸은 피곤을 이기지 못했다. 얼마 지나지 않아 지운 역시 숨을 고르게 내쉬며 그대로 깊은 잠에 빠져들었다.

철퍽.

그리고 무언가 달라붙는 소리가 났다. 철퍽, 철퍽. 잘못 들은 소리라 치부하기엔 너무나도 선명했다. 지운이 눈가를 찡그렸다. 그 소리는 마치 물기 어린 무언가가 바닥을 기어가는 소리였다. 무시하려 해도 너무나 생생하게 들려왔다. 수언이 내는 소리인가 싶었지만 뒤척이기도 벅찬 이 비좁은 방에서 굳이 철퍽거리는 소리를 내가며 잠을 깨울 필요는 없었다. 철퍽, 철퍽. 소리가 점점 늘어났다. 하나가 아니었다. 무시할 수준의 소음이 아니었다. 몸을 일으켜 보려 했지만 마비된 것처럼 움직이지 않았다. 결국 참다못한 지운은 천천히 두 눈을 떴다. 그리고 눈앞에 보인 것은 온몸이 피로 뒤덮인 채 천장을 기어 다니고 있는, 머리가 반으로 깨져 있는 사람들이었다.

"악!"

지운이 짧은 비명을 지르며 그대로 몸을 일으켰다. 옷이 식은땀으로 흥건하게 젖은 채였다. 가쁜 숨을 몰아 내쉬며 이마를 닦으니 땀이 흠뻑 묻어 나왔다. 너무나도 생생한 악몽에 아직도 여운이 남아 지운은 정신을 차리려 손으로 볼을 아프지 않게 몇 번 때리고 나서야 간신히 현실로 돌아올 수 있었다.

"아, 시발……."

하필 꿈을 꿔도 왜 그런 꿈인 것인지 알 수 없었다. 목이 바짝 말랐다. 한숨을 푹 내쉰 지운이 옆을 보니 이불만이 가지런히 정리되어 있을 뿐, 누워서 자고 있어야 할 수언은 보이지 않았다. 문득 현재 시간이 몇 시인지 궁금해진 지운은 무의식적으로 시계를 찾으려 주변을 둘러봤다. 시계를 포함해 시간을 유추할 수 있는 물건은 없었다. 자리에서 일어난 지운은 자리에서 일어나 방문을 열고 나왔다.

마루로 나오니 다시 더운 공기가 훅 끼쳐 왔다. 해는 어느새 중천에 떠 있었다. 어림잡아도 정오는 진작 넘었을 것이 뻔했다. 여전히 사람들은 보이지 않았다. 대체 읍내가 어디쯤에 있기에 아직도 돌아오지 않은 것인지 궁금해질 지경이었다. 수언 역시 보이지 않았다. 지운은 아주 잠시지만 수언이 뒤늦게 결혼식에 따라간 것은 아닌가 하는 이상한 생각을 했다.

일단 바깥으로 나와 마을을 더 둘러보자는 생각에 지운은 발걸음을 옮기려 했다. 그 순간, 지운의 발바닥에 무언가 미지근하고 축축한 것이 닿았다. 순간 놀라 몇 걸음 뒤로 물러선 지운은 마룻바닥에 발바닥을 급히 비벼 뭔지도 모를 것을 닦아 냈다.

"……뭐야?"

당혹스러움도 잠시, 지운은 자신이 밟은 것이 무엇인지 확인하려 허리를 숙였다. 그것은 수건이었다. 딱 봐도 아직 물기가 남아 있는 수건은 축축해 보였다. 적갈색의 수건은 엉망으로 펼쳐진 채 거의 팽개쳐져 있다시피 놓여 있었다. 그리고 그 옆에는 구급상자와 녹슨 펜치가 놓여 있었다. 옆에는 약병이 있었지만 무슨 약인지 알 수 없었다. 지운이 자세히 확인해 보려 수건으로 손을 뻗던 그 순간이었다.

"깼네?"

죄지은 것도 아닌데 지운은 범죄자라도 된 것처럼 화들짝 놀라며 소리가 들린 곳을 보기 위해 고개를 들었다. 어제처럼 편한 옷을 입은 수언이 집으로 들어오고 있었다.

"미안, 잠깐 논 좀 보고 오느라. 모심은 지 얼마 안 된 상태라 말라 죽으면 곤란하잖아. 배고프지?"

"잠시만……."

"금방 밥해 올게."

본인의 할 말을 쏟아 내듯 끝낸 뒤 바닥에 놓여 있던 수건을 집어 든 수언은 목에 걸고 있던 수건으로 바닥을 대충 훑었다. 바닥을 닦아 낸 수건에 적갈색이 묻어나는 것을 어렵지 않게 볼 수 있었다. 지운은 수언을 이해할 수 없었다. 어제야 경계가 풀어졌으니 그렇다 쳐도 납득하기 힘든 행동들의 연속인 사람이었다. 무슨 속셈인 것인지 알 수가 없었다.

수언은 부엌으로 발걸음을 옮겼다. 딱히 불러 세울 힘도 없어서 지운은 수언이 부엌으로 들어가는 것만 바라보고 있었다. 그런데 무언가 이상했다. 어제까지만 해도 평범했던 걸음걸이가 당장 쓰러져도 이상하지 않을 정도로 좌우로 기우는 것이었다.

"어디 다쳤어요?"

그것은 순전히 걱정하는 의미에서 하는 말이었다. 수언이 그 자리에서 멈춰 섰다. 그리고 고개를 돌려 지운을 바라봤다. 묘하게 비틀려 있었다. 잠시지만 지운은 괜한 걱정을 한건 아닌지 후회를 하고야 말았다. 수언은 느릿하게 두 눈을 감았다 뜬 뒤 고개를 저었다.

"예전처럼 다정하구나."

"네?"

"아냐, 아무것도. 나는 안 다쳤어. 별일 아냐."

수언은 다시 부엌으로 걸음을 옮기려 했다. 순간 지운은 자신이 어제 무언가를 수언에게 물어보려 했던 것을 떠올렸다.

"아, 잠시만! 저기……."

그리고 그 순간, 지운은 자신의 머릿속이 백지처럼 하얘지는 것에 당혹스러움을 감출 수 없었다. 무언가 중요한 말을 하려 했던 것 같은데, 아무리 기억을 되짚으려 해도 되짚을 기억이 없는 것처럼 기억이 나지 않았다. 수언이 왜 말을 안 하냐는 듯 지운을 바라봤다. 지운도 빠르게 질문을 던지고 싶었지만 떠오르는 것이 없었다. 분명 어제까지만 해도 진지하게 생각했던 것 같은데, 텅 비어 버린 느낌이었다.

"아, 씨……. 뭐였지?"

"급한 일 아니면 천천히 말해, 난 어디 안 가."

수언은 입꼬리만 형식적으로 올려 웃는 표정을 짧게 해 보고선 부엌으로 들어갔다. 머리를 아무리 쥐어짜도 무슨 말을 하려 했는지 떠오르지 않자 결국 지운은 그대로 주저앉아 앓는 소리를 내며 머리를 싸맸다.

지운과 수언은 소반을 가운데에 둔 채 마루에 마주 보고 앉았다. 상 위에는 어제와 마찬가지로 지운이 좋아하는 반찬들이 가득 차려져 있었다. 그러나 지운은 밥을 먹지 못했다. 감쪽같이 사라진 기억들이 대체 뭐였는지 머리가 아프기도 했고 왜 갑자기 이러는지 알 길이 없어 답답하기도 한 탓이었다. 설마 음식에 독이 든 것인가 싶었지만 본인이 생각해도 기억을 지우는 약은 들어 본 적도 없는 너무 허무맹랑한 소리였다.

지운이 어제와 다르게 밥을 제대로 먹지 못하자 수언이 젓가락을 들어 고기반찬을 지운의 밥그릇 위에 올려 주었다.

"입에 안 맞아?"

안 맞을 리가 없었다. 어제처럼 지운이 좋아하는 반찬 위주이니 오히려 잘 맞는 편이었다. 결국 한숨을 푹 내쉰 지운은 고개를 젓고서 생각하기를 포기했다.

"어제 그 질문 하나에 대답 하나씩 쌍방으로 하는 거, 아직 유효하죠? 그러면 질문 하나만 더 할게요."

"편한 대로."

"내가 열다섯 살까진 여기서 살았다면서요. 내 열다섯 살까지의 모습은 어땠어요? 어제도 말했지만 저는 기억이 없고, 그래도 뭔가 아실 거 같긴 한데."

수언이 유리컵에 물을 따라 벌컥벌컥 마신 뒤 입가를 닦고 입을 열었다.

"좋은 애였지. 성격도 밝고, 어른들에게 밉지 않게 장난도 많이 치던 애였어."

내가? 지운은 되묻고 싶었지만 일단은 수언이 더 말할 것이 있어 보이기에 입을 다물었다.

"너와 나는 친한 사이였어. 아주, 굉장히 친한 사이였지. 같이 놀러 다니고, 사소한 것도 다 얘기할 정도로 비밀이 없었고, 많은 걸 같이 했지."

지운은 수언이 진심으로 말하는 것인지 파악할 수 없었다. 친했다면서 그런 눈으로 바라보는 것이 상식선에서는 이해되지 않았다.

"이럴 때 내가 기억이 있어야 하는데."

"없으면 뭐 어때, 처음부터 다시 시작하면 돼. 지금부터 하나씩 알아 가면 되지."

지운은 수언이 자신을 마치 마을에 오래 머물 사람처럼 칭하는 것조차 슬슬 불편해지기 시작했다.

"그러면 하나만 더 물읍시다. ……내 할아버지라는 사람은 어떤 사람이었어요?"

바로 그 순간, 수언의 표정이 무섭게 굳어졌다. 보통의 무표정에서 조금 인상을 쓴 정도였지만 종일 무표정이던 사람의 얼굴에서 일어난 변화라 어렵지 않게 알아챌 수 있었다.

"……마을에선 존경받는 분이셨지. 모두가 영감을 따르고 믿었어. 영감의 말은 법이요 진리였으니 거스를 사람도 없었어. 동시에 아주 엄하신 분이었지. 사소한 것 하나에도 트집을 잡고 툭하면 모든 것에 훼방을 놓고. 소원의 집을 만든 이후에는 그것이 더 심해졌다고 하더라고."

컵을 잡고 있던 수언의 손이 부들부들 떨렸다.

"덕분에 마을 사람들은 영감을 무서워하면서도 존경했지. 하지만 나는 그 어느 쪽에도 속하지 않았어. 그 망할 영감은, 자기 손자와 친하게 지내는 나를 아주 고깝게 여겼지. 그 늙은이가, 그 나무집 하나 만드는 데 공을 세웠다고 온 마을 사람들에게 추종받느라 거만해진 노인네가, 내 부모님과 네 부모님을 세뇌해선……."

쨍그랑. 그 순간 수언의 손에 들려 있던 유리컵이 그대로 박살 났다. 지운은 태연한 척하려 해도 그 요란한 파열음에 자신도 모르게 몸을 흠칫 떨 수밖에 없었다. 깨져 버린 유리컵의 파편은 마루로 흩어졌지만 일부는 수언의 손에 그대로 박혔다. 피가 유리 조각을 타고 흘러내렸다. 지운이 아까 전 봤던 구급상자를 가져오기 위해 몸을 일으키려 했지만 수언이 고개를 저었다.

"……소원의 집이, 마을에선 중요한 존재인가 봐요?"

지운이 피 묻은 유리 조각을 빼고 있는 수언에게 물었다.

"……동시에 불편한 존재였지. 소원을 이뤄 준다는 것보단 등가 교환에 가까운 거였으니, 큰 소원일수록 큰 대가가 필요했거든."

"아니, 나는 솔직히 이해가 안 되는데요. 그게 진짜로 소

원을 이뤄 준다는 확신도 없잖아요. 비야 우연히 내렸을 수
도 있는 거고."

"경험해 보지 않으면 못 믿는 거지."

목에 걸고 있던 수건으로 대충 손을 감싼 수언이 자리에
서 일어났다.

"아주 예전에, 여기 살던 부잣집 노인네가 본인 아들 좋은
집에 보내려고 소원을 빌었는데 적절한 대가를 치르지 않아
서 피를 봤거든. ……유명한 얘기지. 수박 가져올게."

지운이 다친 손이 아프지도 않냐고 물으려 했지만 수언은
무덤덤하게 소반을 들고 부엌으로 들어갔다. 정말로, 이해할
수 없는 사람이었다.

내가 이 정도로 무기력한 사람이었던가? 지운은 해가 뉘
엿뉘엿 질 때까지 마루에 앉아 있으면서 문득 생각했다. 사
람은 여전히 보이지 않았다. 수언만이 유일했다. 이것은 아
무리 생각해도 정상은 아닌 상황이었다.

"저녁 차려 줄까?"

수언이 구급상자를 정리하며 물었다. 지운은 대답 대신
고개를 저었다.

"어르신들, 아직도 안 오시네요."

"'안' 오는 것이 아니라 '못' 오는 것이겠지."

"……무슨 소리죠?"

수언은 대답 대신 갑자기 지운의 손을 잡았다.

"지운아, 우리는 정말 친한 사이였어. 매일 같이 등하교도 하고, 밥도 같이 먹고, 사소한 비밀 하나까지도 다 얘기하고. 네가 내 이름을 불러 줄 때마다 얼마나 기뻤는지 아니?"

"뭐, 뭐야. 왜 이러세요?"

"나는 지금까지 내가 한 일들 후회 않는다, 지운아. 너는 그럴 가치가 있어."

"저, 죄송한데 조금만 뒤로 가 주시면……."

수언이 지운의 손바닥을 자신의 입으로 가져다 댔다. 말랑한 촉감이 굳은살 하나 없는 손에 닿았다. 눈은 여전히 지운을 향한 채였다.

"지운아, 우리 얼마나 친했는지 너는 기억 못 하겠지. 그래도 나는 너 원망 않는다. 아니, 네가 아니라 어른들을 원망해야겠지. 네가 돌아온 거 보면 내가 그동안 기울인 노력이 헛된 거 같지 않아서 기뻐. 그거 아니? 지금 나는 더 이상의 노력 없이도 우리가 원래대로 돌아갈 수 있다고 믿고 싶어."

"……지금 계속 무슨 소리 하는지 모르겠는데."

"어른들 몰래 하던 걸 해 보면 기억이 돌아올까?"

답지 않게 말을 속사포로 쏟아 낸 수언이 상체를 움직여 지운의 몸에 밀착했다. 그의 눈에 초점이 나가며 점차 흐려졌다. 그것이 마치 죽은 사람의 눈이기에 지운의 머릿속에서는 본능적인 사이렌이 울렸다. 점차 수언의 얼굴이 가까워졌다. 불길한 기운이 들었다. 지운은 당황스러운 머릿속을 정리할 새도 없이 급히 잡혀 있던 손을 빼내고 수언을 밀어냈다. 의외로 수언은 순순히 밀려났다.

"······안 통하네."

"지, 지금 그냥 갈게요, 여기 너무 오래 있었던 거 같으니까······."

그리고 그 순간, 지운의 눈앞이 암전된 것처럼 까맣게 물들었다. 마지막으로 보였던 것은 웃고 있는 수언이었다.

이상했다. 귓가에 결혼 행진곡이 들렸다. 지운이 조심스레 눈을 떠 보니 처음 보는 결혼식장이었다. 전혀 처음 보는 사람들이 통로 양쪽을 꽉 채울 정도로 가득 앉아서 박수를 치고 있었다. 문득 뒤를 돌아보니 신부가 입장을 준비하고 있었다. 지운의 존재는 마치 유령이라도 되는 것인지 그가 자리에서 일어나 버린 로드로 나아갔음에도 그 누구 하나 제지하는 사람이 없었다. 지운은 주변을 더 둘러봤다. 환호하는 사람들 사이 신랑은 신부를 보며 설레는 표정을 숨기지 못하고 있었다. 그런데 유독 한 노인만이 불안한 표정을 숨기지 못하고 있었다. 다리를 덜덜 떨면서 시선을 이리저리 돌리다 두 손을 모아 쥐는 것이 무언가 쫓기거나 숨기는 모양새였다. 노인이 개량 한복 바지 주머니에서 부적을 꺼냈다. 이미 반쯤 그을려 있는 부적이었다.

"지금부터 신부 입장이 있겠습니다. 신부, 입장!"

부케를 든 신부가 밝은 미소를 지으며 버진 로드를 걷기 시작했다. 노인이 한 손에는 부적을 들고 다른 한 손의 손톱을 물어뜯었다. 어찌나 세게 물던지 피가 날 정도였다. 그때였다. 구석에 서 있던 예식장 직원이 조금씩 눈을 까뒤집기 시작했다. 지운의 시야에 그 모습이 들어왔지만 다른 이들은 신랑과 신부에게 정신이 팔려 보지 못한 듯 보였다. 지운이 어서 피해야 한다고 외치려 했다. 그러나 나오는 것은 쇳소리와 바람 소리가 전부였다. 신랑과 신부가 점차 가까워졌다. 신부가 신랑에게 수줍게 손을 내민 그 순간, 눈을 완전히 까뒤집은 직원이 그대로 달려 나와 신부의 목덜미를 물어뜯었다. 지운이 자신도 모르게 두 눈을 질끈 감았다. 무언가 찢어지는 소리와 비명 소리가 난무했다. 지운은 차마 눈을 뜰 수가 없었다.

잠시 뒤 지운이 눈을 떴을 땐 이미 모든 상황이 끝나 있었다. 사방이 피 웅덩이였으며 사람들은 자신과 직원을 제외한 모두가 바닥에 쓰러져 있었다. 직원이 천천히 지운을 향해 걸어왔다. 지운은 자신도 모르게 방어 자세를 취했다.

"너구나."

"……뭐?"

"너구나, 그렇게 그놈이 바라던 것이 너였어!"

직원은 알 수 없는 말을 하며 입이 찢어져라 웃었다. 그 환청처럼 머리를 울리는 웃음을 뒤로 한 채 지운의 눈앞이 다시 어두워졌다.

"……헉!"

지운이 숨을 크게 들이마시며 눈을 떴다. 눈앞에 보이는 것은 몇 번 봤던 수언의 방 천장이었다.

"언제 잠든 거지?"

급히 몸을 일으킨 지운이 창문 밖을 보았다. 밖은 시간이 얼마나 지난 것인지 모르게 해가 뉘엿뉘엿 지고 있었다. 급히 일어난 지운은 방문을 열려 했다. 그러나 방문은 덜컹거리는 소리만 날 뿐 미동조차 없었다. 당황한 지운은 계속해서 문을 밀어 보았지만 결과는 마찬가지였다. 결국 여는 것을 포기한 그는 급히 휴대전화를 찾았다. 경찰서에 연락하려는 심산이었다. 그리고 그 순간, 그의 머릿속에 하나의 생

프랭크 허버트 Frank Herbert

네뷸러 상
BEST NOVEL

휴고 상
BEST NOVEL

듄 (전6권)

칼 세이건이 극찬한 SF의 영원한 고전, 듄 신장판 전집.
세계 수십 개의 언어로 번역되어 2000만 부 이상의
판매고를 올린 역사상 가장 많이 팔린 SF.

「스타워즈」, 「바람 계곡의 나우시카」, 「왕좌의 게임」 등 영화, 드라마, 애니메이션,
게임, 만화, 음악에 이르기까지 반세기 동안 서브컬처에 절대적 영향을 끼친 고전.
드니 빌뇌브 감독의 아카데미 6관왕 블록버스터 영화 「듄」의 원작.

"「듄」에 견줄 수 있는 건 「반지의 제왕」 외에는 없다." — 아서 C. 클라크
"「듄」은 내가 미처 비판할 틈도 없이 빠져들게 만들었다." — 칼 세이건

듄 그래픽 노블 1 (전3권 예정)

전설적인 고전 「듄」을 그래픽노블로 만난다!
AMAZON.COM 베스트셀러 1위(SF 그래픽노블 부문)

올 하반기 2권 출시 예정!

멕시칸 고딕 실비아 모레노-가르시아

우생학, 식민주의, 가부장제에 대한 비판과
고딕 장르의 매혹적인 조합! 로커스 상 ·
영국환상문학상 · 굿리즈 초이스 어워드 수상.

"고딕이란 형식에 신선한 피를 수혈하는
독창적이고 영리한 소설."—〈NPR〉

내가 당신이었을 때 앰버 가자

다른 사람의 삶을 뺏고 싶은 한 여자의
비틀린 모성애가 그리는 충격 반전!
포커스 픽처스 영화화 예정.

"집착과 복수에 관한 교묘한 이야기를 좋아하는 팬들이라면
분명히 만족할 것이다."—〈퍼블리셔스 위클리〉

타인의 집 제시카 발란스

낯선 여행지에서 빌린 누군가의 집,
잊고 싶었던 과거가 자꾸 뒤를 쫓는다.
그 누구도 믿을 수 없는, 숨 막히는 심리 스릴러!

"믿을 수 없을 정도로 긴박감이 넘치고,
읽는 내내 놀라움을 선사한다."—〈모닝스타〉

언제나 밤인 세계

한국 판타지 문학의 전성기를 이끈 대가 하지은,
7년 만에 장편으로 돌아오다! 런칭 즉시
카카오페이지 문학 탭 랭킹 1위 등극의 화제작!

삼쌍둥이로 태어난 에녹과 아길라,
그러나 분리 수술 이후 그들의 운명은 갈리고 만다.
마침내 아길라는 분리 수술에 얽힌 비밀을
알게 되는데……
세상을 증오하는 소녀의 처절한 복수극!

2022
문학나눔
선정 도서

한국 환상 문학의 중흥기를 이끈,
『얼음나무 숲』 하지은 작가의 7년 만의 귀환!

얼음나무 숲

초단기간 1만 부를 판매한, 모두가 재출간을
기다린 2세대 한국 판타지의 고전!
오디오클립 · 카카오페이지에서 오디오북 출시.

음악의 도시, 에단에서 운명처럼 만난
두 천재의 예술을 향한 갈망.
그리고 벌어진 끔찍한 살인.

야운하시곡

강호의 은원과 부정을 그린 하지은 작가의
무협 단편 포함, 7인 7색의 동양풍 앤솔러지.

모래 선혈 · 눈사자와 여름 · 오만한 자들의 황야 ·
보이드 씨의 기묘한 저택(근간)

각이 스쳐 지나갔다.

"……경찰서 번호가 뭐였지?"

이럴 수는 없었다. 분명 쉬웠는데 생각나지 않을 리 없었다. 아무리 떠올리려 해도 생각나지 않기에 결국 지운은 다른 사람들의 번호로 연락을 하려 했다. 그러나 이름을 봐도 그 사람들이 누구인지, 지인들의 얼굴이 떠오르지 않았다. 결국 전화는 포기한 지운은 방 안에서 문을 열 도구들이 있는지 찾아보기로 했다. 좁은 방 안이기에 뒤질 곳은 몇 없었다. 옷장과 서랍장을 열어 보던 지운은 서랍장의 맨 마지막 칸을 열었다.

"……"

그 안에는 종이쪽지가 한가득 들어 있었다. 한 장을 펼쳐 보자 그곳에는 익숙한 주소가 적혀 있었다. 지운의 집 주소였다. 당혹스러운 표정을 숨기지 못한 지운은 다른 쪽지들을 일일이 펼쳐 보았다. 역시나 같은 주소가 적혀 있었다. 혼란스러운 표정을 한 지운은 다른 칸 서랍을 열었다. 그곳에는 앨범이 있었다. 꽤나 오래된 것 같은 앨범을 꺼내 한 장씩 넘겨 보자 그곳에는 지운의 어린 시절 사진이 담겨 있었다. 그리고, 뒤로 갈수록 나이 들어 가는 지운의 모습이 찍힌 사진이 담겨 있었다. 맨 마지막 장으로 페이지를 넘기자 불과 며칠 전 상을 치를 때의 지운이 찍혀 있는 사진이 있었다. 지운은 앨범을 떨어트린 채 문으로 다시 달려갔다.

"문 열어! 거기 아무도 없어요?"

여전히 돌아오는 대답은 없었다. 결국 지운은 숨을 크게 한 번 들이쉬고선 문을 향해 달려들었다. 몸으로 부딪치자 문은 쿵 하는 요란한 소리와 함께 그대로 부서졌다. 바닥에 나동그라진 지운이 앓는 소리를 내기도 잠시, 그는 신발 신는 것도 잊은 채 집 밖으로 달려 나갔다.

지운은 달렸다. 본인이 어디로 달리는지도 모르는 채 무작정 달렸다. 한참을 달린 것 같음에도 입구가 보이지 않아 혼란스러워 주변을 둘러보던 찰나 지운은 그대로 다리가 걸려 넘어졌다. 악, 소리도 잠시였다. 끙끙거리며 일어난 지운의 눈앞에는 논이 펼쳐져 있었다. 그러나 모가 심긴 것이 아닌, 바싹 메마르고 비틀린 땅이 펼쳐져 있었다. 지운은 본능적으로 이곳에서 벗어나야 한다는 생각만 할 뿐이었다. 그래서 다시 달렸다. 어디로 뛰는지도 모르는 채 달렸다.

지운은 돌길을 달렸다. 발바닥에서 피가 나고 있음에도 그런 것은 신경 쓸 일이 아니라는 듯 계속 달렸다. 얼마나 달렸을까, 지운의 눈앞에 '소원의 집'이 들어왔다. 그제야 멈춰선 지운은 벌벌 떨리는 손으로 소원의 집에 손을 뻗었다. 집 바닥에 놓여 있던 헝겊 주머니를 들어 뒤집자 그 안에서는 손톱들과 발톱으로 보이는 것들이 후두둑 떨어졌다. 이번에는 쪽지를 하나 집어 들었다.

어디에 있는가.

다른 쪽지들에도 전부 다 같은 내용이었다. 미친 사람처럼 쪽지를 펼쳐 보던 지운이 남은 두 쪽지 중 하나를 벌벌 떨며 펼쳐 보았다. 그곳에는 다른 내용이 적혀 있었다.

돌아오게 하라.

지운은 그대로 주저앉았다.

"15살까지의 기억이 없다고 했지."

지운이 급히 뒤를 돌아보자 그곳에는 무덤덤한 표정의 수언이 서 있었다.

"네 할아버지는 우리 관계에 불만이 많았어. 정확히는 나한테 불만이 많았지. 내 사주가 너를 잡아먹을 사주라나. 내가 아니라고 부정해도 믿지 않으셨지."

"……무슨 소리."

"나는 널 순수하게 데리고 아무도 방해하지 못하는 곳으로 가려던 것뿐이었어. 그 의도를 이해하지 못할 그 고지식한 분 입장에서는 끔찍했겠지. 하지만 그렇다고 마을 토박

이인 내 가족을 내쫓지는 못하는 상황이고. 그래서 이사 비용이 될 돈과 네 15년치 기억을 뒤바꾼 뒤 네 가족이 떠났어. 나를 방에 가두고, 내가 못 따라오게 막아 가면서!"

이를 갈던 수언이 헝겊 주머니를 주워 들었다. 그리고 손가락에 감겨 있던 붕대를 풀었다. 너무 당연하게도, 손톱이 없었다.

"네 기억을 되돌리려 시도했는데 그건 실패했어. 그래서 빌었지, 네가 어딨는지 알려 달라고. 처음에는 동네를 떠도는 쥐새끼였어. 그런데 점점 그걸로는 안 통하더라고. 그래서 내 손톱을, 발톱을, 더한 것들을 바쳤지."

"……그럼, 10년간, 계속?"

"난 후회 안 해. 사실 마을 사람들이 눈치챌수록 나는 더 좋았어. 그들이 나를 막으려 들기 전에 내가 먼저 그들을 제물로 삼을 명분이 생겼거든. 마침 큰 제물들이 필요하던 찰나였는데 얼마나 다행이었는지 몰라."

"……왜?"

그 순간 잔잔함을 유지하던 수언의 얼굴이 일그러졌다. 벌벌 떨리는 입꼬리를 올린 채 두 눈가에는 눈물이 가득 차오르는, 첫 만남 당시의 그 얼굴이었다. 그러나 지운은 그 모습이 절대로 슬픔에 잠긴 이의 모습이 아니라는 것을 어렵지 않게 깨달았다. 희열. 그것은 모든 것을 완성했다는 기쁨이었다.

"……미친 새끼야, 왜 그랬냐고!"

"이해하지 마. 아니, 이해할 필요 없어. 네 존재가 내 행동의 개연성인데 이해할 필요 없어. 내가 처음부터 다시, 다 알려 줄게, 응? 지운아, 너 나 못 떠나겠다며? 제발 너 데리고 멀리 가 달라며? 아, 아냐. 이런 거 이미 다 지난 일이니까 신경 쓰지 마. 기억 없어도 돼, 내가 처음부터 다시 다 알려 줄게. 너 배우는 거 좋아했잖아, 난 가르치는 거 잘해. 내가 지금까지 네 질문에도 잘 설명해 줬잖아, 안 그래, 응?"

수언이 몸을 들썩이며 손톱 없는 손으로 눈가를 세게 문질렀다. 어찌나 세게 문지르던지 살갗을 쥐어뜯는 것처럼 보일 정도였다. 지운은 벌벌 떨리는 몸을 주체하지 못한 채 손을 뻗어 마지막 쪽지를 가져와 펼쳤다. 그리고 이내 그동안 본 적이 없는 사색이 된 얼굴로 수언을 바라보았다.

"그건, 역시 발톱만으로도 안 되더라고. 너무 큰 거라 그런가? 그래서, 더한 걸 바쳤어. 필요하다면 더한 것도 바칠 수 있었어."

"……대체, 뭘 바친 거야?"

수언의 들썩이던 몸이 덜컥 멈췄다. 그리고 이내, 수언의 입꼬리가 내려갔다.

"내 죄책감."

그 순간 지운의 눈앞이 캄캄해졌다.

숨이 턱턱 막히던 공기는 어느새 찬바람을 머금은 시린 바람이 되었다. 수언이 꾸러미 하나를 손에 쥔 채 방에서 나와 털레털레 부엌으로 걸어갔다. 언제 나온 것인지도 모를 오래된 신문에 불을 붙여 아궁이에 넣자 몸을 녹이기 충분한 온기가 훅 끼쳐 왔다. 수언이 손을 털고서 꾸러미를 펼쳤다. 그 안에는 각종 휴대 전화와 신분증이 들어 있었다. 모두 다 지운의 것이었다. 이미 전원이 나가 켜지지도 않는 휴대 전화는 한쪽으로 치워 놓은 뒤 신분증과 카드를 아궁이에 던져 넣은 수언은 그것이 불을 못 이겨 일그러지고 어그러지는 것을 지켜보았다. 형체를 알아볼 수 없을 정도로 구겨지는 것을 보고 나서야 수언은 휴대 전화를 들고 자리에서 일어났다. 이번에는 마당으로 나와 휴대 전화를 바닥에 내려놓았다. 잠시 집의 뒤쪽으로 향한 수언은 도끼 하나를 가지고 돌아왔다. 그리고 망설임 없이 휴대 전화를 내려찍었다. 콰직. 휴대 전화는 힘없이 부서졌다. 수언은 고철 덩어리가 된 휴대 전화를 발로 대충 밀어 놓았다. 더 이상 수언의 손에는 붕대가 감겨 있지 않았다.

"아."

수언의 콧잔등에 눈송이가 하나 내려앉았다. 하늘을 올려다보자 새하얀 눈이 하나씩 하늘에서 내리고 있었다. 올해의 첫눈이었다.

"지운아, 나와 봐! 지금 눈 오고 있어!"

수언의 부름에 방문이 열리더니 지운이 맨발로 걸어 나왔다. 수언이 혀를 작게 찼다.

"따뜻하게 입으라니깐."

"……."

"올겨울은 많이 춥겠는데, 그치. 내년 봄이 그만큼 따뜻하겠지만 언제 다시 봄이 올지는 모르겠고…… 장작이 많이 필요하겠어. 뒷산도 다시 올라갔다 와야겠는데……"

지운은 말이 없었다. 그저 고개만 끄덕거릴 뿐이었다. 수언은 천천히 두 눈을 감았다 떴다.

"그러게 누가 계속 도망치려 들래, 응? 나도 너 이렇게 험하게 다루고 싶지 않아."

그 순간 낯선 발걸음 소리가 들렸다. 두 사람이 동시에 고개를 돌리자 그곳에는 택시 기사가 걸어오고 있었다. 지운은 그 얼굴을 어렵지 않게 기억할 수 있었다. 자신을 몇 달 전 태워다 준 그 사람이었다.

"저기, 젊은 양반. 나 길 한 번만 물어볼게. 다른 건 아니고 지금 내 차가 고장이 나서 말인데, 혹시 이 근처에 정비소나

주유소 같은 거 어디 있는지 알 수 있을까? 어유, 내가 여기,
빙판길을 피해서 가려다가 길을 잘못 들었는데 그만 저기
저, 마을 앞에서 차가 멈췄지 뭐야."

"……."

택시 기사가 잠시 말을 멈추고 지운을 빤히 쳐다보다 생
각났다는 듯 탄성을 질렀다.

"어이구, 학생! 나 알지? 내가 학생 여기까지 태워다 줬잖
아. 내가 사람 얼굴 기억하는 거 하나는 끝내주거든. 학생,
나 기억나지? 그, 왜, 있잖아, 여름 무렵에,"

"아저씨."

수언이 택시 기사의 길어지던 말을 잘랐다.

"웅?"

"길 알려 드릴게요. 저도 마침 장작 패러 가야 되어서 가
는 길에 알려 드리면 될 것 같거든요."

"어우, 잘됐네! 고마워, 젊은 양반. 내가 여기는 자주 가는
길이 아니라 어떻게 해야 하나 고민이 많았거든. 요새 젊은
사람들은 자기만 아는데 답지 않게 친절하네?"

표정이 밝아진 택시 기사를 뒤로한 채 수언이 살짝 허리
를 굽혀 지운에게만 들릴 정도로 속삭였다.

"저 아저씨로 '혀 돌려 주세요.' 하고 빌면 되겠다, 그치. 여
기에 우리 말고 다른 사람들 오래 있어서 좋을 것도 없고."

지운의 두 눈이 불안하게 떨렸다. 지운은 도끼를 다시 쥔 채 택시 기사를 지나쳐 앞서 나갔다. 택시 기사가 그 뒤를 따르고 지운은 불안한 눈으로 두 사람의 뒷모습을 바라보았다. 그러나 지운이 할 수 있는 일은 없었다.

"가시죠, 곧 날이 저물 거라 서둘러야 해요."

"고마워, 젊은 양반. 내가 뭐 줄 건 없고 사례로 용돈이라도 약간 줄게. 아니, 그나저나 이 마을은 원래 이렇게 사람이 없는 마을인가? 아무리 마을을 돌아다녀도 개미 새끼한 마리 안 보이는데……."

두 사람이 마을 외곽으로 걸음을 옮겼다. 지운은, 결국 아무것도 하지 못한 채 다시 방문을 열었다. 문이 닫히고 집 앞에는 아무 일도 없었다는 듯 고요만이 가라앉았다. 희뿌연 하늘에서는 여전히 눈이 내리고 중이었다. 천천히 떨어지며 마을의 모든 것들을 새하얗게 덮으려 하고 있었다.

고양이 지옥

박하익

동네 개·마을 고양이 법 실행 20년을 돌아보며

충북 지역 동물 사업소 소장 임정규

현대 도시는 고양이들의 천국이다.

20년 전, 「개와 고양이 관리와 보호에 관한 법률」, 별칭 '동네 개, 마을 고양이 법'이 통과되면서 주인이 있는 집고양이나 개가 아니라도 사람들의 주거지 근처에 사는 개와 고양이들 은 모두 몸속에 칩을 이식하고 생명에 관한 권리를 보호받게 되었다. 무한에 가까워진 인공 지능의 연산 능력으로 사람들은 도시 내 동물들을 돌볼 여유를 가지게 된 것이다.

자유로운 야생의 생명까지 인간의 제어 아래 두어도 좋은지
에 관련한 초기의 반론도 세부 사항을 가다듬으며 점차 수그
러들었다. 법률이 시범적으로 시행되었던 5년 동안 길고양이
와 길개, 유기묘, 유기견들의 힘겨운 삶이 알려진 덕분이다.

그 전까지 길고양이와 길개들은 인간의 폭력 앞에 무방비로
노출되어 있었다. 가혹한 폭력과 동물 실험, 사체가 갈려 사료
로 팔려도 가해자들은 솜방망이 처벌을 받을 뿐, 사라져 버린
생명을 기억하는 이는 없었다.

그러나 이제 우리는 반려동물 상황 앱 KVA에 접속하는 것만
으로 우리 지역의 동네 개, 마을 고양이들과 관련한 정보를
받아 볼 수 있다. 산책하다 만나는 고양이를 핸드폰 카메라
로 찍으면 등록 번호와 이름, 나이와 중성화 수술 여부를 포
함해 후원자들의 수, 결연자 유무까지 알 수 있다. 집에 들여
다 놓지 않고도 동물들을 이웃과 함께 돌보는 일이 가능해
진 것이다.

(하략)

1

올해로 스물일곱이 되는 오윤주 주무관은 충북도청 산하
충북 지역 동물 사업소에서 일하고 있다. 총 62명의 직원이

일하는 사업소는 보호관리팀, 사업팀, 의료지원팀, 기술지원팀의 네 개 팀으로 구성되었는데 그가 속한 곳은 사업팀 '마을 고양이' 부서다. 동물 복지를 전공하고 대전 사업소에서 인턴으로 일하다가 2년 전, 고향 청주로 정식 발령을 받았다.

그녀가 맡은 업무는 마을 고양이들의 일상을 친숙하고 재미있게 시민들에게 소개하는 일이었다. 무명의 고양이 연예인들을 스타로 만들기 위해 열심히 일하는 기획사 사원이라고 하면 이해가 빠를지도 모르겠다.

윤주는 자신의 일에 만족했다. 밤낮으로 고양이들의 정보를 열람하느라 연애할 짬이 없어도 동물들과 교감하다 보면 외롭다는 생각은 들지 않았다. 일터의 분위기가 여느 회사와 다른 것도 좋았다. 겨울이 되어도 모피 코트나 목도리를 걸치는 직원이 없고(있다 해도 페이크 퍼였다.) 채식주의자가 많아 구내식당에서는 편히 메뉴를 고를 수 있었으며, 외부 행사를 치르면 어떻게든 발생하는 쓰레기를 줄이려 애쓰는 동료들이 있는 직장을 사랑하지 않기란 어려운 일이었다.

마을 고양이 부서 벽면에는 6년 전 전국 마을 고양이 선발 대회에서 1등을 차지한 태비 '쿠키'와 2년 전 3등으로 입상한 '치즈'의 포스터가 크게 담겨 있었다. 전년도 6월 축제의 팸플릿과 홍보 포스터도 게시되어 있었다.

"이번 마을 고양이 대회에 입찰한 프로덕션 중에 제외할 만한 곳 있을까?"

"야옹빌리지부터 빼요. 작년에 촬영하면서 고양이들한테 스트레스를 줬다고 욕 엄청 먹었다고요."

"흠……. 그래도 거기 결과물이 제일 좋았잖아. 맡을 때마다 착실히 순위권에 들었고."

"고양이들의 삶을 다루기보다는 팔릴 만한 얘기에 고양이들을 끼워 넣는 느낌이라고요. 사장이 대중 영화감독 출신이라 감각이 너무 상업적이에요."

전국 마을 고양이 축제는 시민들이 동물들을 다시 돌아보게 만든다는 측면에서 굉장히 성공적인 축제였다. 6월 한달 지역마다 사흘간 열리고 마지막 날에는 지역에서 선발된 고양이들 가운데 전국 최고를 선발한다. 캣 쇼처럼 고양이들이 직접 대회장에 방문하지는 않았다. 고양이 한 마리 한 마리의 삶을 다룬 20여 분의 영상물이 사이트에 공개되면 투표를 하는 것이다. 유료 투표를 통해 모인 후원금만큼 지역 동물 보호 기금의 부수입으로 충당되어, 의료 지원 활동에 쓰였다.

직원들이 탁자에 올려 둔 태블릿에 동시에 알람이 울렸다. 다들 회의를 멈추고 어두운 얼굴로 내용을 확인했다. 긴급 출동 업무를 맡고 있는 오윤주 주무관은 주섬주섬 가방을 챙겨 일어섰다.

"다녀오겠습니다."

"얼른 다녀와. 출근하자마자 뭔 난리래."

1월의 칼바람이 불어오는 사업소 주차장에는 의료지원팀이 응급 구조를 위해 사용하는 차와 이외의 업무로 사용하는 관용차들이 주차되어 있었다. 오윤주는 알람으로 받은 주소를 입력하고 차가 이동하는 동안 이번에 죽은 고양이의 정보를 확인했다.

이름: 초록이

나이: 6살

성별: 중성화 암컷

색상 및 무늬: 검정, 흰색(턱시도)

활동 반경: 덕암로, 월명로 일대

— 보모 고양이 여울이와 함께 버려진 새끼들을 챙기는 따뜻한 성품.

— 입양 신청자(배준상) 대기 중

동물 등록 시스템에 저장된 사진을 보니 초록이는 검은 가면과 코트를 입은 듯한 얼굴과 등, 배에는 하얀 털을 가진 턱시도 고양이였다. KVA 페이지에는 보다 활발하게 움직이는 사진들이 게시되어 있었다. 모두 시민들이 찍어 올린 사진이었다. 이름도 네임 풀에서 자동 선정된 것이 아니라, 공모를 통해 받은 것이었다.

'사랑을 많이 받은 고양이였군.'

오윤주는 좋은 쪽으로 생각하려 애썼다.

현장에 도착해 문을 열자 피르메니히의 신상 향수 냄새가 훅 끼쳤다. 저 앞에 서 있는 충북경찰청 형사과 동물범죄수사대 소속 박민준 경위가 향기의 근원지라는 건 불 보듯 뻔했다. 호리호리한 체형에 그린 듯한 이목구비, 자연스러우면서도 세련된 옷차림이 경찰같지 않고 이질적이다. 조직 내에서 적응을 못 해서 좌천되듯 동물 범죄를 떠맡은 게 아닐까 하는 의심을 품게 만드는 외형이었다. 이번 사건 때문에 처음 만났을 때, 그는 단번에 윤주를 알아보고 같은 학교 출신이라며 반가워했다. 윤주는 그렇지 못했지만.

'내가 아무리 동물에만 정신이 팔려 살았어도 저런 준수한 인물을 잊을 리가 없는데…… 혹시 성형 수술 했나?'

의구심을 품게 할 정도로 날렵한 콧대를 가진 박민준 옆에는 감식요원 안세연과 초록이를 입양하기 위해 신청을 하고 승인을 기다리던 입양대기자 배준상도 있었다. 입양을 신청한 건 한 달 전이었지만 초록이와는 이전부터 결연을 맺어 친밀감을 쌓고 있었다.

"이제 겨우 같이 살게 되었는데……."

주검을 앞에 두고 배준상은 망연자실한 표정이었다. 그는 작년까지 출장이 잦은 1인 가구로 반려묘를 키울 수 있는 상황이 아니었다. 그러다 집 주변에서 지내는 초록이를 알게 된 후 마음을 나누며 겨울을 보냈던 게 몇 해. 얼마 전 홀어머니의 건강 문제로 본가로 이사를 오게 되고, 이직도 하게 되면서 마침내 입양을 신청했다. 6살 초록이는 마을 고양이의 평균 수명인 5.5살을 지난 나이였다. 집고양이로 입양되었다면 앞으로 몇 번 더 겨울을 지낼 수 있었을 것이었다.

"제가 조금만 더 결정을 빨리 했어야 했어요."

"자책하지 마세요."

말하면서도 오윤주의 마음은 무거웠다. 신청서에 첨부된 배준상의 집 사진을 보면 마당이 있는 단독 주택이었다. 항상 머물러 있는 노모도 있었다. 초록이가 편안하게 여생을 지낼 만한 곳이었다.

"대체 누가 이런 짓을 했을까요. 저 작은 것이 무슨 죄가 있다고."

혀를 빼물고 몸부림을 치다 죽은 초록이이 사체 위에는 달콤한 냄새가 떠돌고 있었다. 초록이의 홈페이지에 있었던, 담장 위에 올라앉아 봄볕을 쬐던 행복하고 건강해 보였던 사진과 비교되어 괴로웠다. 오윤주는 감식 요원 안세연에게 물었다.

"이번에도?"

"이번에도."

지문이나, 족흔, DNA 같은 생체 증거는 없었다. 방범용 CCTV에도 범인의 모습은 잡히지 않았다. 범행 수법은 항상 동일했다. 에틸렌글리콘 성분이 함유된 부동액을 털에 뿌려 그걸 핥은 고양이들을 급성 신부전으로 죽게 하는 것. 최근 비슷한 죽음을 맞은 고양이들의 숫자가 늘면서 민간 보호 단체, 캣페어런트가 경찰에 신고를 했고, 윤주네 사업소도 함께 상황 파악에 나서게 된 것이다.

안세연은 초록이의 사체를 수거용 보디백에 담아 이송 드론에 태웠다. 드론은 고요히 떠올라 승천하듯 경찰청으로 떠났다.

"부검 끝나고 나면 제가 장례라도 치르게 해주세요."

배준상이 고개를 떨구며 말했다. 윤주는 얼른 가방 안에서 브로슈어를 찾아 내밀었다.

"이거 펫로스 상담 안내예요. 두 번째 페이지에 보면 번호가 나와 있어요. 특별히 자격이 필요한 건 아니니까 꼭 신청하세요. 모임은 수요일이랑 화요일마다 있고 비대면 상담도 해요."

그가 절망하지 않기를, 길 위의 생명을 돌아보는 일을 포기하지 않기를 바라는 마음을 담아 윤주가 말했다.

입양 신청자가 가고 난 뒤 그때까지 단말기로 무언가를 확인하던 박민준이 다가왔다.

"범인은 알아냈어. 지금부터 만나러 갈 건데 같이 좀 가자."

오윤주가 놀라 돌아보자 감식요원 안세연은 벌써 보호 사업소 차 앞에 서서 기다리고 있었다.

"무려 미성년자입니다. 데리러 가면서 경찰차를 끌고 가기가 좀 그래요. 오신 김에 저희 좀 태워 주시죠."

차가 달리는 동안 윤주는 팀장에게 전화를 걸어 상황을 보고했다. 하승하 팀장은 반색하면서 소식지에 쓸 내용을 취재해 오라고 당부했다. 사업소에서는 격주로 마을 고양이와 동네 개를 위한 소식지를 온라인으로 발간했다. 대부분의 기사는 외주 업체가 제작하지만 한두 기사 정도는 돌아가면서 맡았다. 구독자 수가 3만에서 4만을 왔다 갔다 했다.

"이왕 쓰는 거 자세하게 써. 이 일에 관심 있는 독자가 얼마나 많은지 알지? 범인이 왜 그런 일을 벌였는지 동기가 뭔지도 다들 궁금해해. 윤주 씨가 추측해서 쓰란 말은 아니구. 형사분들 멘트를 많이 따오란 소리야. 담당이 윤주 씨 동창이라고 했지? 밥이라도 사면서 졸라. 이번 사건을 프로파일링한 보고서가 있으면 조금이라도 좋으니 알려 달라구. 경비 처리해 줄게."

뒷좌석에 앉은 경찰들은 웃음을 참느라 안간힘을 쓰고 있었다.

"팀장님, 이거 스피커폰이에요."

"어머나!"

"가끔 싱거운 소리를 해서 그렇지. 우리 팀장님 멋진 분이야."

통화를 종료한 오윤주는 하나 마나 한 해명을 했다.

운전석 하단, 길 안내 화면에 주위에 있는 마을 동물들의 위치가 잡혔다. 로드킬당하는 동물들의 숫자를 줄이기 위해 동물 보호 시스템과 자동 주행 시스템이 연결된 덕분이었다. 마을 고양이들의 평균 수명을 1.1년이나 늘어나게 해 준 일등 공신이었다.

고가 도로에 오르니 프랜차이즈 배달 드론들이 근처 아파트 단지를 향해 떼를 지어 날아갔다. 요리를 하기 힘든 노인 인구들이나 집에서 근무하는 1인 가구 등에서 이 시간대에 음식을 배달해 먹곤 한다. 사업소 차는 다시 왼쪽으로 회전해 내려가 배달 드론들의 뒤를 쫓았다.

"비슷하게 죽은 고양이들이 찍힌 공원과 안식처 CCTV 자료를 분석했었어. 고양이들 주위로 벌 한 마리가 날아다니는 걸 발견했지."

"한겨울에 벌?"

놀라 물었던 오윤주는 곧 이해했다. 곤충형 드론이었던 거다.

"드론은 고양이의 몸에 부동액을 한가득 분사하고 사라졌어."

고양이들은 하루에도 수 차례 그루밍을 한다. 부동액은 1티스푼만 섭취해도 생명에 치명적이었다. 범행 수법을 알아낸 경찰은 고양이들이 주로 머무르는 장소에 순찰 드론을 보내 감시를 계속했다. 경찰이 초록이의 사체를 수거하는 동안, 순찰 드론은 초록이를 죽인 곤충형 드론의 뒤를 쫓고 있었다. 범인이 사는 곳은 경찰청과 가까운 율량로의 아파트 단지, 3층. 전송된 사진에 찍힌 범인은 10대 소년이었다.

"몇 살인데?"

"주소로 조회해 보니까, 만 13세. 보호자한테는 벌써 문자를 보내 놨어."

부동액이라면 미성년자도 쉽게 구할 수 있었다. 형사 처벌을 받지 않는 촉법소년이 드론을 이용해 증거가 남지 않게 범행을 저지르다니. 어떤 악마의 씨이길래 이런 일을 저질렀을까. 윤주는 울분에 찼다.

지하 주차장으로 연결된 엘리베이터를 통해 3층까지 올라갔다. 문은 반쯤 열려서 보호자 이정아가 서 있었다.

"들어오세요."

갑자기 귀가한 모양인지 이정아는 카디건 아래 회사 유니
폼을 그대로 입고 있었다.

집 안은 멀끔했다. 햇볕이 환하게 들어오는 거실에는 소파
와 유리 장식장이 놓여 있고 모든 것이 적당한 선에서 잘 정
돈되어 있었다. 보호자가 심각한 우울증이나 강박증을 앓
고 있지 않다는 걸 일러 주는 단서였다.

밝은 크림색 소파에 앉아 있던 남학생이 엉거주춤 일어서
인사라고 하기에도 모호한 몸짓을 했다.

"그러니까, 지금 저희 재원이가 고양이들을 죽였다고요?
드론으로요?"

경찰이 사진을 제시하고 보호자에게 함께 서로 가 줄 것
을 요구하는 동안 윤주는 집을 둘러보았다. 드론 수집가인
듯 장식장에는 직접 조립해 완성한 드론들이 놓여 있었다.
인공지능 드론의 활약을 다룬 고전 애니메이션 「블루볼」의
피규어들이 출시 연도별로 비치되어 있었지만 군데군데 빈
공간이 있었다. 테이블 위에는 놓인 가족사진 액자 중에도
드론 대회에 나가 상을 받는 모습들이 보였다.

"드론이 이곳으로 날아오는 걸 확인했습니다."

"하지만 그럴 리 없어요. 요즘 드론은 자동 비행도 가능하
잖아요. 누가 우리 애한테 뒤집어씌우려 한 걸지도 몰라요."

"물론 그럴 가능성도 열어 두고 있습니다. 실례지만 부모

님이 어떤 일을 하고 계시는지 여쭤봐도 될까요?"

"저는 요양 병원에서 근무하고 있고, 남편은 몇 달 전에 죽었어요. 혹시 소년원이나 이런 곳에 가게 될까요?"

염려가 가득한 얼굴은 '제게는 이 아이밖에는 없어요.' 라고 호소하고 있었다. 정작 곁에 있는 아이는 냉소를 머금고 있었건만.

"아직 만 14세 미만이라 처벌을 받지는 않습니다."

"찾았습니다."

안세연이 아이의 방에서 순찰 드론이 찍은 사진과 꼭 같은 드론을 방에서 찾아왔다. 드론에 관해서 문외한인 오윤주는 새삼스럽게 놀랐다.

"정말 작네요."

"이래 봬도 군용 드론이에요. 자동 비행 프로그램을 적용하기 어렵지 않아서 민간인들이 종종 다크웹을 통해 구매하는 기종이지요. 그래도 자동차 한 대 값이라 미성년자가 살 만한 건 아닌데."

이 작은 드론이 수많은 고양이들의 목숨을 앗아갔다고 생각하니 가슴이 답답해졌다. 오윤주는 자리에서 일어나 숨을 골랐다. 거실 안쪽에는 안방과 마주한 홍재원의 방이 엿보였다. 영어덜트 판타지 영화의 포스터가 붙은 벽과 업라이트 피아노 위에 진열된 트로피들, 우수봉사자로 받은 표창도 있었다.

"이 기종은 홍채 정보로 사용자를 인식하니까 서로 가셔서 한 번 확인해 보시죠."

이정아는 체념한 듯 고개를 끄덕였다.

홍재원 학생은 보호자의 차를 타고 출발하고, 오윤주 일행은 사업소 차량으로 경찰청에 도착했다.

주차장 앞에 마련된 잔디밭에는 셰퍼드 '범이'가 나목들 위에 앉은 새들을 근엄한 표정으로 바라보고 있었다. 경찰견으로 활동하다가 퇴역한 뒤 느긋이 청사를 지키며 출퇴근을 하는 경찰들에게 알은체를 했다. 청주의《동네 개》소식지에도 자주 등장하는 명물이었다.

압수한 드론을 별관에 위치한 분석과에 맡기고 홍재원의 가족이 도착하기를 기다렸다가 본관으로 올라갔다. 변호사도 비슷한 시간에 도착했다. 자꾸 뒤돌아보는 오윤주를 보고 박민준이 물었다.

"뭐, 이상한 거라도 있어?"

"보통 이런 데 오면 긴장하지 않냐? 쟤는 그런 게 없네."

"다 허세야. 속으로 바들바들 떨고 있을걸."

홍재원이 취조를 받는 동안 그의 어머니, 변호사, 오윤주는 취조 과정을 CCTV로 지켜보았다. 취조실 안에서 박민준은 청소년과에서 근속한 형사라고 해도 믿을 정도로 자연스럽게 대화를 이끌어 나갔다. 배가 고프지는 않은지, 점심으로 무얼 먹고 싶은지 사건과 상관없는 이야기를 하다가, 경찰서에 온 심정이 어떤지를 물었다. 홍재원은 걱정된다, 빨리 돌아가고 싶다고 솔직히 표현했다. 그리고 본론으로 들어갔다.

"고양이들이 미웠니? 왜 그런 일을 벌였어?"

홍재원이 취조실 내 카메라를 올려다보았다. 변호사가 마이크를 통해 대답하지 않아도 된다고 일러 주었다. 민준은 차분한 어조로 말을 계속했다.

"자칫했으면 사람들도 다칠 수 있었어. 불법으로 거래되는 군용 드론 중에는 자폭 장치가 설치된 드론도 많으니까. 사람들이 드론을 처리하려다 폭발했으면 사망 사고가 일어났을지도 몰라. 알고 있었니?"

홍재원은 입을 다물고 묵묵부답이었다. 반 시간쯤 지나 드론을 분석한 결과가 올라왔다. 결과는 오윤주의 옆에 앉은 변호사와 취조실에 있는 박민준에게도 실시간으로 공유되었다. 마이크를 통해 변호사의 목소리가 울려왔다.

"학생이 사용한 드론은 모조품입니다. 자폭 장치는 물론 대인 반격 시스템도 없었네요."

휴우. 이정아가 내쉬는 한숨 소리가 들렸다. 화면으로 보이는 홍재원의 표정 변화도 극적이었다. 긴장이 풀린 듯도 하고, 슬퍼 보이기도 했다. 박민준은 드론 안에 저장된 홍채 접속 기록, 그간 곤충 드론의 비행 기록이 죽은 고양이들이 발견된 위치와 수 차례 일치하는 점 등을 지적했다. 궁지에 몰린 홍재원은 마지못해 범행을 인정했다.

"맞아요. 제가 고양이들을 노렸어요."

2

긴급 출동을 마치고 돌아온 오윤주는 동료들의 질문 세 례에 시달려야 했다. 어린 아들을 돌보며 탄력 근무를 하고 있는 한성진 주무관조차 퇴근을 늦추고 오윤주를 기다리 고 있었다.

"사진 찍어 왔어? 어떻게 생긴 애야?"

"처벌은 어떨 것 같아?"

홍재원이 사이코패스였다 해도 사업소로 돌아오는 발걸 음이 가볍지는 않았겠지만 이건 이것대로 답답했다. 윤주가 가방을 책상 위에 올려놓으며 말했다.

"아버지를 사고로 잃었대요. 재작년쯤에. 왜 뉴스에도 나 왔었죠? 고양이가 무단 횡단을 하면서 긴급 피난 모드가 발 동된 차가 인도를 덮쳤던 사건. 차가 공사를 하고 있던 건 물에 부딪히면서 비계가 무너지고 지나가던 사람이 깔렸잖아요."

의외의 전개에 다들 놀란 얼굴이었다.

자율주행 자동차는 사고가 예상되는 상황에서 인간의 생명을 동물보다 우선했다. 사실 같은 인간이라도 보험 회사가 지불해야 할 피해 금액에 따라 암암리에 보호 순위가 달라진다는 괴담이 돌고 있는데 지역 동물들의 목숨이야 오죽할까.

동물권 옹호론자들 중에는 이런 일반적인 적용에 반기를 드는 이들도 있었다. 물리적으로 같은 타격을 받아도 인간 탑승자들은 안전벨트 등의 보호를 받을 수 있지만 자동차 밖에서 맨몸으로 사고에 노출되는 동물은 한 번의 충격에 목숨이 걸렸다. 개와 고양이들은 사실상 인간과 같은 수준의 쾌고감수능력(쾌락과 고통을 느낄 수 있는 능력)을 가졌다. 큰 사고가 예상되지 않는 저속 운전 상황이라면 인간과 같은 보호 순위를 적용해 긴급 피난 모드를 발동해야 한다는 것이 그들의 주장이다. 고양이나 개가 도로에 갑자기 나타났을 경우 주행 시스템은 어린아이가 튀어나왔을 때와 동일하게 판단해 회피해야 한다고.

어떤 급진론자들은 자율 주행 차량의 보호 순위를 임의로 조작하는 방법을 소개하는 영상을 만들어 배포했다. 자동차의 소유자가 모르게 동물들의 보호 순위가 수정되는 악성 코드를 퍼트리는 악질도 있었다. 일단 바이러스에 감염

되면 가치 판단 부분만 재설정되고 이상도 잘 잡히지 않는다. 자율 주행 자동차 회사들은 근래의 급발진 사고들이 보호 순위 재설정에 원인이 있다고 주장했다. 사소한 수정으로도 실제 상황에서 돌이킬 수 없는 결과를 초래하는 것이 인공 지능 시스템이었다. 최근 대법원에서도 소유자에 의해 주행 시스템이 임의 수정되었을 경우, 교통 사고 발생시 자율 주행 자동차 회사에 법적 책임을 물을 수 없다고 판결했다.

"죽은 아버지가 굉장히 가정적이었나 봐요. 여론 조사 회사에 소속된 프로그래머였다던데, 재택근무가 많아서 아들과 자주 드론을 조립하고 조종했다고 하더라고요."

"고양이들을 죽여서 아버지의 복수를 하려던 거군. 동물 보호론자들을 죽일 수 없으니까, 그들이 아끼는 고양이들을 죽여서. ……무섭다."

"가책도 못 느꼈을걸요. 드론으로 살해라니, 게임을 즐긴다고 생각했을지도 몰라요."

심란해진 오윤주는 오후 내내 일이 잘 잡히지 않았다. 기억이 생생할 때 원고를 써야겠다는 생각에 소식지 창을 열었다.

얼마 전 세 마리의 고양이들이 참혹한 사건으로 우리 곁을 떠나갔다. 모두의 가슴을 아프게 했던 이 사건의 범인은 놀랍게도 미성년자로 밝혀졌다. 사건을 담당했던 경찰에 의하면 불의의 사고로 아버지를 잃은 소년이 고양이들에게 원한을 돌리면서 범행을 저질렀다고 한다.

윤주는 용의자의 신원이 알려지지 않을 정도에서 사건을 언급하고 사고로 죽은 고양이들의 생전 에피소드와 남겨진 결연자의 슬픔에 관해 썼다.

'결말이 좀 허한 것 같은데…… 송나라 문집 『태평광기』에 실려 있는 이야기를 끌어올까? 고양이들을 죽였다가 지옥에 끌려간 사람의 얘기. 너무 감정적일까? 아니야. 그 얘기의 진정한 주제는 인간이든 동물이든 생명의 값어치는 같다는 거잖아. 딱이지. 세부까지 살려 쓰려면 지면이 부족한데……'

눈을 감고 고민하던 윤주는 자신이 예전에도 이 이야기를 써먹은 적이 있다는 걸 기억했다.

'고양이를 죽인 사람은 지옥에 끌려간대!'

열세 살 무렵이었다. 매미들은 시끄럽게 울고, 수풀 내음도 후덥지근하던 여름날. 집 앞 공원 벤치에는 키우던 고양이를 뺑소니 사고로 잃은 아이가 앉아 있었다.

'어린이 괴담집에서 읽은 이야기야. 고양이를 함부로 죽인 사람은 타고난 수명을 못 누려. 저승사자들한테 잡혀서 저

승으로 끌려간다지. 불경을 베껴서 죗값을 전부 치르기 전까지는 놔주지도 않는다더라. 아마 원한이 풀릴 때까지 물었다, 놨다, 놀잇감처럼 가지고 놀겠지.'

위로차 꺼낸 말은 불타는 의욕에 굴절되어 상당히 과장되어 버렸다. 하지만 소녀는 윤주의 이야기에 완전히 빠졌었다. 다음 날에도, 그 다음 날에도 만날 때마다 같은 얘기를 졸랐을 정도로.

옛 추억에 정신이 팔려 있을 때 메시지 알림음이 울렸다.

─사건의 정보를 쥔 배고픈 경찰입니다. 저녁 때 시간 되시나요?

메시지 밑으로 경찰청 근처 순두부찌개 맛집의 지도가 함께 전송되었다.

퇴근 후, 도착한 율량지구에는 노랑 털빛의 고양이가 좁은 골목길 입구에 놓인 고무통에 앉아 있었다. 고양이는 상당한 거리에서도 윤주를 발견하고 꼬리를 세우며 다가와 몸을 부볐다. 핸드폰으로 스캔하니 등록 시스템에 게시된 정보가 떴다.

이름: 뚱이

나이: 2살

성별: 중성화 수컷

─율량 재래시장이 주 무대. 음식점을 드나드는 손님들을 유

혹해 간식을 얻어 먹는 걸로 유명하다. 원래 이름은 나비
였지만 시민 요청으로 뚱이로 바뀜.

—뚱이의 건강을 염려한 시장 상인 연합회는 '저는 사실 배
가 부르답니다', '간식을 주지 마세요'라고 수 놓인 조끼를
입혀 주었다. 시무룩한 모습이 담긴 사진이 SNS에서 화제
를 불러와 손님들이 찾아오면서 다이어트는 실패.

—뚱이에게 간식을 주면 과일 가게 할머니께 혼이 날 수 있
으니 요주의.

결연자만 302명, 은근한 눈빛과 투실투실한 몸매가 눈에
익다 했더니 올해 충북 예선 후보자 명단에 오른 귀하신 몸
이었다. 곧 민준이 도착했다.

"뚱이구나. 요 근처에서 얘 모르는 사람이 없지. 원래 삼식
이랑 2인조로 구걸의 달인이었어. 궁상맞은 삼식이랑 뚱이
랑 같이 지긋이 쳐다보면, 어후⋯⋯. 건너 편의점까지 가서
간식 사다 바치는 추종자들이 많았어."

가게 안으로 들어와 난로 가까이에 앉은 뒤에도 뚱이는
유리 너머로 물끄러미 쳐다보았다.

"삼식이면 이번 사건으로 죽은 고양이 중 한 마리 아냐?"

목도리를 풀며 윤주가 물었다.

"응. 삼식이가 죽은 뒤에 뚱이가 부쩍 힘이 없어졌지."

"힘은 없어졌지만 살은 빠지지 않은 모양이구나. 쟤 나랑 비슷한 체질인가 봐."

"그런 체질이 살아남는 거야."

음식이 나오는 동안 둘은 직장을 잡기까지의 얘기를 나눴다. 민준은 경찰 대학을 졸업한 후, 연고지인 청주로 내려와 순환 근무를 하다가 이번에 동물범죄수사대에 들어갔다고 했다.

"자주 볼지도 모르니, 앞으로 잘 부탁합니다."

비슷한 이야기를 오윤주도 읊었다. 슬쩍 훑어보니 그의 손가락에는 반지나, 반지를 꼈던 흔적은 없었다. 같은 초등학교를 나왔지만 같은 반이었던 적은 없는 사이. 그럼에도 민준은 첫눈에 윤주를 알아보았고 오늘은 식사까지 함께 하고 있었다. 이유가 무얼까. 혹시…… 어쩌면……. 숟가락을 넘겨주며 살짝 닿은 손끝에 열기가 확 올랐다. 미쳤어. 윤주는 이런 자신이 생경했다.

"이번에 우리 지역 후보들은 정해졌니?"

민준이 순두부찌개의 계란 반숙을 숟가락으로 깨트리며 물었다. 아. 이거였구나. 터진 노른자처럼 윤주의 기대도 함께 꺼졌다.

"정해졌지."

"누구누구?"

윤주는 캣페어런트에서 추천한 명단, 후원자 점수, 전문가 추천을 받은 고양이들 중에서 선정된 일곱 마리의 이름을 읊었다. 민준은 캣페어런트에 가입이라도 되어 있는지 모르는 고양이가 없었다.

"왜 응원하는 고양이라도 있어?"

"개인적으로 응원하는 건 서원구 '노다지'야. 순발력과 헌팅 실력이 액션 히어로가 따로 없지. 하지만 역시 우승은 청원구 하늘이가 하지 않겠어? 구조되어서 생사의 위기를 넘기다가 건강을 회복한 스토리. 영역 내에서 서열도 높고 인물도 출중하지. 우리 지역이 유달리 신파에 약해. 홍덕구 칠봉이가 빠진 건 의외다. 개도 한 매력 하는데……."

환하게 웃는 얼굴로 마음에 쏙 드는 이야기만 한다. 윤주는 칼칼한 국물을 들이켜며 마음을 다잡으려 애썼다. 정신을 차려야 했다. 이 근사한 경찰에게 이번 식사는 앞으로 자주 만날 유관 기관 사람과 친목을 쌓고 축제 관련 정보를 캐내기 위한 수단에 불과할 터.

"칠봉이? 아, 그 집고양이 꼬셔서 방랑하는 애? 집고양이 보호자가 사생활에 예민해서 후보에서 제외했어. 굉장히 잘 안다. 캣또 마니아 아냐?"

대수롭지 않게 던진 질문이 상대를 바짝 당겨왔다. 향수에 가려졌던 살 내음이 느껴질 만큼 가까이에서 박민준은 핸드폰 속 고양이 복권을 보여 주었다.

"볼래? 내 행운 고양이들은 도 대표가 될 재목들은 아니지만, 귀여워."

암호화된 복권 코드 아래 하찮은 매력을 뽐내는 고양이들의 사진이 첨부되어 있었다. 민준의 복권 고양이 '랄라'는 재활용 박스 무더기 위에서 식빵 형태로 졸고 있었고, 사진 하단에는 '예방 접종은 고마웠다냥.'이라는 글귀가 담겨 있었다. '꿈이'는 눈 내리는 상가의 처마 아래 앞발을 휘둘러 눈송이를 잡고 있었다. 삽입 글귀는 '이번 겨울도 무사히'. 윤주도 사업소 업무로 강매당하다시피 산 행운 고양이 복권을 보여 주었다.

마을 고양이 축제 전후로 발급되는 캣또는 시민들에게 지역 고양이들을 홍보할 겸, 기금 마련을 할 겸 해서 생겨난 복권이었다. 고양이 한 마리당 한 장만 발급되고 랜덤 방식과 남들이 아직 구매하지 않은 고양이 이름의 전자 복권을 사는 방식이 있었다. 마을 고양이 축제에서 전국 대표로 당선된 복권을 가진 사람은 로또 1등 당첨금과 비슷한 액수의 금액을 받았다.

"잠깐만. 전화 왔다."

박민준이 전화기를 들고 바깥으로 나간 뒤 오윤주는 여전히 꾸준하게 이쪽을 바라보는 뚱이의 시선을 혼자 감당

해야 했다.

당신 저 사람 향수에 홀려 있었지? 아서, 경찰이랑 사귀는 거 아무나 하는 거 아냐. 봐. 밥도 편하게 못 먹잖아. 재랑 결혼하면 마음고생 엄청 할걸.

윤주는 비약하는 상상에 얼굴이 벌게져서 고개를 돌렸다. 통화 마치고 돌아온 민준의 얼굴이 너무 어두웠다. 민준은 의자에 걸쳐 둔 패딩을 들고 나가며 계산을 했다.

"미안하다. 먼저 가 봐야할 것 같아."

무슨 일이냐고 물을 필요도 없었다. 곧바로 팀장에게 메시지가 왔다.

─윤주 씨, 퇴근 후에 미안. 지금 경찰에서 연락이 왔는데, 그 학생 귀가한 뒤 투신했대. 혹시 문제 생기면 증언해 줄 수 있겠냐고 하는데. 되겠어? 취조실에서 대화한 내용은 청취 기록으로 남아서 괜찮은데, 그 학생 집에서 문제될 만한 상황이 있었냐고.

전혀 문제될 만한 건 없었다. 경찰의 태도나 말투도 그랬고, 홍재원 학생의 곁에는 보호자도 있었다. 그나저나 투신했다고? 윤주의 눈앞에 낮에 보았던 학생이 어른거렸다. 곱슬기 있는 머리칼과 색소 옅은 눈동자도.

혼자 남아 밥그릇을 비운 윤주는 놀란 마음을 진정시키려 터덜터덜 걸었다.

근처에는 밤나무 공원이 있었다. 퇴근한 직장인들, 학원을 마치고 온 학생들, 반려견을 데리고 밤 산책을 나온 시민들이 모여 한가로운 저녁 시간을 즐기는 곳이었다. 공원 여기저기에서 마을 고양이들이 보였다. 사람들은 간식을 주기도 하고, 자기에게 다가오는 고양이를 슬쩍 쓰다듬어 주기도 했다.

30년 전만 해도, 고양이들은 도둑고양이, 길고양이라고 천대받으며 인간들을 두려워하고 항상 겁에 질려 있었다고 했다. 잘 믿기지 않는 이야기다. 요즘 고양이들은 사람들이 다가와도 떨떠름한 표정으로 쳐다볼 뿐 어지간해서는 도망치지 않았다. 비둘기 떼와 다를 바 없다.

"이 근처에 살던 애래. 아까 앰뷸런스 지나간 거 봤지?"

"죽을 용기가 있었으면 처음부터 죄를 짓지 말아야지."

벌써 사람들 사이에서 소문이 돌고 있는 모양이었다. 오늘 보았던 초록이의 사체, 입양을 기다리던 대기자의 괴로워하던 얼굴, 취조실에서 진술하던 학생의 얼굴이 빙글빙글 맴돌며 머리를 지끈거리게 했다. 윤주는 다른 소식이라도 알 수 있을까 싶어 뉴스를 검색했다. 고양이 연쇄 살해 10대 용의자의 투신에 관한 뉴스가 보도되고 소년이 마지막까지 손에 쥐고 있던 테니스 라켓에 관한 목격담이 댓글로 올라오고 있었다.

공원을 배회하며 걷다 보니 낯익은 얼굴이 보였다. 가끔 사업소로 봉사 활동을 오고, 소식지에 글도 올렸던 인근 중학교 봉사 동아리 회장이었다. 홍재원도 같은 학교에 다녔던 걸 기억했다.

"저기요. 혹시 홍재원 학생이랑 아는 사이에요?"

윤주가 말을 걸자 소녀가 이쪽을 바라보았다. 얼른 명함을 꺼내 소녀에게 내밀었다. 소녀는 당돌한 눈빛으로 상대를 쳐다보았다. 너 잘 만났다, 하는 표정이었다.

"고양이들, 재원이가 죽인 거 아니에요. 절대 그럴 애가 아니라고요."

"하지만 그 학생은 고양이 때문에 아버지를 잃었잖아."

윤주는 잠깐 망설이다가 오늘 알게 된 일을 털어놓았다. 드론에 남은 홍채 기록이나, 이어진 자백에 관해서도 이야기했다. 소녀의 눈빛은 흔들림이 없었다.

"고양이들 때문이라뇨? 그건 사고였어요. 원한을 품었다니……."

하긴 고양이는 그냥 길을 건넜을 뿐이다. 자동차는 고양이를 피하려 했다. 공사장 비계가 거기 설치되어 있었던 건 우연이고, 홍재원의 아버지 홍순욱 씨가 하필 그 아래를 지나고 있었던 것도 우연에 불과하다.

"재원이는 고양이를 좋아했어요. 동아리에서 봉사 활동할 때도 적극적이었고, 아기 고양이 이름을 정할 때도 자주 참

여해서 지금까지 열 마리인가 직접 이름을 지어 주었어요. 학교 고양이가 아파서 병원비 모금을 할 때도 용돈을 아끼지 않았고요. 차기 회장으로 점찍어 두고 있었는데……."

윤주는 여학생 말이 맞는지, 그녀가 알려 준 재원의 아이디를 KVA 관리 시스템에 입력했다. 홍재원의 그간 활동이 주르르 검색되었다. 이름 공모만 143차례, 소액이지만 여러 번 후원에도 참여했다. 아버지의 사고 이후에도 간간이 참여 기록이 있었다. 다만,

"첫 번째 범행 이후로 접속이 없잖아. 사건하고 무관하지는 않은 것 같은데……."

"그즈음에 재원이가 동아리를 그만둔다고 했어요. 제가 말렸더니 이렇게 말하더라고요. '난 이제 고양이들을 못 봐. 그럴 자격이 없으니까.'라고요. 이상하잖아요."

복수심에서 고양이들을 무차별로 죽인 학생이 한 말치고는 뒷맛이 묘했다. 배후에 다른 사람이 있었던 게 아닐까. 엄마가 아들을 부추기고 미성년자에게 뒤집어씌운 걸까. 형법이 개정되고 동물들을 살해한 사람은 징역형을 받으니 그럴 수 있다손 쳐도.

마침 윤주의 휴대 전화에는 하승하 팀장이 알려 준 경찰의 직통 번호가 있었다. 그녀는 경찰에 전화를 걸었다.

"충북 지역 동물보호사업소의 오윤주라고 합니다. 하승하

팀장님께 연락받고 전화 드려요. 예예. 물론이죠. 그런데요. 먼저 홍재원 학생의 보호자의 주민 번호 좀 알 수 있을까요? 저희 쪽에서 드릴 만한 정보가 있을지도 몰라서요. 사건하고 관련이 있을지 아직 모르겠지만. 네. 네."

윤주는 경찰이 알려 준 보호자의 주민 번호를 KVA 관리 시스템에 입력했다. 홍재원 학생이 작년 마을 고양이 자원 봉사자로 활동한 덕분에 시스템 내 크레딧 보유량이 높아졌고, 크레딧으로 아버지가 캣또를 우선 구입한 기록이 나왔다.

"어머, 이 추운데 벌이 다 날아다녀."

운동 삼아 공원을 걷고 있던 아줌마 한 분이 휘휘 손을 휘저으며 말했다. 윤주는 홀린 듯 자리에서 일어났다.

등산복을 입은 아줌마가 지나간 곳에는 태어난 지 삼사 개월쯤 된 어린 고양이 주위로 벌이 날아다니고 있었다. 눈처럼 하얀 털이 고슬고슬 엉긴 어린 고양이는 벌이 성가신지 자꾸 도망치려고 했다. 드론은 낮에 홍재원의 집에서 보았던 것과 똑같은 생김새였다. 주위에 많은 고양이가 있었지만 드론이 노리는 건 하얀 고양이 한 마리였다. 벌은 분무기를 쏘듯 액체를 분사했다. 천운으로 하얀 고양이가 피했다. 벌은 다시 한번 고양이를 쫓았고 어린 고양이는 바닥에 분사된 액체에 호기심을 드러내며 분홍빛 혀를 갖다 대려 했다.

"훠이!"

윤주는 얼른 다가가 고양이를 낚아챘다. 액체가 분사된 부분에 다른 고양이들이 몰려들지도 몰라 플랫 슈즈로 마구 흙을 파내어 덮었다.

자폭시스템. 대인 반격. 군용 드론.

벌은 고양이를 안고 있는 윤주의 주위를 맴돌며 낮에 들었던 단어들을 상기시켰다. 드론은 아까 경찰에서 압수했을 텐데. 이 드론은 움직임이 정교하고 예리해 모조품 같지 않았다. 윤주는 고양이를 안고 공원 입구에 있는 공유 킥보드 거치대를 향해 달리며 덜덜 떨었다.

"고양이 함부로 데려가시면 안 돼요!"

뒤에서 사람들이 부르는 소리가 들렸다. 누구보다 윤주가 잘 알았다. 마을 고양이를 적법한 절차를 따르지 않고 유괴하거나 입양하면 안 된다. 마을 고양이들 간 영역 다툼에 끼어들어 중재하거나 부추기거나, 생식에 개입하여 자신이 밀고 있는 커플의 교배를 강압하거나, 화약 약품 노출 등 건강을 위협하는 사유가 없는데도 데려가 뽀독뽀독 씻기면 높은 액수의 과태료를 받고, 반려동물 입양 점수에 감점을 받는다는 걸. 다행히 신고를 당하기 전에 홍재원의 친구가 윤주에게서 받은 명함을 보여 주며 해명해 주었다. 아야. 어린 고양이가 윤주의 손가락을 깨물었다.

"미안해. 미안해. 잠깐만 여기에 들어가."

윤주는 가방을 앞으로 메고 고양이를 집어넣었다. 듬성듬성 있는 단추를 잠그니 어린 고양이가 삐죽 틈새로 얼굴을 내밀었다.

"충북경찰청!"

부르릉. 시동과 함께 문자가 뜬다. 예상 거리 15분. 벌을 자극해서 반격당하지 않도록, 품속의 고양이가 놀라지 않도록 조심조심 밤거리를 달렸다. 고양이는 밤 드라이브가 마음에 들었는지 두리번두리번 주위를 구경했다. 모험심이 많은 놈이었다. 윤주는 민준에게 영상 통화로 전화를 걸었다.

"고양이들을 죽인 진짜 범인 말이야. 홍재원네 아빠야."

죽은 사람이 고양이들을 죽이다니, 민준은 농담조로 술을 먹었냐고 물었다. 윤주는 KVA 관리 시스템에서 확인한 정보를 이야기했다. 청소년 우수봉사자로 홍재원의 아버지 홍순욱이 캣또를 우선 구매하게 된 이야기. 구매 이력을 확인해 보니 청원구 '하늘이'의 복권이 있었다는 얘기도.

"홍순욱이 근무하던 회사가 리서치 회사였잖아. 그 사람 선거 때마다 여론 예측을 하는 회사에서 프로그래머로 일을 했어. 드론 구매도 아마 그 사람이 했을 거야."

"그게 뭐 어떻다는 거야. 고양이 살해 사건은 그 사람이 죽은 이후부터 시작되었어. 지금까지 죽은 고양이들 중에서 마을 고양이 후보도 없었고 말야."

"간접적인 영향이 있었지. 죽은 삼식이는 뚱이의 매력을 잘 보여 주는 존재였어. 초록이는 보모 고양이 노을이와 함께 부모를 잃은 어린 고양이들을 돌보는 존재였지. 초록이가 죽고 나면 노을이는 어린 고양이들을 돌보기 어려워질 거야. 서원구 노다지도 마찬가지야. 숙적이던 네모가 죽으면서 영역을 평정하던 모험담이 흐지부지해졌잖아."

"그러니까, 죽은 홍순욱이 캣또에 당첨되기 위해서 고양이들을 없애 왔다는 거야? 다른 후보들의 호감 요소들을 제거하면서?"

"주도면밀하게 아이의 홍채 기록을 이용했어. 발각되더라도 미성년자의 비행으로 돌려서 당첨금을 빼앗기지 않도록 말이야."

"너무 비약이 심한 거 아닐까. 그렇게 해서 하늘이가 충북 대표 고양이가 되었다고 해도 전국 1등이 되는 건 아니야."

"충북 대표가 되면 전국 1등이 될 확률이 크게 올라가지. 수천만 분의 일에서 11%로 껑충. 또 우리 도는 한동안 입상자를 내지 못했어. 동물보호기금의 보조를 오랫동안 받지 못했단 말이야. 심사위원들은 고양이 스타들의 고만고만한 매력보다 그런 걸 더 고려해 준다고."

윤주는 홍순욱의 접속 기록도 일러 주었다. 홍재원이 후원과 결연과 같은 활동을 보였다면 홍순욱은 죽기 직전까지 충북에 있는 고양이들의 정보만 마구 열람하는, 전형적인 도박꾼의 양태를 보였다.

"고양이들 열댓 마리를 죽이고 나면 엄청난 당첨금을 얻을 수 있을지 모른다. 해 볼 만하다, 이렇게 생각했던 거군."

경찰청이 가까워질수록 드론도 점점 더 가까이에서 날았다. 윤주는 영상 통화 화면을 켜서 자신의 주위로 날고 있는 드론을 보여 주었다. 새끼 고양이는 가방 위에 비죽 고개를 내밀고 빙빙 맴도는 드론이 귀찮은 듯 앞발을 휘둘렀다. 자칫 눈이나 얼굴에 부동액이 튈지 몰랐다.

"홍재원 학생 옆에 테니스 라켓도 떨어져 있었다며? 드론을 잡으려고 라켓을 휘둘렀던 거 아닐까? 상상해 봐. 드론을 경찰에 압수당하고 집으로 돌아왔더니 또 다른 드론이 출격하고 있어. 다른 고양이들을 죽이려고. 재원이는 전과 달리 용감하게 달려들었어. 경찰 덕분에 아버지가 사 둔 드론이 가짜라는 걸 알았으니까. 하지만……."

"하지만 압수당한 드론이 메모리만 동기화된 가짜고, 지금 너랑 같이 있는 게 진짜라는 거군."

생전에 홍순욱은 여론 예측 프로그램에 고양이들 후보를 연결시켜 '하늘이'에게만 유리하게 다른 변수들을 제거하는 자동 비행 프로그램을 짜 두었던 것이다.

"알았어. 우리도 지금 준비해서 나갈 테니까. 얼른 와. 조심하면서."

전화가 끊기고 마침내 윤주가 경찰청 주차장에 모습을 드러냈을 때는 드론 전문 경찰들이 대기하고 있었다. 전문가들은 컨트롤러를 조작하는 것만으로 드론의 주파수를 탈취해 제어권을 뺏었다. 윤주가 킥보드로 주차장을 세 바퀴 돌았을 즈음 드론도 서서히 방향을 바꿔 착륙한 뒤 전원이 꺼졌다. 전문 요원이 드론을 살핀 뒤 말했다.

"이거 진짜 맞아요. 잘 피해 오셨네요. 용케."

"그냥 고양이한테 분사하길 기다렸다가 드론이 떠나게 하지. 그런 다음에 고양이를 씻기면 너도 고양이도 안전할 수 있었잖아."

민준이 킥보드를 붙잡으며 말했다. 긴장이 풀린 윤주가 휘청거리며 기대는 바람에 빗어 넘겼던 곱슬머리가 흘러내렸다.

— 한 번만 더 얘기해 줘. 그 고양이 지옥 얘기.

눈매가 익숙했다. 여자애라고 생각했는데 착각이었구나. 이제야 박민준을 알아본 윤주는 꿈에서 깬 듯 서둘러 가방을 살폈다. '미리'는 세상모르고 잠들어 있었다.

다음 날, 경찰은 홍재원의 어머니, 이정아를 찾아갔다. 아들이 의식을 회복하자 이정아는 순순히 범행을 인정했다. 남편이 고양이들을 처리하는 프로그램을 짜 두었다는 사실과 남편이 죽은 후에는 자신이 직접 드론에 부동액을 채워 넣는 일을 했다는 것도.

"고양이들은 다 요물들이에요. 나한테서 남편을 앗아가고 아이까지 빼앗으려 했어요."

이정아가 이를 갈더란 이야기를 사건이 마무리된 뒤 민준이 보내 온 메시지를 통해 전해 들었다.

— 생각해 봤는데 말이야. 고양이 지옥은 정말 존재하는지도 몰라. 이번 사건은 고양이들이 자신들을 죽일 사람을 미리 없앴던 '사고'에서부터 출발했잖아. 홍순욱은 타고난 수명을 다 누리지도 못했어. 어렸을 때 네가 해 준 얘기처럼.

그가 마지막으로 덧붙인 말이 윤주의 등줄기를 서늘하게 했다. 윤주는 밝은 쪽으로 화제를 돌렸다.

— 고양이 지옥이 실재한다면 고양이 천국도 있는 거 아냐? 고양이들의 목숨을 구해 준 사람들만 가는 낙원 같은 곳 말야. 나는 이미 새끼 고양이의 목숨을 구했으니 입장 자격을 갖췄는지도 몰라. 죽고 나면 턱시도를 입은 고양이 집사들에게 둘러싸여 영원토록 꾹꾹이를 받을지도.

— 분하군. 지금껏 동물범죄수사대에서 일하면서도 고양이의 목숨을 직접 구한 적은 없어. 고양이 천국에 가려면 어쩌지? 마을 고양이들에게 간식이라도 제공해야 할까?

— 글쎄. 성실한 조공이라면 가능하지 않을까.

— 좋아. 오늘부터 시작해야겠어. 도와준다면 네 간식도 사 줄게.

밤마다 고양이들이 반상회를 여는 장소를 꿰고 있는 윤주는 맛있는 과일 타르트 가게가 있는 집 근처 운리단길을 소개했다. 지역의 동물들을 보호하는 청렴한 공무원으로서 일말의 사심도 담지 않고, 오로지 고양이들의 복지를 위해.

오만하고
아름다운

정이담

나는 빵 굽는 소녀, 아나엘. 붉은 망토를 두르고 마을 곳곳에 갓 구운 빵을 전해요. 시름에 잠긴 사람들에게 위안을 전하는 게 나의 일과. 전나무들이 빼곡한 숲과 바위, 질척한 안개를 지나야만 도착하는 마을은 요새 침울함으로 가득해요. 서른 명뿐인 아이들 중 여덟 명이 사라졌거든요. 그 아이들은 뼈와 한쪽 팔, 다리, 내장은 남았지만 전신이 돌아오진 못했어요. 그리고 어제 한 명이 더 사라졌답니다. 그러나 범인은 좀처럼 찾을 수가 없고, 마을 사람들은 매일 밤 공포에 떨어요. 아이들은 해가 진 후 밖에 나가면 안 돼요. 집집마다 곡괭이와 덫, 독을 넣은 고기를 놓아 두어요. 나는 내 친구 빌, 크리스, 요한이나 셰릴과 더 이상 놀지 못하는 게 아쉬워요. 이곳은 아주 작은 산골 마을이라 또래를 찾기는 어렵거든요. 오늘도 헤이든네 어머니가 흐느끼는 소리가 들렸어요. 그 애도 나와 동갑이었는데 2주 전 발가락만 돌아왔어요. 헤이든은 돌멩이를 잘못 찬 후로 엄지발톱 가운데가 오목했어요. 그의 어머니는 흠집을 확인하자마자 까무러쳤지요. 나는 어린아이들이 줄어 가는 게 아쉬워요.

나는 작은 소녀고, 배운 거라곤 맛난 빵을 굽는 일뿐이니. 무얼 할 수 있었을까요? 다만 나는 우리 마을이 언제까지나 슬픈 건 싫었어요. 밀가루를 구할 때마다 빵을 굽기 시작했어요. 체온을 높이도록 다진 마늘을 발라 빵을 구웠어요. 나는 자주 허기가 져요. 둥글고 달콤한 빵을 여럿 빚어 오븐에 넣고, 긴 울음이 가득한 밤이 지나갈 때까지 시집을 읽었어요. 해가 밝으면 아랫집 할머니의 말동무를 해 드리러 갈 거예요. 돌아오는 길엔 빌과 크리스와 요한, 셰릴, 그리고 헤이든의 집에 빵을 줄 거예요. 바구니에 소복이 담긴 고소한 빵들을 보면 기분들이 나아질지 모르잖아요?

아침이 되자 크림색 벽돌집들 사이를 다니며 음식을 나누었어요. 사람들은 나를 보송보송한 뺨의 나이팅게일이라고 불렀지요. 금발을 딸기 같은 망토로 감싸고 사뿐히 다정을 전하는 작은 새라고 했어요. 든든한 빵의 냄새가 위안이 된다며 고마워했지요. 나는 노을이 질 때까지 빵을 전하느라 바빴어요. 밤이 오는 줄도 몰랐지요. 사방이 고요해지고 그림자가 짙게 변할 때까지 시간 가는 줄을 몰랐어요. 마지막으로 방문한 헤이든네 어머니가 잔뜩 겁에 질린 얼굴로 말했어요.

"벌써 밖이 어두워졌단다."

그녀는 창백한 얼굴과 깡마른 손가락으로 빵을 받아 들고 내 등을 밀었어요.

"아나엘, 어서 집에 가거라. 곧 보름달이 떠. 끔찍한 등 푸른 괴물, 그놈이 나타날 거야. 어서 돌아가거라, 어서."

시신들의 잔해 주변에는 유일한 증거로 푸른 털이 남았어요. 그건 짐승의 것도 아니었고 인간의 것은 더더욱 아니었지요. 보름달이 뜨는 밤마다 사람들은 괴물의 울음소리를 들었대요. 때마다 아이들은 한 명씩 사라지고. 시체와 푸른 털 몇 가닥만 남았어요. 그녀가 내게 충고하는 것도 이해가 가요. 우리는 참다못해 괴물 사냥꾼을 부른 적도 있어요. 등 푸른 괴물은 늑대인간의 변종이래요. 그걸 잡으려면 다른 괴물이 필요했어요. 도랑 세 개를 넘어야 갈 수 있는 도시에 흡혈귀들이 살거든요. 고대부터 천적이었던 그들에게 연락을 취했어요. 다섯 번이나. 하지만 누구도 마을에 도착하질 못했어요. 대신, 숲속 바위에서 피 묻은 송곳니와 한 움큼 뽑힌 머리카락들이 발견되었답니다. 그들은 괴물의 식사가 된 게 분명해요. 나는 남은 빵을 바구니에 넣고 천으로 덮었어요. 헤이든을 그리며 흐느끼는 여자의 울음을 들으며 밖을 나섰지요. 벌써 땅거미가 지고 있었어요. 마을은 비운의 그림자로 차 있었고, 나는 내일도 할 일이 많을 것 같아요. 빵은 이미 식어 버려 고소하던 이스트의 냄새조차 희미했지요. 홀로 돌아가는 길은 발이 노곤했어요. 입맛도 없었지요. 쓸쓸한 바람들이 떨구는 나뭇잎들을 헤치며 걸었어요. 몸이 으슬으슬 떨렸어요. 갑자기 먹구름이 몰려들어 달빛을 가렸어요. 지금이 보름인지 아닌지 알 수가 없었지요. 나는 비틀거리면서 숲속을 헤맸어요.

그리고 당신을 만났답니다, 나의 오만하고 아름다운 괴물.

시간이 지나자 빗방울이 떨어졌어요. 젖은 어깨와 몸에 붙은 옷이 불쾌했지요. 입 안이 마르고 허기가 졌어요. 숲속엔 아무도 없었고, 나는 혼자였어요. 사방이 캄캄한데 비바람 소리만 자욱했지요. 비를 피할 곳이 필요했어요. 여긴 너무 춥고 배가 고팠어요. 갈림길에서 오른쪽으로 틀자 잘 닦인 바닥이 보였어요. 회색의 음울한 돌들이 깔렸지만 반대편의 진흙탕보다는 낫겠다 싶었어요. 나는 발걸음을 빨리했어요. 그때마다 찰박, 찰박하는 소리와 함께 물방울이 내 치마를 적셨지요. 바구니를 끌어안다시피 하고 뛰었어요. 눈앞에 낡은 이끼가 가득한 고성이 나왔어요. 태풍 속에서 성벽은 불그스름한 핏빛으로도 보였지요. 근육 깊이 숨겨진 새빨간 동맥 같기도, 손등 위로 비치는 푸르스름한 정맥 같기도 했어요. 성에서는 불빛 하나도 새어 나오지 않았어요. 아무도 없는 줄로만 알았지요. 싸늘한 기운만 풍기는 성에 누군가 있었다면 더 이상할 거예요. 하지만 비가 거세어졌고 나는 숨을 쉬기 어려울 정도였어요. 혹시나 하는 마음에 문을 두드렸지요. 한 번, 두 번, 세 번. 정확히 셋을 노크하자 인기척이 들렸어요. 삐걱거리는 소음과 함께 문이 열렸고, 난 젖은 생쥐 꼴로 안을 바라보았어요. 드디어 당신이 모습을 드러내더군요. 수척한 얼굴과 눈부신 은발의, 얇은 실크 셔츠와 연회복을 걸친 창백하고 황홀한 당신. 당신의 소매 끝엔 드문드문 물감 자국이 있었어요. 푸른색이었어요. 당신은 촛대를 들고 나를 맞았어요. 내가 들어서자 그림자 같은 손놀림으로 소매를 접어 물감 자국을 감추는 게 보였지요.

한눈에 알 수 있었어요. 아, 나는 당신을 죽일 듯이, 죽을 만큼 싫어하겠구나.

당신의 등은 단단하고 손목은 가냘팠어요. 창틀은 죄다 벨벳 커튼으로 가려져 있었어요. 안은 양초들로 환했지만 밖에서는 누군가의 존재를 짐작도 할 수 없었지요. 숨겨야 할 게 있는 것처럼. 응접실 안에는 커다란 캔버스가 있었어요. 당신은 방문을 열자마자 그걸 보라색 천으로 덮었지요.

비에 젖은 내 겉옷을 벗겨 견고한 장식이 새겨진 의자에 앉도록 했어요. 그림 앞에서 돌아선 당신은 상냥한 미소를 지었어요. 촛불이 당신의 얼굴에 그을음을 만들었어요. 당신은 마치 그리스 조각처럼 미려하고 우아했어요. 하지만 나는 속지 않았어요. 당신이 감추려 했던 걸 알아보았으니까요. 그건 철창에 갇힌 등 푸른 짐승의 유화였어요. 시커먼 밤을 배경으로 날카로운 이빨이 수두룩한 퍼런 괴물. 고작한 필의 천으로는 그걸 가릴 수 없었어요. 이를 드러낸 괴물의 누런 안광이 당신의 뒤에서 빛났지요. 나는, 당신의 그림이 끔찍이도 싫었어요.

당신은 벽난로에 나무를 집어넣었어요. 장작이 소리를 내며 타고, 그때마다 노을 같은 촛불의 광원이 우릴 비추었다가, 사라졌다가, 비추었다가, 사라졌다가. 아무도 나와 당신을 볼 수 없을 성안에서, 당신은 마른 손가락으로 내 젖은 망토를 걸었어요.

"당장이라도 수확하고 싶을 만큼, 이삭처럼 구슬프고 어여쁜 머리카락이군요."

나는 당신이 쓸쓸한 존재라는 걸 알아챘어요. 당신의 손끝은 인간치고는 너무나 차갑고, 혈색은 밤 아래의 수성처럼 창백하기만 했으니까. 어디선가 희미하게 선혈의 향이 풍겼어요. 우리는 서로 모르는 척했어요. 나는 어딘가에 있을

백골들의 환상을 애써 숨겼지요. 천진한 아이의 목소리로 오늘 있었던 일들을 얘기했어요. 비에 젖은 빵 바구니를 보여 주기도 했지요. 그때마다 당신은 내게 귀 기울이는 척하면서 고개를 끄덕이고, 허리를 숙여 눈을 맞추고, 팔목을 어루만지다가 손등에 입을 맞추었어요. 나는 곧장 당신의 눈에 서린 욕망을 알아챘어요. 탐식. 다정으로 위장하는 간사한 당신이 품은 열망. 어둠이 먹다 뱉은 소멸 직전의 반짝임처럼, 백 개의 빛보다 악취 속에서 육신을 드러낸 흰색이 더 귀하게 착각되듯이. 그대는 파리한 아름다움으로 식욕을 드러내더군요. 독거미처럼 줄을 치고 내가 걸리기를 기다리면서. 나는 그걸 분명히 알아볼 수 있었어요.

"당신은 왜 혼자예요?"

내가 물었어요.

"그대 같은 이가 찾아오길 기다리느라."

당신이 대답했어요.

나는 매일 당신의 성을 찾기 시작했어요. 한 손엔 동그란 빵 바구니, 다른 손엔 붉은 망토를 쥐고서. 보드라운 금발이 더욱 사랑스럽게 부풀도록 치장하고서. 외로운 자들에게 고운 노래를 들려주는 친절하고 아담한 울새처럼. 마음을 어루만지는 모든 이들의 친구, 아나엘로서. 내가 문을 두드리면 당신은 초승달 같은 입매로 나를 맞았어요. 다만 눈은 시퍼런 냉정만을 품고. 하지만 당신은 나를 필요로 했겠지요. 당신은 아무도 찾지 않는 외딴 성에 숨은, 비참하고 고독하여 매력적인 백작이었으니까. 당신은 누구도 들어올 수 없는 응접실에 앉아 불을 지펴요. 오직 선택된 이들만이 초대받아요. 그건 방문객을 우쭐하게 만들어요. 나는 바구니를 두고 당신의 곁에 앉아요. 불쌍하고 가엾은 당신에게 둥근 빵을 내밀어요. 당신은 미소 지으며 기다란 손가락으로 그걸 움켜쥐지요. 하지만 절대로 먹지 않아요. 나는 그걸 알면서도 모르는 척 이야기를 시작해요. 해사한 낯빛으로 말해요.

"오늘은 이웃집 아이가 무릎이 까져 돌봐 주고 왔어요, 내일은 아랫집 할머니의 일손을 도우려고요, 모레는 마을 주민들이 닭을 잡는대요, 하지만 죽음의 냄새가 진동할 테니 아이들이 보지는 않도록 해야겠어요."

그러면 당신은 내게 받은 빵을 뒤로 숨기고 이렇게 말해요.

"참 다정하군요. 나는 그대가 필요해요, 아나엘."

"당신은 왜 항상 혼자 있어요?"

"나는 그런 대접을 받아 마땅하니까요. 그러니 당신이 계속 찾아와 줘요. 부디."

나는 고개를 끄덕여요. 망토를 매만지며 한껏 순진한 웃음으로 말해요. 가엾어라……. 마을 사람들은 다들 내게 잘해 줘요, 나는 사랑받아요. 당신은 이런 걸 원하지 않나요? 그대는 씁쓸한 얼굴로 마지못해 웃지요. 당신은 대답해요. 비천한 나와는 달리 당신은 아름다우니까요. 그럴 자격이 있어요. 당신은 나를 추켜세우고, 칭송해요. 그대의 희고 고운 입술로……. 바짝 쓰러질 듯 내게 다가와 뺨에 애절한 입맞춤을 해요. 하지만 날 보는 눈빛만은 악몽보다 날카로운 독으로 번뜩여요. 나는 빵을 한 개 더 내밀어요. 다음 날도, 그다음 날도……. 매일이 지날 때마다 마늘을 진득하게 발라 구운 빵을 가져와요. 당신은 절대로 먹지 않아요. 절대로. 나는 당신이 먹지 않을 빵을 계속 가져가요. 그리고 이야기를 나누다 일어서지요. 당신의 창고 한편에는 썩어 문드러진 빵들이 가득 찼을 거예요. 하지만 거부하지 않죠. 당신은 이런 곡식 따위는 먹지 않아요. 당신이 먹고 싶은 건 대체 무엇인가요?

당신은 때로 나와 시를 읽어요. 사랑과 열망, 상실과 소유에 관한 시들. 당신은 버려지고 짓이겨진 시적 화자의 목소리로 나를 숭배해요. 당신의 눈동자에서 갈망이 불탈수록 나는 잔인해져요. 당신이 읊지 않은 시의 뒤 구절을 완성하지요. 그대의 등을 쓸고, 차가운 목덜미를 끌어안아요. 아직

도 잠들기가 어려워요? 당신은 내게 불면이 있음을 고백했
어요. 달이 찰수록 만월의 광기 어린 빛이 자신을 깨운다고.
나는 그대의 귓가에 속삭여요. 내가 당신의 불면을 가져갈
까. 그러면 창백을 위장하던 당신의 속에서 격렬한 열망이
꿈틀거려요. 어쩌면 증오에 가까운 불꽃. 하지만 끝내 당신
은 가면을 내려놓지 않아요. 대신 내 발아래 몸을 숙이죠.
구두를 벗긴 발등에 키스하며 구걸해요.

"나는 당신에 비하면 너무나 추해요. 당신이 필요해요, 사
랑합니다. 숭고하고 아름다운 아나엘……."

하지만 나는 당신의 뺨을 치며 이렇게 말하고 싶어요. 네
가 감히 내게 사랑을 말해?

우리는 떠나는 척하다 돌아서 뒤통수에 망치를 내려치는
배신자들처럼 혼몽의 말들을 뒤섞어요. 선율, 가학, 연서, 폭
력, 가지 마, 가 버려, 사랑해, 증오해, 너뿐이야, 네까짓 게.
그래요, 이런 말들. 당신은 애원해요.

"내 안에 괴물이 있어요."

나는 생각해요. 알아, 알고 있어. 나는 괴물 같은 당신이
더욱 처절하게 바닥으로 내려가길 원해요. 세상에서 가장
상냥한 소녀의 모습으로 당신에게 빵을 내밀죠. 이미 식어
버린 빵……. 그리고 내가 얼마나 선량한 존재인지, 당신과
는 다른, 성선설의 증명이나 다름없는 실재라는 걸 표현해

요. 내 이름은 아나엘. 아름다운 사랑의 천사, 축복받은 그 이름이 나의 운명이죠. 당신은 죽어도 가질 수 없는 이름을 가진 여자. 그게 바로 나예요. 당신은 내 선물을 절대 입에 대지 않아요. 나는 이유를 묻지 않아요. 이미 알고 있으니까.

고백하자면, 나도 당신의 불면을 가져간 게 분명해요. 보름달이 차오르는 하늘을 뜬 눈으로 지켜보았어요. 달이 신묘하고 소름 끼치는 흰빛을 내뿜을 때마다 나는 당신을 생각했어요. 오직 그때만 당신을 생각했어요. 우리는 새벽의 스토커였는지도 몰라요. 당신은 해가 뜨는 낮에 자취를 감추었고 나는 밤을 뛰어넘어 당신에게로 갔어요. 매번 달이 매혹적인 당신의 본질을 폭로하길 상상했지요. 그건 일종의 쾌감이었어요. 아주 천박한 쾌감. 우리의 낮밤을 휩쓸고 가는 저속한 욕망. 잔인한 행위들은 달콤했어요. 우리 중 누가 이 말을 했었나요? 함께 장밋빛 종결을 맞아요. 우리의 마지막을 기대해요.

어느 날, 당신은 나를 다르게 불렀어요. "아름답지만 아무도 구할 수 없는 사람아……."

나는 내가 구운 빵, 위로, 노래, 속삭임에 사람들이 얼마나 고마워했는지를 읊던 중이었어요. 당신의 목소리가 들린 후 그들의 목록은 머릿속에서 지워졌지요. 자존심이 상했는지도 몰라요. 하지만 용납할 수 없었어요. 그날은 보름달이 뜨기 하루 전이었어요. 당신은 내가 오직 자신만을 구하길 바랐어요. 내 손을 쥐고 이렇게 속삭였지요.

"푸른 괴물을 죽이는 법을 알려 줄까요……."

"어떻게요?"

"사냥꾼의 총으로 가슴을 꿰뚫어요, 둘 중 하나가 무너질 때까지."

나는 오늘만은 당신의 말을 새겨듣기로 했어요. 우리가 키스를 나눈 복도의 마지막 방은 보란 듯이 문이 열려 있었어요. 푸른 수염의 동화가 생각났어요. 금지된 시체들처럼 푸른곰팡이가 핀 썩은 빵들이 있었어요. 방은 그걸 독식하는 입처럼 품었지요. 퀴퀴한 냄새가 코를 찌르자 나는 딱딱한 빵을 당신에게 내밀어요. 비명을 지를 만큼 마늘 향이 지독한 마지막 빵을.

"먹어요."

나는 요구해요.

"먹어요."

당신은 그걸 받아들고, 결국 깨물어요. 날카로운 송곳니의 흔적이 남았어요. 당신은 곡식을 먹지 않지요. 오로지 가장 달콤하고 지독한 비린내를 찾아 생을 헤맸겠죠. 살점을 갈고 부순 이빨이 신선한 혈액을 맛보고 싶어 안달이겠죠. 내가 집으로 돌아가면 당신은 속을 전부 게워 내겠지요.

그리고 나를 먹을 준비를 하려나. 그 모습을 상상하던 밤. 나는 망토를 벗어 던지고 방에서 미친 듯이 웃었어요. 가증스러운 것, 가증스러운 것. 나는 깨달았어요. 당신은 자신이 추하다고 말하지만 실은 스스로를 가장 아름답다고 생각하고, 나는 내 아름다움을 말하지만 실은 스스로를 끔찍하다고 생각한다는 것. 문득 궁금했어요. 당신은 아직도 푸른 등의 괴물을 그릴까? 어쩌면, 화폭에 나를 담을까? 우리는 서로에게 빛과 그림자처럼 끌렸어요. 그건 우리가 대등하다는 증거. 동족은 동족을, 아니, 천적끼리는 놀랄만큼 서로에게 날카로운 법이니까.

나는 당신을 먹어 치우기로 결심했어요. 하늘은 선고를 내리듯 푸른 보름달을 띄웠어요. 썩어 버린 빵처럼.

알아요. 왜 처음부터 당신의 그림이 싫었는지. 당신은 정말로 오만하고 아름다운 괴물을 그렸어요.

맞아요. 내 안에 등 푸른 괴물이 있어.

서로에게 전염병 같았던 우리. 보름달이 뜨자마자 나는 당신을 만나러 가요. 오늘은 빵 대신 칼을 들었어요. 처음 만난 날처럼 자그맣고 귀여운 빨간 망토를 입고, 바위틈에서 아이 하나를 잡아먹었어요. 특선 요리를 먹기 전엔 애피타이저도 중요하니까. 이제 아이들은 스무 명이 남았어요. 아쉬워라. 숲을 걷는 동안 내게서는 기다란 손톱이 자라고,

푸른 털이 몸을 뒤덮어요. 발을 옮길 때마다 거칠고 커다란 발자국이 남아요. 곡괭이와 덫, 독을 넣은 고기는 나를 죽일 수 없어요. 나는 그것들보다 강인하고 포악해요. 멀리서 당신이 나를 기다리네요. 푸른 달빛을 받아, 드디어 흡혈귀의 송곳니를 드러내고. 당신은 제법 아름다웠어요. 줄지어 내게 먹힌 다섯 명의 사냥꾼들보다. 아마 다시는, 당신만큼 아껴 먹고 싶은 존재를 만날 수 없을 거예요. 그건 서운하지만 가치 있는 식사는 보름달이 절정일 때 해야 제맛이죠. 우리는 서로를 이렇게 불렀어요.

내 비천하고, 끔찍하고, 아름다운 괴물아.

총과 칼이 빛났어요. 우린 입을 맞췄고. 죽도록 서로의 위장을 헤집었어요. 당신과 나의 본질은 같았어요. 만족스러워요. 그대와 나는 서로의 치사량이었어요. 그게 전부예요.

천년공작

서은채

여자

"딱 1년. 그 후에, 나는 당신을 죽일 거야."

그날을 생각하면 언제나 제일 먼저 떠오르는 것은 황혼이 지던 창가, 그 앞에 서서 창밖을 내다보며 다정한 목소리로 그런 말을 하던 남자의 뒷모습이었다.

짧은 은발 아래 드러난 목덜미의 색을 선명하게 기억한다. 남자는 온통 흰빛을 띠고 있었다. 빛 아래 찬란하게 부서지던 머리카락도 희었고, 검은 옷 아래 감춘 피부도 희었다. 오로지 눈동자만.

나를 돌아보며 그야말로 세상의 중심인 듯 찬연하게 웃던 눈동자만이 붉었다.

"자. 나와 결혼해 주지 않겠어?"

그래.

마치 저 동화 속, 천년공작처럼.

그에 대해 좀 더 이야기하고 싶으나, 나는 아는 것이 그다지 많지 않다.

그는 제국의 공작이었다. 이 나라를 제국으로 만든 이의 머나먼 후손이며, 그 영광된 이름을 따 귄터 공작이라 불렸다.

제국의 모든 여자들이 선망하는 결혼 상대였으나, 이름조차 남기지 못하고 몰락한 남작 가문의 외동딸과 1년 전 비밀리에 결혼식을 올렸다.

그것이 나였다.

그는 나의 남편이었다. 비록, 1년 뒤에 나를 죽이겠다 말하며 청한 결혼이었어도. 그날을 마지막으로 얼굴 한 번 마주한 적 없는 결혼 생활이었다고 해도.

공작가의 드넓은 저택 안 어지간한 하인들은 위치조차 모르는 다락방이 나의 유일한 세상이었다. 밖으로 나가는 것은 허락되지 않았다. 그 외에 필요한 것들은 모두 주어졌다. 그 안에 불안이 있었다. 내가 있었다. 나의 이름은 무엇이었을까. 무엇이기나 했을까. 불안과 공포로 빚어진 여자가 그 안에서 1년을 살았다.

독이 들어 있을지도 몰라.

물 한 잔 마음 놓고 마셔 본 적이 없었다.

잠든 사이에 내 목을 조르러 오지는 않을까.

편히 누워 잠들어 본 기억 역시 없었다.

문이 열리고 들어오는 자의 손에 들린 것은 나를 죽일 칼이 아닐까.

노크 소리가 나면 침대 밑으로 기어들어 가 숨을 죽이고 떨었다.

창을 열고 고개를 내밀면 누군가 뒤에서 떠밀어 버리지는 않을까.

창을 가린 커튼 한 번 열어 본 일이 없었다.

그 모든 불안 뒤에 남자가 있었다. 웃으며 나를 죽이겠다고 말하던 남자가.

약속한 1년. 손톱을 잘근잘근 씹으며 날짜를 헤아리고 또 헤아려 마침내 왔던 그날에. 죽음은 운명처럼 다가와 나를 덮쳤다. 허물어지는 의식 사이로 스치던 붉은 눈동자에, 나는 알았다.

아.

오늘이구나. 내가 죽는 날이.

죽음이 이토록 편안한 것인 줄 알았더라면, 그렇게 무서워 떨지 않았을 텐데. 원망은 없었다. 황혼 지던 그 창가에 기대선 남자의 뒷모습을 눈 안 가득 담은 뒤로, 두려움 외에 다른 감정을 생각해 본 일이 없다.

오직 두려움, 두려움, 두려움.

그렇기에 다시 눈을 떴을 때.

바삐 움직이는 세상을 보며 나는 생각했다. 저승도 사람 사는 세상과 별반 다르지 않구나. 모두가 바쁘고, 모두가 나를 지나쳐 어디론가 움직인다. 언 숨이 찬 공기 사이로 번졌다. 코끝이 시렸다. 겨울이었다. 죽은 자에게도 계절의 온도는 닿는가.

"아가씨, 이런 데서 잠들면 안 돼요."

그 목소리가 내 죽은 의식에서 현실을 일깨웠다. 비로소 알았다. 산 사람 사는 세상이었다. 죽은 자들의 땅이 아니다. 푸근한 인상의 중년 여자는 검은 상복을 입고 있었다. 눈을 돌리는 곳마다 모두 상복이었다.

누군가 말했다.

"귄터 공작 각하께서……."

"공작가의 장례식에 조문을 가는 길입니다."

"아가씨, 괜찮아요? 어쩜, 귀한 집안 아가씨인 것 같은데."

모든 제국민의 선망을 받던 귄터 공작이 죽었다.

침통한 표정을 한 사람들이 검은 옷차림으로 대로를 걸었다. 그 손마다 희고 큰 꽃이 한 송이씩 들려 있었다.

나는 그 사이에 주저앉은 채였다.

발갛게 얼어붙은 손이 보였다. 무어라 더 말을 걸던 여자가 이내 고개를 젓더니, 자신의 숄을 둘러 주고는 바삐 걸음을 옮겼다. 그 끝엔 무엇이 있던가.

공작가의, 크고 검은 철문이.

나는 홀린 사람처럼 일어나 걸었다. 웅성대는 사람 한 무리를 헤치고, 붙잡는 손을 떨쳐 내고, 맨발이 온통 쓸리도록 걷고 또 걸어.

차디찬 석관 속에서 그 남자의 얼굴을 보았다.

"왜, 제가 살아 있죠?"

"잠시 실례하겠습니다, 아가씨. 어느 가문의 영애이신지는 모르겠으나, 이런 무례는 곤란합니다. 돌아가 주십시오."

"베네어 씨."

"돌아가 주십시오."

집사는 난처한 얼굴을 하고 나를 막아섰다. 어디로 가란 말인가요? 여기가 내 집인데. 질문의 답은 돌아오지 않았다. 그는 곤란한 듯 나를 몰아냈다. 주위를 아무리 둘러보아도 아는 얼굴 하나 보이지 않았다. 말려 주는 이 역시 없었다. 집사는 정중하지만 단호한 태도로 나를 끌어냈다. 누군가 속닥거렸다. 공작을 지나치게 사모한 나머지 미친 여자들이 더러 있다더니.

나는 미치지 않았다.

나는 지난 1년간 이 저택의 다락방에서 살았어.

"베네어 씨. 당신이 내게 하루에 세 번 식사를 가져다주었잖아요."

"죄송합니다. 저는 아가씨를 모릅니다."

"아가씨라니. 당신은 저를 마님이라고……."

"모시게."

낯선 마차 안에 강제로 몸이 실렸다. 모르는 마부가 말했다. 댁으로 모시겠다고 한다. 댁이라니.

내 집은 저곳이었다. 죽었어야 할 사람은 나였다. 관 속에 창백한 몸을 누이고 있어야 할 것은, 흰 꽃들 사이로 파리한 얼굴을 내보이고 있어야 할 것은.

나였다.

그 남자가 아니라, 나. 클로엘 귄터. 몰락한 남작 영애. 귄터 공작부인. 죽은 남자의 아내.

마부가 나를 내려 준 곳은 어느 호화로운 저택 앞이었다. 공작가의 널따란 저택에 지지 않을 만큼 그 위용이 어마어마한 건물. 여기가 나의 집이라고 한다. 어찌 아느냐고 물으니 마부가 곰살궂게 대꾸했다. 가티스 아가씨의 붉은 금발은 유명하지요. 제도 내에 모르는 사람이 있습니까?

하지만 집사는 나를 모른다고 했는데.

아가씨의 명예를 위해 모른 척해 드린 게 아니겠습니까.

아가씨가 아니에요. 나는 귄터 공작부인······.

이만 돌아가 보겠습니다. 좋은 하루 되십시오, 아가씨.

마차가 떠나고, 나는 생소한 건물을 한참이나 올려다보았다. 이곳이 나의 집이라고 한다. 그럴 리가 없다. 가티스 남작가는 내가 열다섯이 되던 해에 처참하게 몰락했다.

내 부모님은 허름한 여관방을 전전하는 신세였다. 공작이 나를 부인으로 들이며 돈을 주었다고는 했다. 팔려 가듯 치른 결혼이었다. 그럼에도 그 금액이 많지는 않다고 들었다. 시골에서나마 굶지 않고 살 정도는 될 것이라고. 이런 저택에 살게 될 금액이라고는 누구도 말하지 않았다. 그러나 당연한 듯 열린 문 안에서 뛰쳐나온 것은 나의 부모님이었다······.

"클로엘! 어딜 갔었던 거니?"

"······어머니."

"애 좀 봐. 맨발에, 가운 차림으로 대체······!"

"과년한 처녀가 어찌 이런 경우 없는 짓을 해. 새벽부터 없어진 널 찾느라 온 집안이 들썩였어!"

"아버지."

"이 무슨 추태냐. 이 꼴로 어딜 돌아다녔던 게야?"

"이이도 참. 잔소리는 나중에 해요. 클로엘, 일단 들어가자

꾸나. 들어가서 몸부터 녹여야겠어. 어머, 손이 꽁꽁 얼었구나. 이를 어쩜 좋아."

마지막으로 보았던 날, 누덕누덕 기운 옷을 입고 기력이라곤 없이 앉아 멍한 눈으로 허공만 헤매던 당신은 어디에도 없었다. 화려한 비단 드레스를 입고 몸 여기저기 번쩍이는 보석을 매단 어머니가 내 손을 잡아 이끌었다. 그 손에어린 온기가 이것이 꿈이 아님을 말해 주었다. 한 번도 본적 없는 고급스러운 재킷을 걸친 아버지가 혀를 차며 우리의 뒤를 따랐다.

생경한 저택에 들어서, 모르는 자들의 시중을 받고, 낯선방으로 안내되어 알지 못하는 침대에 누웠다.

어디서부터, 어디까지가 꿈인가.

나는 클로엘 가티스였다.

그렇다면, 내가 아는 클로엘 귄터는 누구인가.

모든 것이 변했다.

나는 풍족한 귀족 집안의 귀한 아가씨가 되어 있었다. 결혼한 사실은 없어졌다. 열아홉의 클로엘 가티스. 가티스 남작가의 하나뿐인 딸. 제도에서 가장 아름다운 여자. 곧 구혼자들이 산더미처럼 몰려들 거랍니다. 단장을 도와주는 하녀가 머리를 매만지며 콧노래를 흥얼거렸다.

"나는 이미 결혼했어."

"아가씨, 그건 꿈이에요."

"나는 귄터 공작과……."

"공작 각하께선 엊그제 돌아가셨지요."

"그 사람은 내……."

"아이참, 저도 알아요. 아가씨도 공작 각하를 마음에 두신 거지요? 안타까운 일이에요. 그래도 너무 상심하진 마세요. 세상은 넓고, 훌륭하신 신사분들은 공작 각하가 아니라도 많으니까요."

어느 밤, 팔려 가듯 치러졌던 그 비밀스러운 결혼식에 대해서는 누구도 알지 못한다고 했다. 하나같이 입을 모아 말한다. 꿈이에요. 통 몸이 좋지 않은 것 같더라니 나쁜 꿈을 꾸었구나. 애야, 그건 전부 꿈이다.

우리 집은 망하지 않았나요?

그런 일은 없었단다. 애야, 잊으렴. 모두 꿈이야.

정말 꿈일까? 그 모든 것이. 아버지는 점잖게 고개를 저으며 내 손을 꼭 잡았다. 네가 공작가에 갔었다는 소식은 들었다. 어머니는 손수건을 꺼내 눈물을 훔쳤다. 저런, 안타깝게도. 돌아가신 공작 각하를 그리 마음 깊이 사모하더라니. 애야, 클로엘. 괜찮다, 쉬면 나아질 거야. 너는 지금 마음이 아픈 거란다. 이 애비가 너를 위해 좋은 신랑감을 찾아 주마. 그때까지 쉬고 있으렴. 아무것도 하지 않아도 돼.

그러면 모든 것이 괜찮아질 거야.

정말 그런가요?

하지만 어머니, 거울 속의 저를 보세요. 초췌한 얼굴을 한 여자가 그 안에 있네요. 한때 이름 높던 붉은 금발은 푸석푸석하고, 장밋빛 뺨은 움푹 들어갔잖아요. 눈가는 퀭하고, 그 아래엔 짙은 그림자만이 어려 있어요.

어머니가 왈칵 울음을 터트렸다.

불쌍한 내 딸. 마음의 병이 오죽 깊으면 그런 말까지 하는 거니. 다시 보렴, 클로엘. 붉은 금발은 여전히 아름답게 반짝이고 호수 같은 두 눈은 햇살을 받아 그윽하게 빛나지 않니. 볼도 그렇단다. 네가 마음고생이 많아 조금 야위긴 했다만, 움푹 들어갔다니 말도 안 되지. 쉬렴. 쉬어야 해. 그리고 나서 다시 거울을 보자꾸나. 많은 것이 달라질 테니.

방 안의 모든 거울이 치워졌다. 더 나아가서는, 이 저택 안의 모든 거울이.

정말 꿈일까?

질문은 어디로도 나아가지 못하고 내 안에 갇혔다.

그 외엔 모든 것이 편안했다. 오랜만에 마음껏 물을 마실 수 있었다. 커다란 창을 열고 고개를 내밀었다. 이따금 뒤를 돌아보아도, 나를 덮치는 그림자 같은 것은 없었다. 노크 소리는 더 이상 두렵지 않았다. 문이 열리면 다정한 낯을 한 어머니가 들어와 오래도록 내 이마를 어루만지거나, 상냥한 하녀가 다가와 내 머리를 곱게 땋아 주었다. 푹신한 베개에 머리를 누이고 포근한 이불을 덮고 있으면, 어린 시절의 기억이 그립지는 않으냐며 웃는 어머니가 낱말이 아름다운 시집 한 권을 들고는 바투 다가앉아 가지런한 목소리로 가만가만 읊어 주었다.

안온한 공기 속에 잠이 들었다 퍼뜩 깨어나면, 낯선 천장임에도 안도의 숨을 토해 냈다. 평화롭다. 불안으로 빚어진 여자는 사라졌다. 비로소 이 안에 평온이 있었다.

하지만, 어머니.

저는 그 남자를 사랑한 적이 없어요.

때때로 속을 울리는 불안은 그러한 문장으로 이루어졌다.

"오늘은 기분이 좀 어떠세요, 아가씨?"

"응. 좋아."

"오늘따라 볕이 좋아요. 정원을 산책해 보시는 건 어떨까요?"

"응. 그럴까."

"거울을 보여 드릴게요. 정말 많이 좋아지셨어요."

"그러네."

거울 속의 여자는 더 이상 초췌하지 않았다. 우아하게 붉은빛이 도는 긴 금발은 윤이 났고, 호수의 빛깔을 띤 두 눈동자는 티 없이 맑기만 했다. 살이 붙은 뺨은 발그스름하게 고운 빛을 띠었다. 천천히 손가락을 접어 본다. 한 달, 두 달, 석 달. 아버지의 명령으로 저택 내에서 사라졌던 거울은 세 번째 달로 접어들 무렵 돌아왔다.

이제는 믿어도 될 것이다.

나쁜 꿈을 꾸었다. 집안이 몰락하고, 나를 죽이겠다는 남자가 찾아와 청혼하는 꿈을.

"남작님께서 슬슬, 구혼자들을 만나 보는 건 어떠냐고 하셨어요."

"……그럴까."

"아가씨는 분명히 행복해지실 거예요."

"응."

그 말에 내게는 없는 확신이 들어 있었다. 그럴 수 있다면 좋을 텐데. 그렇게 되실 거예요, 하녀가 또 말했다.

"머리를 만져 드릴까요? 기분 전환에 도움이 되실 거랍니다. 요즘 제도에서는 알마 꽃의 씨로 오일을 짜 머리에 바르는 게 유행이래요."

"……응, 좋아."

내 불안과 닮은 색채를 띤 머리카락이, 하녀의 어깨 위로 흔들거렸다. 가느다란 은색 실이었다. 악몽의 색이 현실과 닮아 있는 것은 현실에서 유발된 탓일까. 나도 모르게 손을 뻗자, 하녀는 매끄럽게 미소 지으며 내 손을 저지했다.

유난히 창백한 피부 탓에, 유독 도드라지는 붉은 입술이 열렸다.

"눈을 감아 주세요, 아가씨. 시중을 들어 드릴게요."

"클로엘 양과 제 남은 생을 모두 함께하고 싶습니다."

제법 진지한 구혼을 받았다. 반듯하게 잘생긴 남자였다. 명망 있는 귀족가는 아니나, 최근 사교계에 이름 높은 부호 집안의 장남이라고 한다. 산더미 같은 선물이 응접실에 쌓이고, 약간 상기된 얼굴을 한 남자가 간절한 표정으로 그런 말을 했다. 받은 꽃다발에선 산뜻한 향이 풍겼다.

어느덧 봄이었다.

초봄, 계절마저 부드럽고 따스하던 날. 이런 사람이라면 손을 내주어도 괜찮지 않을까, 조금은 설레는 마음으로 생각하며 잠자리에 몸을 누였던 밤.

— 이만한 금액이면 저 애를 결혼시키고도 한평생을 떵떵거리며 살 수 있겠어요.

나는 들었다.

— 원. 딸려 보내야 할 재산이 반이지 않나.

이슥한 밤, 가느다랗게 흔들리는 촛대 하나만을 들고 삐
걱거리는 계단을 내려서던 참이었다. 어쩌다 이 늦은 시간
까지 불이 켜져 있는 걸까. 아버지의 서재에서 희미하게 흘
러나오는 불빛에 이끌리듯 문가로 다가서자 도란도란한 말
소리가 들려왔다.

— 그 정도만 해도 어디예요. 입에 넣을 빵 부스러기 하나
없이 길바닥에 나앉았던 일이 엊그제 같은데.

— 아쉬우니 그러지.

— 손댈 생각 말아요. 조건을 지켜야 온전히 우리 것이 되
는 돈이니까. 그 남자가 그랬잖아요? 원래는 모두 그 애 것
이 되어야 마땅하지만, 키운 공을 생각해 떼어 주는 거니
이 이상 욕심내지 말라고.

— 그치는, 참. 젊은 친구가 말하는 꼬락서니하고는. 제 장
인을 이리 홀대하는 법이 어디 있단 말인가?

— 말조심해요. 상대는 공작 각하인데.

— 어차피 죽은 사람이야.

손이 덜덜 떨렸다. 아니, 손만이 아니다. 내딛는 발도, 딱딱
부딪치는 이도, 발아래 깔린 계단도, 눈앞에 존재하는 세상
도. 모든 것이 떨렸다. 어떻게 방까지 돌아올 수 있었는지는

몰랐다. 문득 정신을 차리고 보니 침대 위였다.

꿈이었을까?

어디서부터, 어디서까지?

귄터 공작이 죽었다.

그는 나를 죽이겠다고 한 남자였다. 또한 나의 남편이었다. 그리고 나에게, 자신의 모든 것을 남겨 주고 죽었다.

— 이봐, 밤이 저무는 것이 서운하지도 않나.

— 이런 밤에는 이야기를 풀어야지.

— 길고 긴 이야기를.

— 짧다면 짧을 이야기를.

알 수 없는 것들이 노래하듯 속삭이는 목소리가 들렸다. 어지러운 시선이 소리를 좇았다. 창가 아래였다. 어스름한 달빛 사이로, 작은 생쥐 한 마리가 짧은 팔다리를 움직여 우아하게 절했다.

— 오늘, 이 밤을 장식할 이야기꾼의 이름은 래트랫.

— 시시한 이름이야!

끔찍하게 큰 거미 하나가 그 앞에서 쉭쉭대며 외쳤다. 나는 눈을 감았다. 모습은 사라졌으나, 목소리는 계속해 들려왔다.

— 형편없는 이름이야!

— 볼썽사납기까지 해!

— 이야기꾼의 이름 같은 것은 중요하지 않지.

누군가 억지로 밀어 올리기라도 한 것처럼, 눈이 절로 뜨였다. 지저귀듯 속삭인 것은 이름 모를 산새 한 마리였다. 창틱에 자리 잡고 앉은 검은 새는 고개를 까딱거리며 깃을 다듬었다.

— 중요한 것은 이야기야! 이야기꾼의 호흡이 다해도, 이야기는 이어질 테니.

— 재밌는 이야기엔 생명이 있기 마련!

— 자, 그러니 어서 이야기를 시작해. 이 밤은 짧으니까.

새만이 아니었다. 초대하지 않은 손님이, 바라지 않은 청중들이 사방에서 몰려들었다. 뱀 하나가 고개를 치켜들었다. 지네가 몸을 세워 까딱거렸다. 지렁이가, 벌이, 그 외에 많은 이름 모를 것들이.

입을 모아 하나로 외쳤다.

— 이야기를!

나는 미친 걸까?

미쳤다면, 어디서부터 어디까지?

— 어떤 여자가 있었지. 몰락한 귀족 집안에서 태어났으나, 그 용모 반반하기로는 따질 것도 없이 제이도 제삼도 아닌 제일이라, 누구든 그 미래를 점치지 않은 자가 없었어.

— 이 제도에서 가장 아름다운 여자!

— 그 이야기는 누구나 알아!

— 자태는 장미처럼 화려했고 작약처럼 우아했으며, 수줍은 옆모습은 한 떨기 백합과도 같았다지. 노래를 부르면 은방울꽃이요, 입술을 다물면 한 송이 수선화였다. 누구든 그녀의 눈동자와 한 번 마주치면 빠져들지 않고는 배길 재간이 없었다네.

— 그리하여 천년을 버텨 온 남자의 심장도 녹여 내고 말았다던가.

— 그 이야기는 아직 일러! 여자의 이야기부터 시작하자. 남자의 이야기는 다음에, 또 다가올 밤에.

— 여자를 두고 웅성대는 무리의 결론은 언제나 같았다. 그저 그런 귀족의 후처로 팔려 가 신세를 망치겠구나! 잘되어도 늙은 후작의 정실이야. 그래, 침실 밖으론 거동도 못 한다던 그 늙은이 말이야.

— 저런. 가난한 미인의 운명이란.

— 생각보다 여자의 미래가 예정되어 있던 자리는 높았어. 높았으나 천했지. 여자는 황제의 정부가 되었고.

— 부모가 돈을 받았겠군!

— 그래. 여자의 부모는 대가로 단단히 한턱 챙겨 먹었지. 황제가 가장 총애하는 정부였거든! 그러나 꽃도 열흘은 붉지 않다지. 여자는, 글쎄, 황후에게 밉보이고 말았던 거야.

— 그래서 그 여자는 어떻게 됐는데?

— 어떻게 됐는데?

쥐는 잠시 뜸을 들였다가, 원성이 커지자 이내 거들먹대며 입을 열었다.

— 죽었지.

야유가 퍼졌다. 그쯤이야, 누구나 예상하지 않겠냐는 듯이.

— 끔찍하게, 아주 끔찍하게. 얼굴이 온통 난도질을 당했다더군. 꿈에 나올까 두려운 모습이었어. 그 상태로 목이 잘리고, 남은 몸뚱이는 비렁뱅이들이 사는 거리에 던져졌다.

심장이 뛰었다.

어쩌면, 이 이야기를 알고 있을지도 모른다. 불안이 찾아와 속삭였다. 내가 곧 너야. 내가 너를 있게 했어. 너는 미치지 않았어.

너는, 나는.

— 거기서 끝났다면 시시한 이야기였겠지. 그런데 말이야.

— 반전이 있었군! 그렇지?

— 이야기가 뒤집힐 시간이야.

— 어떤 남자가, 어떤 여자를 사랑했어.

마침내,

심장이,

쿵,

하고 내려앉았다.

기억이 정신없이 되돌아갔다. 황혼이 내리던 창가, 서 있는 남자. 창밖을 보던 붉은 눈동자. 흰 목덜미. 검은 예복. 은

발. 돌아보지 않는 등마저 아름답던, 한 남자.

딱 1년. 그 후에, 나는 당신을 죽일 거야.

— 천년공작이 사랑한 여자.

— 공작! 천년공작!

자. 나와 결혼해 주지 않겠어?

— 다들, 천년공작의 동화를 알고 있어?

— 알지, 알아!

— 이 나라에서 가장 유명한 이야기지.

— 천년을 살아 온 남자.

— 영원한 공작.

"······거짓말."

애원하듯 튀어 나간 단어에 모든 것이 멈췄다. 쥐, 거미, 새, 하 많은 청중이 모조리 동작을 멈추고 나를 보았다. 무수히 많은 시선이 나를 향했다. 하나의 입이 먼저 열렸다.

— 인간이야.

— 인간이다.

— 여자, 그 여자!

— 이크, 해가 뜬다!

— 도망가, 모두 도망가!

— 다음 이야기는 또 다른 밤에, 또 다른 날에!

잡을 틈은 없었다. 그들은 순식간에 사방으로 흩어져, 동시에 사라졌다.

해가 뜬다. 나의 혼란을 딛고, 밝은 볕을 뻗어, 몸 안까지 스며들듯 세상이 온통 빛으로 들어찼다.

"거짓말."

천년공작

옛날 옛날의 일이야. 눈처럼 흰 은발에 피처럼 붉은 눈을 지닌 아이가 태어났지. 특이하게도 아이는 네 개의 심장을 지녔어. 한 악마가 그 심장을 탐내었단다. 악마는 아이에게 다가가 속삭였어.

어떠니, 아이야. 영원히 살아 보고 싶은 마음은 없니?

순진한 아이는 그것이 악마의 농간인 줄도 모르고 고개를 끄덕이고 말았단다. 영원한 삶을 내어 주고 악마는 심장 하나를 받았어. 맛있었지. 아이의 붉은 심장은, 아직 살아 팔딱팔딱 뛰는 그 붉은 덩어리는 정말로 맛있었단다. 꿀떡 삼킨 심장이 완전히 소화되기까지는 그리 오랜 시간이 걸리지 않았어. 악마는 생각했지. 저것을 꼬드겨 하나를, 또 다른 하나를, 마침내 마지막 하나까지 먹어 치워야겠구나.

그리하여 악마가 다시금 아이에게 다가갔을 때. 아이의 작은 나라는 한창 전쟁 중이었지. 큰 나라가 아이의 땅을 짓

밟고 있었거든. 악마는 나긋이 물었단다. 아이야, 아이야. 어 떠니, 강한 힘이 필요하지는 않니? 저들을 몰아내고 너의 땅을 지킬 힘이.

아이는 구슬피 울며 고개를 끄덕였어. 내 땅을 지킬 힘이 필요해요.

그럼, 내게 심장 하나만 주지 않겠니? 많이도 필요 없어. 딱 하나만, 하나면 된단다.

다행히 아이에겐 아직 심장이 많았지. 그는 하나를 더 내어 주고 강한 힘을 얻었단다. 누구에게도 지지 않을 강대한 마법을, 놀라운 무력을.

사람들은 아이를 천년공작이라 불렀어. 천년의 세월에 걸쳐 그 땅을 지키며 살아 온, 영원한 청년. 영원한 공작. 살아 있는 수호신.

악마는 끊임없이 아이의 심장을 노렸어. 이제 두 개가 남았지. 어떻게 하면 하나를 더 취할 수 있을까? 귀한 집안의 귀한 아이에겐 이미 재물은 차고 넘치도록 많았지. 그러면 사랑은 어떠니? 그런 것은 필요하지 않니?

아이는 고개를 저었어. 그런 것은 필요 없어. 악마는 입만 쩝쩝 다시고 말았지. 오랜 세월을 살아온 아이는 아주 냉혹한 어른이 되어 있었거든. 쉽사리 녹을 것 같지 않았어. 포기해야만 하는 걸까? 아니, 악마는 포기하지 않았어. 아이에겐 영원이 남아 있었고 그보다 더 오랜 시간을 살아갈 악마에겐 무한정 기다릴 힘이, 인내가 있었지.

그리고, 드디어.

여자가 나타난 거야. 제국에서 가장 아름다운 여자. 몰락한 남작 집안의 외동딸. 사람들은 그 미래를 점쳐 이렇게 말했다네. 잘나 봐야 그저 그런 귀족의 후처나 되어 신세를 망쳐 먹겠구나! 아니라도 고작 황제의 정부나 되었다가 종국에는 얼굴이 쥐어뜯겨 죽을 운명인 여자. 아무리 아름답다한들 그 시절이 어디 오래 가던가.

조금만 더 일찍 만났더라면 여자와 남자가 만나 시시한 사랑을 하고 끝내 헤어지는 평범한 이야기였을지도 모르지. 그러나 둘의 만남은 너무도 늦어, 황제의 정부가 된 여자와 남자는 만났다. 황후의 견제에 이리 밀리고 저리 밀려, 황제가 자리를 뜬 후의 연회장 구석. 잔뜩 겁먹어 가라앉은 눈동자로 돛 잃은 배처럼 어디로도 가지 못한 채 그저 밀면 밀리는 대로 떠밀리던 여자와 눈이 마주쳤을 때.

천년을 버텨 온 남자의 심장이 녹았어.

아이는 운명으로 정해지기라도 한 것처럼 여자에게 빠져들었지. 사랑이었다. 그러나 너무 늦었어. 아무리 그라고 한들 황제의 정부를 빼앗을 수는 없는 노릇이었지. 그사이 여자의 상황은 점점 더 안 좋아졌어. 눈을 가린 황제는 몰랐으나 은밀한 괴롭힘은 나날이 심해져 갔지. 어리석은 여자는 제 이득 챙길 방법 하나 몰랐어. 아아, 가련해라. 마침내 남자가 결심하던 날. 심장 하나를 더 내어 주고 사랑을 취하겠다, 그리 마음먹고 악마를 불러내던 날.

무슨 장난일까, 여자는 짓지 않은 죄목이 덕지덕지 붙어 끌려 나가 사람 사이에서 난도질당해 죽어 버렸네.

아이는 비통하게 울부짖으며 제 발로 악마를 찾았다. 악마여, 이 심장을 내어 줄 테니 부디 그녀를.

자, 이제 알겠니? 아이에게 남은 심장은 더 이상 없어. 시간을 돌린 것으로 하나를 지불했고, 죽을 운명을 뒤바꾼 것으로 또 하나를 지불해야만 했지. 천년공작의 장례식이 열린다! 천년공작이 죽었다! 그의 천년에 애도를! 그의 천년에 위로를!

그의 기만에 대가를!

악마는 분노했다. 아이가 대가로 내어놓은 마지막 심장은 가짜였던 것이다.

조우

"자, 그러니 나는 너의 심장이라도 취해야만 하겠어."

남자는 여자의 목을 그러쥔 채 단도를 심장 부근에 들이

댔다. 여자는 떨지 않았다. 기묘하게 침착한 태도였다. 우아한 목이 울렸다.

"그러면 그는 살아 있나요?"

조곤조곤한 목소리였다. 남자가 이를 드러내며 흡사 지옥의 석탄이 타오르는 소리와도 같은 웃음을 흘렸다. 여자의 파란 눈동자가 조금 움직였다. 그녀의 눈에 악마의 검은 뿔이 닿았다.

불길한 빛깔에, 기괴한 모양새였다.

창밖엔 거센 비가 내렸다. 저택을 모조리 휩쓸어 버리고도 남을 것 같은 폭우였으나, 뜻밖에 사방이 고요했다. 여자가 숨을 토해 내는 소리마저 무언가 먹어 버리기라도 한 듯 대기를 울리지 못하고 사라져 갔다.

꽃다발을 내밀던 구혼자가 느닷없이 악마로 돌변했다. 여자는 놀라지 않았다. 어쩌면 예상했기에.

어쩌면 알고 있었기에.

"살아 있으면 무엇이 바뀌지?"

"적어도 제가 미치지 않았다는 증명은 되겠지요."

"인간이란, 이상한 데에 집착을 보이는군."

"죽이세요."

"죽고 싶지 않다며."

"내 의사가 중요하던가요?"

"아니."

"그렇다면 죽이세요."

악마는 천천히 단도를 들어 올렸다. 여자의 시선이 서슬
퍼런 날붙이를 따라 움직였다. 기어이 떨어져 내린 칼날이
여자의 가슴을 찌르려 한 순간.

거짓말처럼 문이 열렸다.

"아가씨, 지나치게 오랫동안 대화하고 계신 듯하여 실례를
무릅쓰고 들어왔습니다."

은발의 하녀가 상냥하게 웃으며 말했다.

"적당한 때에 들어온 것 같네요."

언뜻 붉은 눈동자가 번뜩이는 것을 보았던 듯도 하다고,
여자는 생각했다. 악마가 입을 길게 찢어 웃었다.

"여자를 위협하면 네가 나타날 줄 알았지."

"그럼, 이것도 예상했나."

하녀는, 아니 천년공작은 제 몸의 반만 한 은빛 십자가를
휘둘렀다. 악마가 비명을 지르며 칼을 놓쳤다. 십자가와 닿
은 부분부터 악마의 몸이 검게 타들어 가기 시작했다. 그사
이 밀려난 여자는 주저앉아, 홀린 듯이 남자를 보았다.

언젠가 보았던 뒷모습이 거기에 있었다. 짧은 은발, 흰 피
부, 검은 예복. 큰 키의 남자가 쓰러진 악마의 가슴에 십자
가를 박아 넣었다.

"너는, 너는 나를 죽일 수 없다! 세례받지 않은 자, 악마와 거래한 자, 세상 모든 세례 받은 남자는 나를 죽일 수 없어!"

"알아. 그래도 잠시나마 이 땅에서 꺼지게 할 수는 있겠지."

드디어, 여자는 이 극에서 자신이 해야 할 역할을 깨달았다. 그녀는 잘 움직이지 않는 몸을 억지로 추슬러 자리에서 일어섰다. 가까이 다가가자 남자는 조금 놀란 듯한 눈을 하고 비켜섰다.

"……보기 좋은 광경은 아니야."

"그렇군요."

은빛 십자가 아래, 킬킬대는 웃음을 흘리며 서서히 녹아내리는 악마 하나. 사납게 찢어진 입술 사이로 뾰족한 짐승의 이빨이 보였다. 여자는 물끄러미 그 모습을 내려다보다, 손을 뻗어 십자가를 쥐었다.

"어떻게 하면 되나요."

여자는 세례받았고, 악마와 거래하지 않았으며 세례받은 여자였으므로 충분히 악마를 죽일 자격이 되었다. 악마의 표정이 굳었다.

"안 돼."

"끝을 쥐고, 힘을 줘서, 눌러. 땅에 박아 넣는다는 기분으로. 좋아, 그렇게."

"안 돼!"

여자는 그렇게 했다.

그리하여 악마는 세상에서 완벽하게 사라졌다.

They lived happily ever after.

"그래서 두 사람은 어떻게 됐어요?"

"사랑을 했지."

"사랑?"

"그래, 사랑."

당신이 정말 나를 위해 시간을 돌렸나요?

……그래.

왜 말해 주지 않았어요?

당신이 아무것도 모른 채로, 그저 행복했으면 해서.

말해 줄 수도 있었잖아요. 그랬으면 내가, 당신을 그렇게.

알아. 나를 원망했겠지.

……무서웠어요. 모든 게 다, 지옥 같았어.

용서해 달라는 말은 하지 않을게. 바라지 않아.

그럼, 무엇을 바라나요.

당신의 행복. 오로지 그것만을.

……진작 말해 줬더라면, 나는. 어쩌면 내가, 당신을……

확신이 없었어.

어떤 확신요.

무사히 악마를 쓰러트리고 당신에게 돌아올 수 있다는 확신이, 그 때는.

남자는 가끔 그때 여자가 지었던 표정을 생각했다.

미소였던가?

……고마워요.

아니었을지도 모른다. 그럼에도, 그렇게 말했다. 떨리는 입 술을 열어, 그를 똑바로 응시하며.

무엇이.

당신이 제게 삶을 주었어요.

당연한 일이야.

당연하지 않아요.

그럼, 부디 이 어리석은 남자를 위해 단 한 번이라도 좋으니 입 맞 춰 주지 않겠어?

정말 한 번이면 되나요?

당신은 나를 사랑하지 않잖아.

그제야 여자는 웃었다. 이것만은 정확했다. 왜냐면 그때, 그 순간에 그의 기억 또한 영원히 박제되었으므로.

어떻게 사랑하지 않을 수 있겠어요.

"사랑을 했고, 죽었지."

"죽었어요?"

"그래. 천년공작은 이미 천년을 살았고, 또다시 천년을, 그 뒤로도 하 많은 천년을 살아야 했지만 여자는 아니었거든."

"그 사람은 이름이 뭐예요?"

"클로엘 가티스."

"내 이름인데."

"그래. 네 가문은 유난히 그 이름을 좋아하더구나."

그래서 살려 두었지, 하고 남자는 중얼거렸다. 그러고 나니 문득 여태 인사를 하지 않은 것이 떠올랐다. 남자는 아이의 손을 잡았다.

"클로엘. 내게 돌아온 것을 환영해."

"집에 가고 싶어요."

"여기가 집이 될 거야."

"어째서?"

"나를 혼자 두지 않겠다고 약속했잖아."

그는 행복했다.

사랑하는 여자는 죽었다. 그러나 돌아온다. 몇 번이고, 몇 번이고 그의 품 안으로, 반복해서.

"무서워."

"괜찮아. 내가 곁에 있으니까."

그리하여 이야기는 완전히 막을 내렸다. 영원한 행복을 맞이한 연인만을 그 안에 남겨 두고서.

별

김보람

1

단 한 번, 하늘에서 떨어진 별을 받은 적이 있다.

나의 두 눈이 해를 바라보는 해바라기처럼, 달을 기다리는 달맞이꽃처럼 그 별을 좇게 된 것도 그때부터다.

햇수로 세자면 벌써 8년 전의 일이다. 당시 나이 열여덟, 연이은 낙방에 낙심하여 도피를 위해 기루를 찾던 시기였다. 오래전의 일이라 정확한 시일은 가늠할 수 없으나 한들거리는 느티나무 위로 교교하게 빛나던 그믐달을 기억한다.

우연의 일치였던가. 아니면 운명의 발로였던가. 새벽바람이 가지를 흔들고 지나가는 소리에 문득 고개를 젖힌 나는 가지 사이로 너울거리는 하얀 치맛자락을 보았다.

어둠에 물든 나뭇잎 사이에 덩그러니 걸려 있는 하얀 치마는 커다란 목련처럼 보였다. 처음엔 술이 깨지 않아 헛것이 보이는구나 싶었다.

그러나 눈을 깜빡이고 난 뒤에도, 두어 차례 도리질을 치고 난 뒤에도 나무 위의 허깨비는 사라지지 않았다. 못 본 척 지나갈까 하는 생각이 없었던 것도 아니다. 두려움보다 먼저 고개를 든 호기심이 발길을 잡았을 뿐이다.

나무 밑으로 다가가 올려다보니 제 팔뚝만 한 나뭇가지에 아슬아슬하게 걸터앉아 있는 계집아이가 보였다. 아이가 입은 것이 소복이 아닌 속치마였으므로 귀신이라는 생각은 들지 않았다.

"게서 뭘 하는 게냐?"

불쑥 묻는 소리에 크게 놀란 모양이었다. 아이는 화들짝 놀라며 몸을 떨었고, 그 서슬에 아이의 엉덩이가 가지에서 미끄러졌다.

떨어지는 아이를 향해 두 팔을 벌린 것은 무심결에 한 행동이었다. 서책보다 무거운 것을 들어 본 적이 없는 팔이다. 나는 아이의 무게를 이기지 못하고 뒤로 자빠졌다.

엉덩이와 등, 뒤통수에서 전해지는 충격과 고통에도 불구하고 품에 안긴 계집아이로 인해 정신이 아득했다. 아이에게서는 기생들이 풍기는 지분 냄새가 났다. 해어화(解語花)의 꽃향기였다.

"소, 송구하옵니다."

아이는 메뚜기가 튀어 오르듯 빠르게 몸을 일으켰다. 겁에 질린 얼굴로 내 눈치를 살피던 아이는 나와 눈이 마주치자 당혹스러운 기색으로 시선을 내렸다.

열두어 살 정도로 보이는 계집아이였다. 문자 그대로 계집아이였다. 계집이라고 하기에는 너무나도 어렸고 아이라고 하기에는 묘하게 성숙했다.

아이가 입고 있는 속치마를 보니 까닭을 알 수 있었다. 새하얀 속치마에 붉게 도드라진 혈흔이 눈길을 잡았다. 수궁사(守宮砂, 처녀임을 드러내는 표식)을 잃은 흔적이었다.

나는 연민을 느꼈다. 대부분의 동기(童妓)들이 열세 살에서 열다섯 살 정도에 화초머리를 올린다는 것은 알고 있었지만 실제로 첫밤을 지낸 동기를 본 것은 처음이었다. 부스스한 댕기 머리와 부어오른 뺨, 터진 입술이 아이가 보낸 첫밤을 대변하고 있었다.

"나는 괜찮다. 너는 괜찮으냐?"

"나리께서 받아 주신 덕에……."

아이가 기어들어 가는 목소리로 대답했다. 터진 입술에서 피가 흘렀다. 몸을 일으킨 나는 한쪽 무릎을 꿇고 한쪽 다리로 쪼그려 앉아 아이와 눈높이를 맞추었다. 그리고 소매를 들어 아이의 입술을 닦았다. 아이가 고개를 돌려 피했다.

"옷이 더러워집니다."

"어차피 버릴 옷이다."

나는 아이의 턱을 잡고 아이의 얼굴이 내 쪽을 향하게 했다. 젖살에 붓기가 더해 윤곽을 찾기 힘든 얼굴은 뜻밖에도 고왔다.

초승달을 엎어 놓은 듯 부드럽게 휘어진 눈썹은 가늘고 짙었으며 크고 동그란 눈매가 오뚝한 콧대와 맞물려 또렷한 이목구비를 형성하고 있었다. 장차 화용월태가 될 상이었다.

남보다 이른 나이에 머리를 얹게 된 연유는 일찍이 드러난 자색(姿色)에 있으리라 짐작되었다. 타고난 미모가 도리어 화가 된 것이다.

굳게 다물린 입매가 가늘게 떨리는 것이 느껴졌다. 아이는 연지와 피로 붉게 얼룩진 입술 안쪽에 울음을 머금고 있었다.

"가관(加冠, 머리 올리기)을 하였느냐?"

아이가 젖은 눈을 들어 나를 바라보았다. 내 눈에 담긴 연민을 읽었을까. 고개를 주억이던 아이가 울음을 토하며 내 목을 얼싸안았다.

나는 얼어붙었다. 내 목을 감은 것이 부지깽이처럼 가느란 팔이었음에도 가쇄(枷鎖, 목에 칼을 차고 발에 쇠사슬을 차는 형틀)를 쓴 듯 움직일 수 없었다.

아이의 울음은 그칠 줄 몰랐다. 그때만 해도 내게는 남의 울음을 달래 본 경험이 없었다. 안절부절못하던 나는 어린 시절의 기억을 더듬어 어머니가 해 주셨던 대로 아이의 등을 토닥였다. 아이의 울음은 천천히 잦아들었다.

울음을 그친 아이가 어색한 얼굴로 물러났다. 나는 도포를 벗어 아이의 어깨에 걸쳐 주었다.

"나무 위에는 왜 올라간 것이냐?"

"별을 보고 싶어서요."

아이가 모기 같은 소리로 대답했다.

"별이라면 나무 위로 올라가지 않더라도 보이지 않느냐."

"가까이에서 보고 싶었습니다."

별난 아이였다. 커서 별이 되고 싶다고 했다. 그 말을 하는 아이의 눈동자가 물기를 머금고 별처럼 빛났다.

아이의 이름은 설화(雪花)라고 했다. 겨울에 태어나 그리 이름 지어졌다고 했다. 양가의 여식으로 태어났으나 어린 나이에 부모를 잃고 기적에 들었다는 이야기는 행수 기생에게 들었다.

내가 첫눈에 알아본 대로 설화는 이팔(二八, 열여섯)에 이르기도 전에 기생으로서의 명성을 떨치기 시작했다. 미색이

월등하고 가무가 출중하여 연회 때마다 그 아이를 부르지 않는 이가 없었다. 장안의 모든 사내가 그 아이를 원했다.

내가 그러했듯이.

언제부터였던가. 천하디천한 기생에게서 몸이 아닌 마음을 구하게 된 것은.

꽃잠을 청했던 날 설화가 제 손으로 고름을 풀면서 이 밤을 기다렸다 말했을 때부터였나. 아니면 다시 만났던 날 나를 기억한다며 해사하게 웃었을 때부터였던가. 그도 아니면, 갓 수궁사를 잃은 어린 기생이 물기 어린 눈으로 별이 되고 싶다 할 때부터였던가.

어느 때라고도, 모든 때라고도 말할 수 있을 것이다.

눈길과 손길과 발길, 나의 모든 길이 설화를 향했다. 꿈길조차 설화를 향했다. 나는 별이 뜨지 않은 밤에도 설화의 꿈을 꿨다. 깨어 있을 때에도 그 꿈에서 벗어날 수 없었다. 그러나 나의 연모는 멀고도 먼 곳에 있었다.

걷어 낼 수 없는 주렴 너머에.

"그대는 꽃이라. 절벽 위의 꽃이라."

창호지에 비친 매화나무 그림자가 장지문을 등지고 앉은 설화와 이어져 있었다. 그 까닭에 희미한 등잔불에 붉게 물든 설화의 얼굴이 한 송이 매화처럼 보였다. 나를 바라보는 설화의 눈빛이 등잔불처럼 일렁였다.

"당치 않사옵니다. 천한 기생일 뿐입니다. 무릇 기생이란 길가의 버들가지, 담 밑의 꽃이라 하지 않더이까. 소녀 또한 노류장화에 불과하온데…… 어찌 소녀를 일컬어 절벽 위의 꽃이라 하시나요."

"손 닿지 않는 곳에 피어 있으니까."

"그럴 리가요. 소녀는 누구나 꺾을 수 있는 자리에 피어 있는 걸요."

나는 쓰게 웃었다. 설화는 누구나 꺾을 수 있기에 아무도 가질 수 없는 꽃이었다.

"나는 그대를 꺾고 싶은 것이 아니야. 옮겨 심고 싶은 것이지."

설화는 아무 말도 하지 않았다. 설화는 다만 술을 따랐다. 설화가 기울이는 것이 술병이 아닌 마음이길 바랐다. 혹은 내가 비우는 것이 술잔이 아닌 마음이길 바랐다. 그날은,

세 번째로 파혼한 날이었다. 대청으로 뛰쳐나온 아버님은 아끼던 벼루를 들고 계셨다. 그 벼루는 아버님의 생신 때 내가 선물로 드린 것이었다. 나는 아버님이 던진 벼루에 이마

를 맞고 자빠졌다. 깨진 이마보다 깨진 벼루가 더 아팠다.

"내가 무관이었다면 너에게 날아간 것은 검이었을 것이다!"

아버님의 노성은 검보다 날카로웠다.

"하오나 아버님……"

"듣기 싫다! 그 천한 것을 정실로 앉히려면 이름부터 버려야 할 것이야!"

눈가를 적시며 흐르는 것이 피인지 눈물인지 알 수 없었다. 그것이 무엇이든 간에 술병을 비우듯 비우고 싶었다. 피도 눈물도 없이 자유롭고 싶었다. 혈통과 연모가 한 몸에서 부딪쳐 나를 흔들었다.

두 바람 사이에서 나는 갈대처럼 흔들렸다. 지울 수 없는 혈통과 버릴 수 없는 연모가 두 갈래 기로가 되어 나에게 한길을 택하라 강요하고 있었다. 나라고 어찌 둘 다 지키고 싶지 않았겠는가. 그러나 나에게 있어 혈통과 연모는 상충하는 것이었다.

"내 것이 되어라."

창호지로 스미는 달빛이 수청방을 푸르스름하게 밝히던 밤이었다. 나는 푸른 어둠 속에서 별처럼 반짝이는 설화의 눈을 들여다보며 속삭이는 소리로 말했다. 내 아래 누운 설화가 살포시 미소 지었다.

"소녀는 이미 나리의 것이옵니다. 소녀의 몸도 마음도 나리께 있지 않사옵니까."

만족스러운 대답이었다. 내 입가에도 미소가 번졌다. 나는 설화의 둥근 이마에 입 맞추고 하얀 얼굴을 어루만졌다.

"알고 있어. 하나 나만의 것은 아니지. 나는 그대를 독차지하고 싶다. 기적에서 빼 줄 테니 나만의 것이 되어라."

설화의 얼굴에서 미소가 썰물처럼 빠져나갔다. 설화가 고개를 돌렸다.

"싫습니다."

생각지도 못한 거절에 어안이 벙벙했다.

"싫다?"

"나리께오선 김석진 대감의 손녀와 혼약하셨지 않습니까."

설화의 투정을 질투에서 비롯된 앙탈이라 여긴 나는 아이를 어르듯 설화를 달랬다.

"얼굴도 모르는 여인이야. 가문과 가문 사이의 정략혼이라는 것을, 그대도 알지 않는가. 내 그대만을 아끼고 사랑하겠노라 약조하지."

"소녀, 비록 기적에 들었으나 양가의 여식으로 태어난 몸. 첩실은 되지 않을 것이옵니다."

설화가 나를 쏘아보며 말했다.

"기생에겐 어울리지 않는 다짐이로군."

나는 웃었다. 그러나 웃음은 곧 사그라졌다. 그만큼 설화
의 눈빛은 단호했다.

그랬던 설화가 조건부로 팔려 가겠다는 이야기를 담담히
하고 있었다. 나를 비롯한 세 명의 사내를 모아 놓고 스스로
를 경매에 붙인 설화를 보니 기가 막혔다. 가문 없는 양가의
여식을 위하여 세 번 파혼한 나는 닭 쫓던 개 지붕 쳐다보
듯 멍청히 앉아 설화를 바라보았다.

"한낱 노류장화 주제에 서방을 고르겠다는 것이냐?"

자색 도포를 걸친 중년의 사내가 헛웃음 치며 물었다. 풍
채가 좋고 차림새가 화려했으며, 피부에 광택이 흘렀다. 말투
에 무시와 조롱이 섞여 있었다. 설화가 턱을 들고 미소했다.

"그 노류장화를 얻고 싶어 하는 사람이 셋이나 되니 별수
없지요. 한 송이 꽃이 세 개의 화병에 꽂힐 수는 없지 않사
옵니까."

"어디, 조건이라는 게 무엇인지 들어나 볼까."

약관의 나이로 보이는 젊은 사내가 미소 띤 얼굴로 말했
다. 키가 헌칠하고 얼굴이 청수한 자였다. 설화가 차분한 목
소리로 대답했다.

"산갈치입니다."

"산갈치?"

나도 모르게 미간을 찡그리며 되뇌었다. 설화는 진지한 얼굴이었다.

"산갈치가 어떤 생물인지 알아봐 주십시오. 그를 위해 성심과 성의를 다하시는 분에게로 가겠습니다."

중년의 사내가 코웃음 쳤다.

"조건을 내세우기에 얼마나 대단한 조건일까 싶었는데, 고작 그뿐이란 말이냐?"

설화는 미소로 답했다.

"기한은?"

젊은 사내가 호기롭게 물었다. 그는 내기를 달가워하는 눈치였다. 설화가 기다렸다는 듯 말했다.

"한 달의 말미를 드리지요."

2

파도가 친다.

파도는 밤하늘과 맞물려 보이지 않는 수평선으로부터 밀려오고 있었다. 그 수평선 너머에, 나의 연모가 있을 터였다. 살아 숨 쉬는 나의 연모가 차고 깊은 어둠 속에서 헤매고 있을 터였다.

잿빛 파도가 어둠 속에서 기어 나오며 해안을 물어뜯었
다. 거칠게 들썩이는 바다 위에서 사납게 일렁이는 파도 소
리가 내 안으로 몰려 들어왔다.

"소녀에게는 한 사람에게 온전히 줄 수 있는 마음이 없사
옵니다. 잘 알고 계시지 않사옵니까."

설화의 목소리가 귓가에서 철썩거렸다. 네 마음이 내게
있다지 않았느냐며 따지는 나에게 대답한 말이었다. 그럼에
도 나는 온전하지 못한 그 마음을 위하여 떠나올 수밖에
없었다. 온전하지 못한 그 마음을 온전하게 만들고 싶었다.
하여 그 마음을 온전히 가지고 싶었다.

"어리석은 짓이다."

형님은 만류했다. 말하지도 않았는데 내기의 모든 내용을
알고 있었다.

입소문을 무서워할 줄 알아야 한다, 그렇게 운을 뗐다. 설
화가 내건 조건도, 설화가 걸린 내기라는 것도 알고 있었다.
우리의 내기가 장안의 화제라고 했다. 나를 포함한 다른 두
명의 이름도 사람들의 입방아에 오르내리는 모양이었다.

기생년의 뒤꽁무니를 쫓아다니며 가문의 이름에 먹칠을

하던 것으로 모자라 이제는 똥칠을 하는 것이냐, 그렇게 물었다. 나는 침묵했다.

"사람의 마음은 변하는 것이다. 변하는 것을 위하여 애쓸 필요가 무어냐?"

형님이 물었다. 나는 대답하지 않았다. 나는 변하는 것을 위해서가 아니라 변하지 않는 것을 위해서 떠나는 것이라는 말을, 형님은 이해할 수 없었을 것이다.

"좋다."

형님이 만류한 것과 달리 아버님은 허락하셨다.

"대신 다음에 이 집 문지방을 넘을 때는 무엇을 지킬 것인지 정해야 할 것이다."

그것은 또 다른 조건이었다. 조건. 결국 나는 조건을 위하여 떠나온 것일지도 몰랐다. 조건 없이는 어떤 것도 지킬 수 없었고 조건 없이는 아무것도 얻을 수 없었다. 세상은 조건을 갖춘 자만을 위하여 존재하는 것 같았다.

조건을 갖추기 위하여 떠나온 나는 검은 바다를 바라보면서 그 안에 있을 산갈치와, 한성에 있는 설화를 생각했다.

"왜 하필 산갈치인가?"

떠나는 날이었다. 까닭을 알고 가야겠다 벼르고 있던 나는 이원(梨園, 기루)에 들러 설화에게 물었다. 설화는 놀란 눈으로 쳐다보았다.

"까닭을 물어보실 줄은…… 몰랐습니다."

나도 놀랐다. 아무도 까닭을 묻지 않았던 것이다. 주객이 전도된 꼴이었다. 까닭도 모른 채 조건만을 좇는다. 조건이 까닭에 우선할 수 없음에도. 이 얼마나 어리석은 일인가. 수치심이 얼굴을 덮었다.

"아무도 묻지 않은 것이 이상한 거야. 그 까닭이야말로 가장 중요한 것이 아닌가."

설화가 희미하게 미소 지었다.

"나리는 그렇게 말씀하시는 유일한 분이십니다."

"다시 묻지. 왜 하필 산갈치인가?"

"답할 수 없사옵니다. 그 답이야말로 모든 것이니……."

설화는 은근한 어조로 얼버무렸다.

이천과 원주, 강릉을 거쳐 바다에 도달하는 데 꼬박 열흘이 걸렸다. 지나는 고을마다 빠짐없이 들러 산갈치에 대해 묻고 다닌 탓이었다.

"산에 사는 갈치도 있소?"

눈을 휘둥그레 뜨고 되묻는 늙은 농부도 있었고 산갈치 같은 건 없다고 단언하는 아낙도 있었다. 산에는 갈치가 살지 않는다고 대답한 심마니도 있었고 산갈치는 나라님이나 구해다 드실 수 있는 진귀한 약재라고 대답한 의원도 있었다.

"나병에 특효가 있다던데……."

의원이 중얼거렸다.

"어디에서 구할 수 있소?"

나는 물었다.

"그것을 알면 내가 이런 궁벽한 시골 약방에 앉아 있겠소?"

의원이 되물었다.

"아니, 약재 말고 산갈치 말이오. 어디에 서식하는지 아시오?"

나는 다시 물었다.

"그것을 알면 내가 이런 궁벽한 시골 약방에 앉아 있겠소?"

의원이 되풀이했다.

산갈치가 어떤 생물인지를 알기 위해서는 어디 사는지부터 알아야 할 것 같았다. 그러나 산갈치의 자취는 어디에도 없었다.

산갈치는 전설로만 남은 듯싶었다. 자취도 없이 전설만

남아 사람들의 입과 입 사이를 헤엄치고 다니는 듯했다.

　나병에 특효가 있다는 둥, 보름은 산에서, 나머지 보름은
바다에서 사는 까닭에 산갈치라고 한다는 둥, 해치나 봉황
같은 영물이라는 둥, 형체 없는 이야기들이 지느러미를 달
고 허공을 떠다녔다.

　산으로 가야 할지, 바다로 가야 할지 갈피를 잡을 수 없었
던 내가 바다로 온 것은 보름이 다 된 까닭이었고 보름이 남
은 까닭이었다.

　"나리. 그만 들어가시지요. 바닷바람에 몸이 상하실까 저
어됩니다."

　오찬복이 말했다. 산갈치가 깊은 바다에 산다고 대답한
자였다. 나는 오찬복의 집에 얹혀 지내고 있었다. 산갈치를
실제로 본 적이 있다는 오찬복의 아비 때문이었다. 먼바다
에서도 아니고 앞바다에서 봤다니 다른 곳에 갈 이유가 없
었다.

　"조금만 더 있겠네. 산갈치가 나타날지도 모르니……."

　"날씨가 궂은데 굳이 버티겠다니, 고뿔이라도 걸리고 싶으

신 겜니까?"

나는 고개를 돌렸다. 오찬복의 아비가 와 있었다.

"허구한 날 산갈치, 산갈치. 나리께서 그토록 산갈치를 찾는 까닭이 무엇이오니까?"

노인이 물었다.

"연모를 얻기 위해서일세."

나는 대답했다.

"어떤 상관이 있사옵니까?"

노인이 다시 물었다. 끝까지 캐물을 기세였으므로, 아예 털어놓아야 편할 듯싶었다.

"아끼는 여인이 혼인에 조건을 걸었네. 내달 초하루까지 산갈치가 어떤 생물인지 알아 가야 해."

"알아내셨소이까?"

"모든 것을 알아낸 것 같기도 하고, 아무것도 알아내지 못한 것 같기도 하다네. 산갈치에 대해서 많은 이야기를 들었지만 어떤 이야기도 답이 아닌 것 같더군."

"보십시오, 나리."

노인이 검지를 들어 하늘을 가리켰다. 사금파리 같은 별이 노인의 주름진 손가락 끝에서 하얗게 반짝였다. 노인이 검지를 내려 바다를 가리켰다.

"하늘의 별이 물에 들어가서 변한 것이 산갈치이옵니다."

다음 날은 비가 내렸다. 그다음 날도 비가 내렸다. 비는 이레간 그치지 않고 내렸다. 장마였다. 나는 오찬복의 집에서 옴짝달싹하지 못했다. 나는 지붕 새는 방에 망연히 앉아 굵은 빗줄기가 마당을 두들기는 것을 보았다. 그야말로 두들겨 맞는 기분이었다.

기일을 엿새 앞두고, 비가 그쳤다. 한성으로 떠날 채비를 하는데 오찬복이 헐레벌떡 뛰어 들어왔다.

"나리! 나리!"

"뭔가?"

"산갈치입니다, 나리!"

나는 벌떡 일어났다. 오찬복을 따라 해안으로 달려갔다. 해안가에 다다르자 부러진 해송에 걸려 있는 거대한 물고기가 보였다. 어림잡아도 10척은 거뜬히 넘는 것 같았다.

"요 며칠 풍랑이 심하더니 용오름을 타고 올라왔나 봅니다."

오찬복이 들뜬 목소리로 말했다. 소인도 산갈치를 실제로 보는 것은 처음입니다, 수선을 떠는 오찬복의 목소리를 귓등으로 흘려들으며 산갈치를 올려다보았다.

은빛 몸통이 햇빛을 머금고 별처럼 반짝였다. 띠 모양으로 길고 납작한 몸에 흩어져 있는 검은 무늬는 밤하늘의 잔

재처럼 보였다. 별이 물에 들어가서 변한 것이 산갈치라던 노인의 말이 떠올랐다.

나는 멍하니 입을 벌렸다. 내 머리 위에 있는 것은 산갈치가 아니었다. 별이 물에 들어가서 변한 것이 산갈치라면, 물에서 나온 산갈치는

별이다.

"나무 위에는 왜 올라간 것이냐?"

나는 산갈치를 향해 물었다. 오찬복이 이상한 눈으로 쳐다보았다. 아랑곳하지 않고, 나는 웃었다.

3

날이 밝았다.

약속된 기일이었다. 평생을 기다린 날이었건만 설화는 아침을 먹고 체했다. 넘어가지 않는 밥을 억지로 넘긴 탓이었다. 초조한 나머지 입 안에 들어오는 것이 밥인지 모래인지 분간이 가지 않았다.

하얀 실로 엄지를 감고 손톱 밑을 바늘로 찔렀다. 검붉은 핏방울이 동그랗게 올라왔다. 무명으로 핏방울을 찍어 냈다. 하얀 무명에 찍힌 핏자국을 본 설화는 수궁사를 잃은 날을 떠올렸다. 새하얀 속치마를 붉게 물들인 피와 입고 있

던 도포를 벗어 핏자국을 가려 준 사내를 떠올렸다.

한숨이 나왔다. 기일이 다 되도록 사내의 소식은 없었다. 산갈치를 찾으러 떠나서 여태껏 돌아오지 않은 것이다.

"왜 하필 산갈치인가?"

떠나던 날, 사내는 설화를 찾아와 물었다. 설화는 당황했다. 아무도 까닭을 묻지 않았기에 진심을 감출 수 있었는데, 사내는 산갈치를 병풍 삼아 목적을 숨긴 설화에게 너의 진심이 무엇이냐 묻고 있었다.

"까닭을 물어보실 줄은…… 몰랐습니다."

사내가 눈썹을 찌푸렸다.

"아무도 묻지 않은 것이 이상한 거야. 그 까닭이야말로 가장 중요한 것이 아닌가."

별난 사내였다. 기생의 몸을 얻고자 하는 사내들 틈에서 유일하게 기생의 마음을 얻고자 하는 사내였다. 때문에 처음이자 마지막으로, 설화가 마음을 준 사내였다.

"나리는 그렇게 말씀하시는 유일한 분이십니다."

설화는 웃었으나 사내는 웃지 않았다. 사내는 더없이 진지한 얼굴이었다.

"왜 하필 산갈치인가?"

사내가 다시 물었다.

"답할 수 없사옵니다. 그 답이야말로 모든 것이니……."

어물쩍 얼버무린 설화가 화제를 돌리며 물었다.

"한데 웬 봇짐을 메고 계십니까?"

사내가 순순히 대답했다.

"찾을 것이 있어서 떠나네."

"나리……."

"한 달 뒤에 보세."

자리에서 일어난 사내가 장지문을 열었다. 설화가 다급하게 물었다.

"나리! 나리께오서 찾으러 떠나는 것이…… 산갈치입니까?"

"또는 연모겠지."

사내가 어깨 너머로 답했다.

또는 연모겠지. 사내의 대답이 가슴을 조였다. 연모! 단한 번도 들은 적 없는 말이었다. 사내들의 노리개에 불과한 처지에 연모는 사치였다. 사내를 진심으로 대하는 기생은 여럿 있었으나 기생을 진심으로 대하는 사내는 한 명도 없었다.

아니, 단 한 명의 사내가 있었다. 김춘일(金春日).

김춘일은 양반이었다. 공명첩으로 족보를 산 가짜 양반이 아니라 뼈대 있는 사대부 집안의 진짜 양반이었다. 아쉬울 것 하나 없는 양반이, 아쉬운 것밖에 없는 기생에게 목을 맨다.

첩실은 되지 않을 것이라는 자신의 말 때문에 김춘일이 좋은 집안의 혼처를 모두 물리치고 있다는 사실을, 설화도 알고 있었다. 이조판서라는 김춘일의 아비가 한바탕 난리를 피우고 간 탓이었다.

설화는 김춘일이 처음으로 파혼한 날 이원에 찾아와 마시라고 따른 술을 설화의 얼굴에 끼얹으며 네가 밀어내거라, 명령조로 말하던 노인을 떠올렸다. 설화는 웃는 낯으로 답했더랬다. 꽃은 다만 피어 있을 뿐, 다가오는 것도 멀어지는 것도 나비의 뜻 아니더이까?

면경에 비친 얼굴이 못마땅하게 굳어 있었다. 입꼬리를 한 번 말아 올리고 나서, 설화는 무표정한 얼굴에 분칠을 하기 시작했다. 단장을 마친 설화는 무거운 몸을 이끌고 툇마루로 나갔다. 홍엽(紅葉)이 와 있었다.

"이제 나오는가?"

홍엽이 웃는 낯으로 설화를 반겼다. 홍엽은 수려한 이목구비를 가진 사내였다. 젊고 건강했으며, 또한 유능했다. 약관에 역관으로 종3품에 이른 자는 그리 흔치 않았다. 설화가 절을 올리려 하자 홍엽이 손을 들어 제지했다.

"되었네. 우리 사이에 예는…… 앉게."

설화는 순종하여 자리에 앉았다. 홍엽이 상체를 기울여 은근한 어조로 말했다.

"오늘이 지나면 이곳까지 걸음하지 않아도 자네를 볼 수 있겠군."

"준비해 오신 것이 소녀가 원하는 대답이라 자신하시옵니까?"

설화가 미소 띤 얼굴로 물었다.

"물론이네."

홍엽이 자신만만하게 답했다. 설화는 오른쪽 무릎을 세워 자세를 고쳐 앉으며 깍지 낀 두 손을 무릎 위에 올렸다.

"어디 한 번 들어 보지요."

"나머지 두 사람이 아직 오지 않았는데, 괜찮겠는가?"

홍엽이 어리둥절한 표정으로 물었다. 설화가 도도히 턱을 들고 말했다.

"세 분의 내기라 하여 나머지 두 분이 반드시 계셔야 하는 것은 아니지요. 어차피 결정은 소녀의 몫이 아니옵니까. 세 분 중에서 같은 대답이 나오지 않으리라는 보장도 없으니……. 그럴 경우에는 차례가 중요하지 않겠사옵니까?"

홍엽이 무릎을 치며 말했다.

"그렇군! 자네 말이 옳아. 내 바로 시작하겠네."

두루마기 소매에서 두루마리 두 개를 꺼낸 홍엽이 그중 한 개를 펼쳐 보였다. 두루마리에는 뱀처럼 길고 기느다란 몸통을 가진 물고기가 그려져 있었다. 왼손으로 다른 두루마리를 펼쳐 든 홍엽이 오른손 검지로 그림을 짚으며 설명을 시작했다.

"이것이 산갈치일세. 이 산갈치라는 것은 몸길이가 최소 13척에 달하네. 몸통이 띠처럼 길고 납작하며, 몸에 혹 모양으로 솟은 돌기가 있지. 등은 칼 모양으로 얇고 눈 바로 위가 솟아 있어. 보이다시피 이 부분은 주둥이까지 직선으로 떨어지는 급한 경사를 이루고 있네. 눈은 머리 양옆의 가운데가 아닌 조금 앞쪽에 자리 잡고 있으며, 아래턱이 위턱보다 튀어나와 있네."

홍엽의 눈길이 두 개의 두루마리 사이를 바삐 오갔다.

"눈은 먹빛이고 동공 둘레는 금빛일세. 눈이 작고 이빨은 없으며 비늘도 없네. 아가미구멍은 매우 넓고 옆줄은 눈 바로 위에서 시작하여 점차 아래로 내려가 꼬리자루에 달하네. 항문은 여기 있고."

홍엽의 검지가 주둥이에서 몸길이의 4분의 1쯤 앞쪽에 그려져 있는 표시를 짚었다. 홍엽이 손바닥을 펴고 그림 속의 산갈치를 전체적으로 훑었다.

"빛깔은 은색 바탕에 검은 무늬가 먹물이 튄 모양으로 전체를 덮고 있네."

홍엽이 다시 검지를 제외한 손가락을 모두 접었다.

"여기, 닭 벼슬같이 보이는 것은 등지느러미일세. 눈 뒤끝 위에서 시작되어 몸 뒷줄, 꼬리지느러미 직전까지 이어져 있지. 등지느러미와 꼬리지느러미 모두 연한 홍색이고, 뒷지느러미는 없네."

홍엽이 고개를 들고 설화를 바라보았다.

"서식지는 조선과 왜 사이의 깊은 바다로, 뭍에서 산갈치를 보기란 하늘의 별 따기와 같아 일반 백성들은 산갈치를 전설 속의 영물로 알고 있지. 조선과 왜를 오가며 산갈치에 대한 기록을 찾느라 애 좀 먹었네."

푸념처럼 덧붙인 홍엽이 기대 어린 눈빛으로 물었다.

"어떤가?"

설화가 고개를 주억였다.

"참으로 훌륭하십니다. 산갈치가 어떤 생물인지 잘 알겠사옵니다."

홍엽이 득의만면한 얼굴로 말했다.

"그렇다면 이제 자네는 내 사람이로군."

그러나 설화가 한마디를 덧붙이자, 만면의 미소가 씻은 듯이 자취를 감추었다.

"이제 묻겠습니다."

한마디로 홍엽의 얼굴에서 웃음기를 지운 설화가 자못 엄중한 태도로 물었다.

"소녀가 산갈치를 조건으로 건 까닭은 무엇이겠사옵니까?"

홍엽이 낭패스러운 얼굴로 시선을 피했다. 설화는 가만히 홍엽의 대답을 기다렸다. 검지로 툇마루를 두드리며 생각에 잠겨 있던 홍엽이 고개를 돌리고 말했다.

"자네는 사내의 의지를 보고자 한 것 같군. 구혼하는 사내들에게 산갈치라는 과제를 주고 그것으로 의지와 역량을 시험하려던 것이 아닌가? 산갈치는 실제로 존재하는지조차 제대로 알려지지 않은 생물이니까 말일세."

설화는 한숨을 삼키고 마지못해 미소 지었다. 눈알을 굴리며 설화의 눈치를 살피던 홍엽이 덩달아 미소 지었다. 그러나 그 미소는 오래 가지 않았다.

"송구하오나 나머지 두 분의 답을 들어 봐야겠습니다."

오래지 않아 이희광(伊曦光)이 위풍당당하게 걸어 들어왔다. 이희광은 환전 객주로, 생활의 윤택이 얼굴에 광택으로 도는 자였다. 햇볕을 모르는 하얀 얼굴과 배불리 먹어 살찐 몸을 가진 자로서, 돈 주고 산 양반 노릇도 제대로 못 하는 천박한 자였으나 한양 제일의 갑부였으므로 내기에 참여시킨 터였다.

이희광의 뒤로는 거대한 궤짝을 어깨에 진 노복들이 따르고 있었는데, 노복들이 한 걸음, 한 걸음 옮길 때마다 뚜껑 없는 궤짝에서 물이 넘쳐흘렀다. 이희광의 뒤를 따르는 것은 노복들뿐만이 아니었다. 흙투성이의 농민들은 물론이고 봇짐 진 보부상부터 방물장수, 고리백정, 남사당패, 갓 쓴 선비에 이르기까지 한양 백성들은 죄다 몰려온 듯했다.

웅성거리는 소리가 끊이지 않고 이어지자 교방의 기생들도 떼거리로 몰려나와 이 묘한 행렬을 구경하기 시작했다. 설화가 자리에서 일어나 물었다.

"객주 어르신, 그것은……?"

"네년이 건 조건이다."

큰 소리로 대답한 이희광이 노복들을 향해 손짓했다. 기십 명의 노복들이 행동을 맞추지 못하고 주춤거리며 툇마루 앞 뒷마당에 궤짝을 내려놓았다.

쿵, 하는 소리와 함께 궤짝이 땅에 놓이는 순간 궤짝 안에서 은백색으로 빛나는 거대한 꼬리가 물보라를 일으키며 튀어 올랐다.

"어어!"

그 모습을 본 사람들이 놀라 소리를 질렀다. 다리에 엉기는 도포 자락을 한 손으로 젖히며 툇마루로 올라온 이희광이 쥐고 있던 접선으로 궤짝을 가리켰다.

"산갈치가 어떤 생물인지, 네 직접 보거라."

사람들이 궤짝을 중심으로 둥글게 모여들었다. 모든 이가 너도나도 목을 빼고 궤짝 안을 들여다보는 와중에 설화도 툇마루의 끄트머리로 나아가 궤짝 안을 들여다보았다.

궤짝 안에는 조금 전 그림으로 본 산갈치가 모로 누워 입을 뻐끔거리고 있었다. 그림으로 본 것보다 아름다운 생물이었다. 은백색의 몸체는 물속에서도 햇빛을 머금고 눈부시게 빛났으며, 담홍색의 지느러미가 물결을 따라 봉황의 깃처럼 우아하게 너울거리고 있었다. 몸집이 하도 큰 탓에 물고기라기보다는 용에 가까워 보였다.

비좁은 궤짝이 불편한지 산갈치가 연신 몸을 비틀었다. 용이 아니라 승천하지 못하는 이무기 같다고 생각을 고치며 설화는 쓰게 웃었다. 궤짝에서 벗어나지 못하는 산갈치와 자신의 처지가 다를 바 없다고 여겨진 탓이었다.

"어떠냐?"

이희광이 의기양양한 얼굴로 물었다. 고개는 설화를 향하고 있으면서도 눈으로는 홍엽을 흘끔거리고 있었다. 이희광의 눈길을 좇아 슬쩍 홍엽을 돌아보니 패배감에 사로잡힌 모습으로 두 어깨를 늘어뜨리고 있는 것이 아닌가.

조소가 나오려는 것을 가까스로 참은 설화가 고개를 끄

덕이며 말했다.

"참으로 대단하십니다. 산갈치가 어떤 생물인지 잘 알겠사옵니다."

곳곳에서 "오오!"하는 탄성이 터져 나왔다.

"내 그럴 줄 알았다. 밖에 가마도 대령해 두었느니라."

이희광이 턱수염을 쓰다듬으며 거들먹거렸다. 가마까지 대령해 놓았다니 하도 어이가 없어 설화는 그만 웃고 말았다. 설화의 웃음을 좋을 대로 받아들인 이희광이 너털웃음을 지으며 말했다.

"그리 좋으냐? 그럼 어서 가마에 오르거라."

"그 전에 묻지요. 소녀가 산갈치를 조건으로 건 까닭이 무엇이겠사옵니까?"

설화가 웃음을 가라앉히며 물었다. 이희광이 정색을 하고 되물었다.

"내가 그런 것까지 알아야 하느냐?"

기가 막힌다는 투였다.

"산갈치가 어떤 생물인지 알아봐 달라 하여, 이렇게 살아 있는 산갈치를 대령해 주었으면 됐지. 도대체 네년이 바라는 것이 무엇이냐? 이놈의 산갈치를 예까지 들고 오는데 얼마가 들었는지, 네년이 아느냐? 자그마치 십만 금이 들었다! 십만 금! 고작 산갈치 따위에 십만 금을 쏟아 부었단 말이다. 세상에 있어도 좋고 없어도 좋은 생선에 불과한 것을."

표독스럽게 쏘아붙인 이희광이 단호한 어조로 덧붙였다.

"그러니 네년은 내가 지불한 대가를 치러야 옳다."

옳소, 옳소 외치는 소리와 함께 여기저기에서 고개를 끄덕이는 얼굴들이 보였다. 난감한 일이었다. 십만 금이라는 어마어마한 액수가 군중의 공감을 이끌어 낸 듯싶었다. 이대로라면 이희광에게 팔려 가게 된다. 고르는 입장에서 팔리는 입장이 되는 것이다. 당한 기분이었다.

설화는 아랫입술을 지그시 깨물었다. 기분 탓이 아닐 터였다. 보란 듯이 군중을 이끌고 온 것은 계산된 행동이었으리라.

"자! 이리 오너라."

이희광이 명령조로 말하며 손을 내밀었다. 이희광에게 갈 것을 종용하는 목소리들도 점점 드높아졌다. 그때였다.

"아직!"

꿈에 그리던 목소리가 화살처럼 날아와 귓전에 꽂혔다.

"아직 내 차례가 남아 있지 않소이까."

설화는 반색을 하며 고개를 돌렸다. 뒷마당을 가득 채운 군중 사이에서 김춘일이 걸어 나오고 있었다.

그런데 이게 웬일인가. 김춘일의 꼬락서니가 말이 아니었다. 쓰고 있는 갓은 헐었고, 입고 있는 도포는 빛이 바랬으며 신고 있는 신은 해져서 누렇게 변색된 버선코가 드러나 있었다. 명색이 사대부라는 자가 완전히 거지꼴을 하고 있다. 그나마 봐 줄 만한 곳이라곤 곱게 자란 덕에 반반한 얼굴뿐인데, 그마저도 수염과 땟국에 가려 보이지 않았다.

피식, 옆에서 바람 새는 소리가 들렸다. 이희광이었다.

"글쎄올시다. 도련님이 내기에서 이길 것처럼 보이지는 않소만."

이희광이 조소하며 말했다. 김춘일이 빙그레 웃으며 되물었다.

"결정은 설화의 몫이 아니었소?"

이희광이 입을 다물었다. 단 한마디로 설화의 입장을 되찾아 준 김춘일이 부드러운 어조로 덧붙였다.

"게다가 객주 어른께서는 오해하고 계신 것 같소. 산갈치를 산 채로 잡아 오시다니, 내기의 의미를 너무 단순하게 받아들이신 것 같소만."

"내기의 의미라니요?"

홍엽이 물었다.

"내기 따위에 무슨 의미가 있소?"

이희광은 짜증을 냈다. 자못 무례한 태도였으나 김춘일은 개의치 않았다.

"방금 설화가 묻지 않았소이까. 산갈치를 조건으로 건 까닭이 무엇이겠냐고."

"그래, 도련님은 그 까닭을 아신다는 게요?"

이희광이 비꼬는 투로 물었다.

"그렇소."

김춘일이 담담한 어조로 답했다.

"듣겠습니다."

설화가 말했다. 김춘일이 설화를 바라보았다. 언제나 흔들림 없이 설화를 바라보던 눈이, 바라보는 것만으로 설화를 흔들었던 눈이 다시금 설화의 앞에 있었다.

"산갈치는 꿈일세."

김춘일이 말했다.

"평생을 산에 다니며 산삼을 캐 온 심마니에게 산갈치는 전설이고 나병에 걸린 어머니를 둔 아들에게 산갈치는 산삼보다 귀한 약재지만 별이 되고 싶다던 기생에게 산갈치는 꿈이었던 거야."

"난데없이 웬 꿈 타령이란 말인가."

옆에서 이희광이 볼멘소리로 투덜거렸다. 참다못한 설화가 한마디 쏘아 주려는 찰나 홍엽이 빈정거리며 말했다.

"객주 어른. 고깝게 들리실지 모르나 지금은 김 진사 어른의 차례이오니 조용히 좀 해 주시지요. 내기는 공평하게 이루어져야지 않겠습니까."

이희광의 얼굴이 시뻘겋게 달아올랐다. 그러나 이목이 신경 쓰이는지 화를 내지는 못하고 쥐고 있던 접선을 펼쳐 얼굴에 부채질을 하기 시작했다.

"계속하시지요."

홍엽이 말했다. 감사의 뜻으로 홍엽을 향해 가볍게 목례한 김춘일이 차분한 목소리로 말을 이었다.

"한 달 전 나는 산갈치를 찾아 바다로 떠났네. 지나는 고을마다 들러 산갈치에 대해 묻고 다녔으나 돌아오는 대답이라고는 허무맹랑한 이야기뿐이라, 산갈치라는 것이 과연 실재하는가도 의심스러웠네.

헛되이 보름을 보내고 바다에 다다랐을 때 한 어부를 만났어. 그자는 내게 산갈치가 깊은 바다에 산다고 대답했네. 심지어 그 아비는 산갈치를 실제로 본 적이 있다고 하더군. 먼바다도 아니고 앞바다에서 말이야. 나는 그자의 집에 머물면서 매일같이 바닷가로 나갔네.

한심한 일이네만, 산갈치가 나타나길 기다리는 것 외에는 내가 할 수 있는 일이 없더군. 밤낮없이 바닷가에 장승으로 박히는 내가 안쓰러웠는지 어느 날 어부의 아비가 가르쳐주었네. 별이 물에 들어가서 된 것이 산갈치라고. 그제야 깨달았지. 그대가 별이 되고 싶다고 한 말의 참뜻을.

미안하네. 별이 되고 싶다던 말만 기억하고 있었지 왜 별이 되고 싶을까 생각해 본 적은 없었어. 별이 물에 들어가서 된 것이 산갈치라면, 물에서 나온 산갈치는 별이 될 테지. 그대는 벗어나고 싶었던 거야. 기루에서, 기적에서…… 그대를 둘러싼 모든 것에서.

첩실은 되지 않을 것이라 단언했던 그대가 스스로를 경매에 부친 까닭은 회임을 했기 때문이겠지. 아이를 서얼로 키울지언정 관비로는 만들고 싶지 않았던 것이 아닌가. 비록 지금은 기적에 들어 있을지라도, 그대 또한 자긍심 높은 양가의 여식이니."

"그게 사실이냐?"

이희광이 역정을 내며 물었다.

"어떻게…… 어떻게 아셨습니까?"

설화가 떨리는 목소리로 물었다. 이희광과 홍엽뿐 아니라 지켜보던 사람들도 모두 놀라 웅성거리는 가운데 김춘일의 목소리만이 선명하게 흘러 들어왔다.

"한성으로 떠나오던 날 산갈치를 보았어. 용오름을 타고 올라왔는지 바닷가 해송에 걸려 있었네. 알을 배고 있더군. 그 모습이 마치 소나무 가지에 산란하기 위해 기어 올라온 것 같았지. 그때 깨달았네. 이 내기의 진정한 목적을."

김춘일이 준엄한 얼굴로 단언했다.

"그대는 아비 될 사내를 고르고 있었던 거야."

"이년이 감히 누구에게 농간을 부려?"

이희광이 길길이 뛰며 말했다.

"한양 제일 기생이라고 떠받들어 주니까 아주 머리 꼭대기까지 기어오르는구나. 하마터면 누구 씨인지도 모르는 것을 족보에 들일 뻔했어."

"객주 어른께오선 모르시나 봅니다? 서얼은 족보에 들이지 않는다는 것을."

홍엽이 싸늘하게 쏘아붙였다. 이희광과 홍엽이 옆에서 다투기 시작했으나 설화의 귀에는 들어오지도 않았다. 설화는 오직 김춘일만을 바라보았다.

"맞히셨습니다."

설화가 처연한 표정을 지었다.

"소녀가 품은 씨는 세 분 중 한 분의 것입니다. 누구의 씨인지 모를 아이를 받아 키우실 분은 없겠지요."

"그걸 말이라고 하느냐!"

이희광이 사납게 일갈했다. 고개를 떨어뜨린 설화가 침통한 목소리로 말했다.

"이 내기는 없던 것으로 하겠습니다."

홍엽이 손사래 치며 끼어들었다.

"그러지 말고 이렇게 하세. 내기의 승자를 고르고, 아이가 태어나면 일단 관비로 키우는 거야. 후에 아이가 자라면 누구를 닮았는지 그 태를 봐서 아비를 찾으면 되지 않나."

설화가 머리를 저었다. 김춘일이 불쑥 말했다.

"별이 되고 싶다지 않았나."

설화가 고개를 들어 김춘일을 바라보았다. 커다란 눈매가 초승달처럼 휘어지며 눈초리에 부챗살 같은 주름이 잡혔다. 김춘일은 웃고 있었다. 김춘일이 다정하게 덧붙였다.

"그대의 아이는 그대를 닮아 고울 테지."

"나리, 그 말씀은……."

목이 메었다. 목소리에서 물기가 배어 나왔다. 설화는 울음을 삼키느라 물음을 잇지 못했다. 그러나 김춘일은 기어코 설화를 울렸다.

"아이는 적자가 될 걸세."

설화는 입을 가렸다. 두 손등 위로 하염없이 눈물이 흘렀다. 김춘일이 부드러운 목소리로 설화를 불렀다.

"설화야."

어린아이를 부르듯 살가운 어조였다.

"내게 오너라."

그리고 말했다.

"내게로 와서 별이 되어라."

설화는 버선발로 뛰어 내려갔다. 평생을 기다려 온 설화의 하늘이 두 팔을 벌린 채 웃고 있었다.

데들리 러블리 로맨스릴러 단편선

1판 1쇄 찍음 2023년 1월 19일
1판 1쇄 펴냄 2023년 2월 2일

지은이 | 배명은, 이필원, 한켠, 장아미, 코코아드림, 박하익, 정이담, 서은채, 김보람
발행인 | 박근섭
편집인 | 김준혁
책임편집 | 정미리
펴낸곳 | 황금가지

출판등록 | 2009. 10. 8 (제2009-000273호)
주소 | 06027 서울 강남구 도산대로 1길 62 강남출판문화센터 5층
전화 | 영업부 515-2000 편집부 3446-8774 팩시밀리 515-2007
홈페이지 | www.goldenbough.co.kr

도서 파본 등의 이유로 반송이 필요할 경우에는 구매처에서 교환하시고
출판사 교환이 필요할 경우에는 아래 주소로 반송 사유를 적어 도서와 함께 보내주세요.
06027 서울 강남구 도산대로 1길 62 강남출판문화센터 6층 민음인 마케팅부

ⓒ황금가지, 2023. Printed in Seoul, Korea
ISBN 979-11-7052-245-4 03810

㈜민음인은 민음사 출판 그룹의 자회사입니다.
황금가지는 ㈜민음인의 픽션 전문 출간 브랜드입니다.